– SF걸작선 –

SF 김승옥

1판 1쇄 찍은 날 2020년 10월 12일
1판 1쇄 펴낸 날 2020년 10월 20일

지은이   김승옥 김학찬 윤이안 SOOJA 박생강 이하루 강병융 김민정 전혜진 곽재식
펴낸이   김병수
편집   천승희
디자인   정계수
마케팅   이소망
인쇄제본   (주)굿올드컴퍼니
펴낸곳   아르띠잔
출판등록   2013년 7월 15일 제396-2013-000120호
주소   (10390) 경기도 고양시 일산서구 킨텍스로 217-21 힐스테이트 오피스텔 101동 1901호
전화   031-912-8384
홈페이지   www.ArtizanBooks.com
이메일   artizanbooks@daum.net

ISBN   979-11-971378-1-5 03810

이 도서의 국립중앙도서관 출판시도서목록(CIP)은 서지정보유통지원시스템
홈페이지(http://seoji.nl.go.kr/kolisnet)에서 이용하실 수 있습니다. (CIP제어번호: CIP2020042221)

이 도서는 한국출판문화산업진흥원의 '2020년 출판콘텐츠 창작 지원 사업'의 일환으로
국민체육진흥기금을 지원받아 제작되었습니다.

— SF 김승옥 —

김승옥

김학찬

윤이안

SOOJA

박생강

이하루

강병융

김민정

전혜진

곽재식

아르띠잔

.

《SF 김승옥》을 펴내며

1970년 4월 1일 동아일보는 창간 50주년을 기념해 소설 한 편을 상, 하로 나눠 연재합니다. 제목은 〈50년 후, 디 파이 나인 기자의 어느 날〉, 50년 후를 배경으로 쓴 SF 소설이었습니다. 이를 쓴 작가는 30살의 청년 김승옥이었습니다. 당시 김승옥은 〈생명연습〉(1962)으로 신춘문예에 당선된 뒤 첫 '한글세대'로서 '문장의 일대 파격', '감수성의 혁명'이라는 찬사를 받으며 〈무진기행〉(1964), 〈서울, 1964년 겨울〉(1965) 등 한국문학에 기념비가 될 작품을 발표한 뒤였습니다. 자신의 소설 〈무진기행〉을 원작으로 하는 1967년 개봉영화 〈안개〉에 시나리오 작가로 참여하면서 이후 우리 영화계에서 활약하던 즈음이기도 합니다.

〈50년 후, 디 파이 나인 기자의 어느 날〉에는 연료전지로 가는 자율주행 자동차, 화상 통화, 인공자궁 등이 소재로 다뤄집니다. 2020년 지금 너무나 핫한 소재들입니다. 주인공 기자가 타는 자율주행 자동차 이름은 '귀요미19'입니다. 귀요미는 작품에서 밝혔듯 귀염둥이에서 발생한 단어로 작가 김승옥이 처음 지어 씁니다. 마치 30살의 청년 김승옥이 타임머신을 타고 50년 후, 2020년으로 날아와 겪은 경험담을 쓴 듯 생생합니다. 아니면 원고지 앞에서 고민하는 작가 김승옥 앞에 외계인이 뿅하고 나타나 미래의 모습을 살짝 스마트폰으로 보여주었던 것일까요. 신문 창간 기념일에 맞춰 평소보다 몇 배의 속도로 원고를 써내려갔다고 하니 의심을……. 암튼 과히 불가사의라 할 만합니다. 작가에게 어떻게 이런 통찰력이 생겼을까요? 인간에 대한, 자신이 살아가고 있는 주위 환경과 사회에 대한 깊은 사색과 고민이 없었다면 불가능했겠죠. 1941년 해방 전에 태어나 1948년 여순사건과 함께 '산으로 들어간' 아버지를 여의고 1960년 대학 입학과 함께 4.19의거를 맞으며 1980년 광주학살에 이르러 절필을 선언한 그야말로 한국현대사의 무거운 수레바퀴가 온몸을 짓누르며 관통한 작가이지요. 그런 그였기에 가능한 통찰력은 아니었을까요.

김승옥을 처음 '직접' 만난 것은 2016년 7월 대학로의 한 갤러리였습니다. 뇌졸중의 후유증으로 말과 글을 잃은 노작가는 예술에 대한 열정만큼은 잃지 않고 있었습니다. 초등학교 시절 은사에게 배웠던 오랜 그림 실력을 발휘하여 '무진기행 그림전'을 열고 있었습니다. 담담하게 옅은 색채로 물들여진 작가의 수채화는 사라질 듯 사라지지 않는, 꺼질 듯 꺼지지 않는 당신의 삶과 예술에 대한 무한한 긍정처럼 느껴졌습니다. 책 발간과 함께 다큐멘터리 제작을 하고 있던 아르띠잔은 그 순간부터 지난 5년간 다큐멘터리 〈김승옥 무진〉을 제작했습니다.

어디에나 있고 어디에도 없는 무진, 마치 이 무진처럼, 누구나 김승옥을 안다고 하면서도 정작 작가의 지난 행적을 잘 알지 못했습니다. 김승옥은 1960년대 한국문학계에 등장과 함께 많은 작가들에게 가히 범접할 수 없는 경이로운 충격을 안겨줍니다. 그렇게 탄탄대로를 걸을 줄 알았던 작가는 몇 년 지나지 않아 큰 시련을 겪게 됩니다. 그를 일약 스타로 만든 것은 문단이었지만 또한 절망을 준 것도 사실입니다. 수상의 영예로 수상집에 실린 한 작품이 출판사 간의 저작권 시비에 휩싸이면서 작가는 곤혹스런 상황에 처하게 됩니다. 이에 환멸을 느껴 모든 저작권을 던져버리고 훌쩍 문단을 떠나고 맙니다.

그즈음 결혼과 함께 첫 아이가 태어나고 그가 문을 두드린 곳은 스타 작가의 이름이 필요했던 영화계였습니다. 대학 은사였던 이어령이 김승옥 원작의 〈무진기행〉을 영화화하기 위해 수많은 히트작과 문제작을 내고 있던 김수용 감독을 찾습니다. 그렇게 탄생한 영화가 〈안개〉(1967)였습니다. 이후 김기영 감독의 〈충녀〉(1972), 이장호 감독의 〈어제 내린 비〉(1974), 김호선 감독의 〈영자의 전성시대〉(1975), 〈겨울여자〉(1977) 등 당대 최고의 감독들과 함께 작업을 합니다. 김승옥은 본인이 직접 영화 연출을 맡기도 하였습니다. 김동인 원작, 윤정희 주연의 〈감자〉(1968)가 그 영화인데요. 본인이 각색한 시나리오 여백에 꼼꼼히 스토리보드를 그려가며 연출하였고 스위스 로카르노 영화제에 초대되기도 했습니다. 김승옥 작가가 김승옥 감독으로 계속 남았으면 어땠을까 생각도 해보지만 너무나 재능이 많았던 탓일까요, 혹은 미련을 두지 않는 당신의 성격 탓일까요, 김승옥은 수많은 문화적 유산을 남겼음에도 결국 어느 곳 하나 딱 부러지게 찾지 않는 이름이 되었습니다.

재능을 이야기하자면 김승옥 작가의 그림 그리기도 빼놓을 수 없겠네요. 순천에서 초등학교를 다니던 시절 어린 김승옥은 학교에서 그림 선생님을 만납니다. 제주에서 일어났던 4.3 학살을 피해 순천으로 와 있던 선생님이었습니다. 그리고 이때 배운 그림 실력은 대학교에서 발휘되는데요. 학비에 보태기 위해 '파고다 영감'이라는 제목으로 4컷 만화를 그려 일간신문에 연재합니다. 많은 시간이 흐르고 지금 그는 다시 그림을 그리며 또 한 번의 그림 전시를 준비 중입니다.

《SF 김승옥》을 펴내는 이유는 우리의 기억 속에서 사라져가는 김.승.옥.이라는 무한한 자산을 다시 한 번 점을 찍어 기록하기 위해서입니다. 50년 전 깊은 통찰력으로 청년 김승옥이 우리에게 화두를 던졌듯 이제 우리들은 50년 후의 삶을 빗대어 인간과 우리의 삶에 화두를 던지고자 합니다. 2070년에도 100년 전 시작되었던 문학으로 고민하는 자의 깊은 통찰이 지속되기를 희망합니다.

아르띠잔
김병수

차례

50년 후,
디 파이 나인 기자의
어느 날

그영애

김승옥

1941년 오사카에서 태어났다
1962년 단편 〈생명연습〉으로 〈한국일보〉 신춘문예에 당선되어
문단에 데뷔했으며 1964년 발표된 〈무진기행〉은
지금도 현대문학사상 가장 탁월한 단편소설로 꼽히고 있다.
대표작으로는 〈무진기행〉 〈서울 1964년 겨울〉 등이 있으며
영화 〈안개〉 〈영자의 전성시대〉 〈충녀〉 〈어제 내린 비〉 등
16편의 한국영화 시나리오를 집필했다.

준 또는 D.π.9

그의 부모들이 그에게 붙여준 이름은 '준'이다. 동아일보 사회부 기자인 그에게 사(社)에서 붙여준 이름 또는 호출번호는 'D.π.9(디 파이 나인)', 1990년생, 금년 나이 30. 아내와 네 살짜리 딸과 함께 관악 제27아파트 단지 사십 평짜리 아파트에서 살고 있다.

태어날 아이

준은 그의 자가용 'GUIYOMI19'로 어디론지 달리고 있다. 어디로 가고 있는지는 그 자신도 모른다. 그렇다고 해서 불안을 느끼는 건 전연 아니다. 결국 지구의 어느 곳일 것이다.

'귀염둥이'라는 말에서 이름을 지은 이 국산 소형전기 자동차 'GUIYO MI19'의 운전은 레이더의 자동 컴퓨터의 명령에 의해 조종되는 운전 장치가 맡고 있으므로 준은 며칠 전에 문을 연 태평양 해저동물원의 관광안내 팸플릿이나 보고 있으면 된다. 이번 주말에 아내와 딸을 데리고 구경 가야지. 그때 차에 설치돼 있는 수상(受像) 전화기의 벨이 울린다. 수화기를 드니 스크린에 사회부장의 노기 띤 얼굴이 나타난다.

"디 파이 나인, 뭘 하고 있어? 범인이 체포된 걸 모르나?"

"네? 체포됐어요?"

"멍청한 표정이나 짓고 있을 때가 아니란 말야!"

그때 스크린에서 부장의 모습이 싹 꺼져버리고 수화기에서도 아무 소리 나지 않는다.

동시에 여태까지 잘 달리고 있던 'GUIYOMI19'가 갑자기 속력이 줄어들더니 밤나무와 마로니에의 접종인 가로수를 들이받으며 멎는다. 잘 익은 밤송이가 우수수 떨어진다. 이상하게 차의 계기판을 굽어보니 한 군데도 불이 켜 있지 않다. 연료전지를 갈아 끼운 게 불과 몇 시간 전이니까 벌써 전지가 닳았다고 할 수도 없다. 차창을 통하여 보이는 거리의 풍경이 문득 준의 얼굴을 질리게 한다. 가로수를 들이받은 건 준의 차만이 아닌 것이다. 모든 차가 대개 그런 식으로 멎어 있다. 가로수 밑에 서 있는 어디서 본 듯한 한 사내가 준에게 큰 소리로 말한다.

"기류예요. 기류가 습격해온 거예요."

"기류라니요?"

준이 떨면서 묻는다.

김승옥

"흡전기류(吸電氣流) 말예요."

아! 그제야 깨달으면서 준은 하늘을 본다. 하늘은 점점 어두워지고 있다.

스펀지가 물을 빨아들이듯 전기를 흡수해버린다는 흡전기류의 존재는 어느 누구에 의해서도 예언된 적이 없다. 그러나 가로수 밑의 사내가 말하는 순간 준도, 이심전심으로 그런 기류가 어느 땐가는 지구를 뒤덮으리라는 걸 알고 있었던 걸로 된다.

"어떻게 해야죠?"

외치며 준이 돌아보았을 때 가로수도 그 사내도 캄캄한 어둠에 싸여 보이지 않는다. 문득 준은 비명을 지른다.

"아아, 우리 아이!"

'하느님의 집'에서 자라고 있는 아기가 생각난 것이다. 한 달 전 준과 그의 아내는 둘째 아이를 갖기로 합의하고 '하느님의 집'으로 갔다.

그들 부부는 한국 인구 문제 연구원으로부터 금년 중에 둘째 아이를 가져도 좋다는 허가를 얻어놓았던 것이다. '하느님의 집'에서 의사들이 소정의 진찰을 하고 나서, 준의 아기씨(精子)와 그의 아내의 알(卵子)을 받아내어, 준의 부부는 물론이고 그들 부부가 지정한 목사님과 변호사까지 입회하고 있는 가운데, 아기씨와 알을 결합시켜 인공자궁 속에 넣었다. 그러고 나자 인공자궁 뚜껑의 지정된 자리에 그와 그의 아내와 목사님과 변호사는 각각 자기들의 지문을 찍었다. 지문은 훼손되지 않도록 특수약품으로 코팅되었는데 열 달 후 아기가 세상으로 나오기 직전에 그들은 다시 모여 각각 자기의 지문을 확인함으로써 그 인공자궁에서 끄집어내어질 아기가 준 부부의 아이임을 인정할 것이었다.

그런데 흡전기류라니! '하느님의 집'은 인간의 탄생을 맡은 특수기관이기 때문에 물론 어떠한 사태에도 대비할 수 있는 전력원을 확보하고 있다. 그러나 지상의 모든 전기를 흡수해버린다는 기류에 대한 방책은 준비되어 있지 않을 것이다. 그렇다면 전력에 의하여 영양을 공급받고 보호되어 진화과정을 겪고 있는 인공자궁 속의 아이는 어찌 될 것인가! 준은 후들후들 떨며 차에서 내린다.

'하느님의 집'이 있는 방향으로 그는 어둠에 싸인 거리를 달리려고 한다. 그는 있는 힘을 다하여 달리려고 한다. 그러나 다리는 한 자리에서만 올라갔다 내려갔다 할 뿐, 한 발짝도 나아가지 못한다. 준은 안타까움 때문에 목이 멘다.

우리 아이, 우리 아이, 그때 캄캄한 거리 저편으로부터 한 덩어리의 밝은 빛이 빠르게 준을 향하여 달려온다. 가까워옴에 따라 그 빛은 귀여운 사내아이의 모습으로 변한다. 그 아이가 준의 앞에서 멈추더니 '아빠'하고 부른다. 그리고

"지금 하느님의 집에서 오는 길예요. 아빠 나 몰라?"

준은 어리둥절해진다.

"내 아이는 한 달…… 아직은 물고기일텐데."

"아냐, 아빠. 나야, 나……"

준은 눈을 뜬다. 그의 네 살짜리 딸 '도리'가 준의 발을 이불 밖으로 잡아당기며 '아빠, 아빠' 부르고 있다. 별 괴상한 꿈이 다 있군. 흡전기류라니! 그러나 꿈 속의 그 불안이 아직도 준을 감싸고 있다.

"아빠, 빨리 나와봐요. 할머니가, 할머니가……"

김승옥

"할머니가 오신 게로구나?"

"아냐, 대통령하고 얘기해요, 빨리 빨리!"

숨 가쁘게 말하고 나서 '도리'는 영양이 좀 지나쳐 하마 새끼처럼 통통한 몸을 뒤뚱거리며 거실로 달려간다.

대통령과 아침을

'대통령과 아침을'이라는 텔레비전의 아침 일곱 시 정규 프로에 과연 준의 어머니 윤 여사가 대통령과 나란히 앉아 아침식사를 하며 얘기를 주고받고 있다.

이 프로는 신청자들 중에서 매일 아침 한 사람씩을 대통령이 그의 아침식탁에 초대하여 담소한다는 내용이다. 초대의 영광을 누리게 된 사람은 먼저 공식적으로 대통령께 오늘 대통령이 해야 할 주요 정무가 무엇무엇이며 어떻게 처리할 작정이신지를 묻고, 다음으로 자기가 평소에 대통령을 직접 만나면 하고 싶었던 얘기를 꺼내는 것이다.

이 프로만은 전국의 모든 텔레비전 방송국이 함께 방영한다. 그만큼 인기 프로인 것이다. 그러나 이 프로 자체에 대하여 일부의 비난이 없는 것은 아니다. 가령 초대된 사람의 질문에 대답하는 형식으로 대통령이 국민들에게 그날 자기가 해야 할 주요 정무를 알리는 것은 얼핏 보기에는 국민에 대하여 대통령이 퍽 자상하고 책임감 있는 듯한 인상을 주지만, 실은 여기서 공개되는 주요 정무란 공개해도 좋을 만큼 별게 아닌 것들 뿐이라는 것, 그나마도 국민들로 하여금 대통령의 계획과 예정을 마치 결과로 착각하게 하는 효과를 나타내기 때문에, 따라서 이 프로는 국민들을 고의적으로 국정에 대하여 안심하게 해버리고 무관심하게 만들려는 의도에서 꾸며진 것이라는 비난이다. 비난의 다른 한 가지 예는 이 프로를 통해 국민들이 대통령에 대하여 느낀 친근감 때문에 지금 대통령이 다음번 선거에서도 임기 중의 공과에 영향 받지 않고 당선될 가능성이 높다는 것이다.

이런 식의 비난은 대부분 여든 살 이상의 중노년층의 입에서 나오는 것인데, 그들은 문자문화시대의 이른바 엘리트적 사고방식을 아직도 청산 못하고 있는 것이다. 그들의 만성병인 정치에의 노이로제는 대충 이해할 수 있지만 현실은 결코 그들이 걱정하는 대로는 아니다. 알약 한 알이면 그들의 노이로제는 금방 치료될 수 있으련만 이상하게도 그들은 현대약품에 대해서 거부적이다. 세균에 대항하는 약만을 약으로 여기고 관념이나 습관에 작용하는 약은 약으로 보려 하지 않는 것이다. 옛날엔 청소년 문제가 사회 두통거리였다지만, 현대의 노인문제 만큼은 아니었을 것이다.

윤 여사는 울어버린다

텔레비전에서, 준의 어머니 윤 여사와 대통령은 최근의 연쇄살인사건을 화제로 얘기하고 있다. 그 사건은 준이 취재를 담당한 것인데 문득 그는 조금 전의 꿈이 생각나서 불안해진다. 범인은 정말 체포됐는지, 나 혼자만 모르고 있는 게 아닐까.

김승옥

"경찰이 아직도 범인을 잡지 못하고 있는 이유는 뭐죠? 범인의 신원도 제대로 추정 못하고 있다니 말이 됩니까, 각하?"

윤 여사는 자못 분노한 태도로 대통령께 따진다.

"베이컨이 식습니다, 부인."

대통령은 손수 윤 여사의 접시에 인조 베이컨을 덜어주고 나서,

"그렇지만 부인, 부인께서도 실은 범인이 끝까지 잡히지 않기를 바라고 계시는 건 아닐까요?"

"그럼 각하께서도?"

"물론이지요. 저 역시……"

"아유, 어쩜!"

윤 여사는 반가움을 참기 힘든 듯 대통령의 어깨를 끌어안는다.

"우리는 기분이 통하는 사이로군요."

준은 꿈이 아무래도 마음에 걸려 더 이상 텔레비전을 보고 있을 수가 없다. 그는 거실 한구석에 있는 전화로 가서 합동취재 반의 'Tπ.6'의 집에 전화한다. 스크린에 'Tπ.6'가 한 손에 포크를 든 채 나타난다.

"무슨 정보 없나? 범인이 체포됐다는……"

준이 묻는다.

"체포됐나?"

'Tπ.6'은 가슴이 덜컹 내려앉은 표정이 된다.

"아니, 묻고 있는 거야."

"제기랄, 난 또…… 이봐, 그걸 묻기 위해 전화한 거야?"

"미안해. 식사중인데. 그럼 이따 보자구."

전화를 끊고 나서도 안심이 되지 않아 준은 용기를 내어 부장 댁에

전화한다.

"뭐? 아아니, 그걸 나한테 물으면 어떻게 해? 취재 담당은 자네 아냐?"

"실은 꿈에⋯⋯"

"꿈?"

"부장님께서 범인이 체포됐다고 해서⋯⋯"

"하하하하. 이봐, 자네 출근하기 전에 병원에 들르게. 요즘 피곤했던 모양이지? 꿈을 다 꾸고⋯⋯ 이봐, 병원에 꼭 들러!"

"네."

그는 겨우 안심하며 텔레비전 앞으로 돌아온다.

"그렇지만 각하, 우리가 이렇게 한가한 소리를 하고 있어도 될까요?"

윤 여사가 묻는다.

"물론 안 되죠. 앞으로 백 년은 충분히 즐겁게 살 수 있는 사람이 셋이나 살해당했으니까요."

"그것도 여자로만 골라서 말예요. 전 요즘 나도 살해당할지도 모른다는 불안 때문에 안정제를 세 알씩이나 먹어야만 겨우 명랑을 되찾는답니다."

"부작용 없는 안정제의 발명은 확실히 우리 선배들이 이룬 위대한 공적 중의 하나죠. 그렇지만 부인, 살해당한 여자들은 모두 이십대의⋯⋯"

"뭐라고요? 그럼 전 할망구란 말씀이신가요?"

"아차, 그런 뜻도 될 수 있군요."

사실 윤 여사는 이제 겨우 쉰다섯 살인데다가 세포 재생의 미용법으로 열아홉 살과 별로 다름없어 보인다.

대통령과 윤 여사의 대화는 좀 더 계속된다. 드디어 대통령이 결론을

김승옥

말한다.

"범인과 경찰을 인간과 기계로 각각 추상하여, 범인이 끝내 잡히지 않기를 바라는 전 세기적 심리가 특히 노인들 중에 상당히 퍼져 있는 걸로 압니다. 그러나 전 세기에도 살인자에 대하여는 아무도 동정을 보내지 않았다는 걸 상기하십시오. 죄인에 대하여 관대한 것은 오히려 금세기(今世紀)의 우리입니다. 아시다시피, 전 세기의 살인자들은 사형대로 가야 했습니다만 오늘날의 살인자는 다만 뇌 이식수술을 받을 뿐입니다. 돌아가신 훌륭한 분들의 뇌를 살인자들이 차지함으로써 그가 하루아침에 훌륭한 사람으로 변하게 된다는 것은, 제 개인의 생각으로는, 우리가 살인자에 대하여 관대하다는 걸 지나쳐 너무나 불합리한 짓을 하고 있다는 것입니다. 미래의 우리 자손들은 우리를 비웃을 겁니다. 좋은 일을 한 자에게 상으로 그 뇌를 주지 않고 왜 범죄자에게 주었느냐고 말입니다. 어쨌든, 우리의 살인자에 대한 처리방식은 이처럼 관대한 것입니다. 그러므로 범인은 하루 빨리 자수해야 할 것이고 사람들은, 우리 우수한 경찰도 잡지 못하고 있는 범인의 천재적인 도피 수법에, 그의 지능에 감탄만 할 게 아니라 범인을 하루빨리 체포하도록 경찰을 도와야 할 것입니다. 그런데 부인, 범인이 혹시 지금 이 프로를 보고 있다면, 부인은 그 사람에게 무슨 충고를 해주시고 싶습니까?"

"충고라고요?"

하고 진지한 표정으로 윤 여사는 한동안 망설이다가,

"만약 그 사람이 내 자식이라면…… 내 자식이라면…… 아아, 무어라고 말해줘야 할지 모르겠어요."

윤 여사는 눈물이 주르륵 흐르는 얼굴을 황급히 냅킨으로 가린다. 이 프로는 여기서 끝난다.

"아주 좋은 화제였어요."

시어머니가 나오는 이 프로를 녹화해두기 위해 녹화기의 원격조종 스위치를 들고 있던 준의 아내가 스위치를 탁 끄면서 말한다.

"그러나 범인한테 충고할 말이 없다니, 어머니는 도대체 어떻게 되신 분일까요!"

"그러게 말야."

준도 동감이다. 어머니는 어떻게 되신 분이람!

아침 식사 시간에

일층에 있는 식품점에서 진공 파이프로 배달된 음식 세트의 자기 몫을 받아 플라스틱제 포장을 뜯어버리고 우선 오렌지주스부터 꺼내 마시면서, 준은 아내에게 자기가 꾼 꿈 얘기를 들려준다. 아내는 몹시 걱정스러운 얼굴로 준에게 약을 먹어야 한다고 말한다. 약이란 안정제의 일종인 '옵티미'를 말함인데 신문기자는 휴일이 아닌 날에는 그 약을 복용하지 않기로 신문사에 서약하고 있다. 신문기자에게는 적당한 긴장이 필수조건이기 때문이다.

"그렇지만 악몽을 꾸는 정도니까 사에서도 눈감아줄 거예요."

"그보다도 당신 오늘 시간 좀 내서 '하느님의 집'에 들러보지 않겠어? 흡전기류 따위를 믿어서가 아니라 혹시 무슨 사고라도……"

"사고가 생기더라도 우리 애만 당하는 건 아니잖아요?"

김승옥

"그렇지만……"

"꿈을 믿다니, 당신 확실히 과민증예요. 애는 구 개월 후에 틀림없이 태어날 거예요. 애보다도 당신이 걱정이군요."

"진료실에 들러보겠어."

"그렇게 하세요. 그리고 참, 제 연구 결과가 오늘 컴퓨터 센터에 입력된다는 거 기억하고 계세요?"

"참 그렇군. 저녁엔 우리 한잔 해야겠소. 어디로 갈까? 당신 어디 가길 원하지?"

"푸저우는 언제 가도 즐거운 곳이에요."

"그러지, 비행기 예약은 내가 할게."

준의 아내는 섬유화학자로서 학술원 회원이다. 아내는 최근 다목적 '에어 크로스(이것은 일종의 액체섬유로서 공기 중에서 고체로 변하는데 진공 분무기에 넣어 몸에 직접 살포하면 속옷이 된다. 그리고 특수 비누로 씻으면 씻겨버린다)'에 관한 연구논문을 학술원에 제출했는데, 그것이 좋은 평가를 받아 컴퓨터 센터에 입력되게 된다는 것이다. 입력된다는 것은, 그 연구 이상의 완벽한 연구가 이 이상 불가능하다는 것을 뜻하는 것이며 그 연구자는 학술원이 줄 수 있는 최고액의 보수를 받아 한평생 돈 걱정으로부터 해방된다는 것을 뜻한다. 축하하지 않을 수 없는 일이다.

살인사건

'Dπ.9'은 취재용 무선전화기를 어깨에 메고, 팩시밀리에서 경쟁지의 사회면 몇 장을 찍어내 돌돌 말아들고 집을 나선다. 맨 아래층에 있는 진료실에 들러 간호원의 도움을 받으며 자동진찰기에 건강상태를 알아본다. 심전, 뇌파 등등 별로 이상이 없다는 카드를 자동진찰기는 토해낸다.

"괜찮은데 뭘."

일흔다섯 살인 간호원은 카드를 들여다보고 나서 묻는다.

"무슨 꿈을 꾸었는데?"

'Dπ9'은 꿈 얘기를 대강만 해준다. 간호원은 열심히 듣고 나서,

"우리가 젊었을 땐, 아이 꿈을 꾸면 좋지 않은 일이 생긴다고 했는데…… 그렇지만 요즘 세상에서야 나쁜 일이 있다고 그게 얼마나 나쁘겠수. 불안해할 거 없어요."

그러나 현대라고 나쁜 일이 없는 건 아니다. 물론 직장으로부터의 해고 따위가 나쁠 건 없다. 그는 레이저광선 취급 면허도 가지고 있으니 하다못해 수마트라에 가서 벌목꾼 노릇이라도 할 수 있다. 그럼에도 불구하고 나쁜 일이란 있는 것이다. 가령……가령……? 그러고 보니 간호원의 말이 맞는 것도 같다. 그래, 나쁜 일이란 별로 없군. 죽는다는 걸 제외하곤 말이야. 죽음, 그것은 과연 나쁜 일이다. 나도 죽게 될까?

신문사를 향해 달리는 'GUIYOMI19' 속에서 'Dπ9'은 집에서 가져온 신문들을 읽는다. 톱기사는 신문마다 제각기다. 서해 유전에서 폭발사고, 금강산 케이블의 노후문제, 관광공사의 부정사건, 탄자니아 주재 한국무역관 직원들의 태만 폭로, 목포-상해 정기 화물선의 방사능 오염……. 그러나 막상 읽어보면 대단찮은 사건들이다. 경고의 냄새가 짙은 해설이 기사보다 몇십 배 길다. 그런 중에서도 연쇄살인사건에 대해서는 모든 신문이 임시 고정란을 두어 범인 수사의 중간보고를 하고 있다. 그러나 그

김승옥

기사들도 역시 아직까지는 시원찮다.

그 사건이란 이렇다. 지난 주 휴일인 금 토 일 사흘 동안에 매일 한 명씩, 세 명의 젊은 여자가 살해당했는데 살해 수법으로 봐서 범인은 한 사람인 게 분명했다. 피살된 세 여자에게는 공통점이 많았는데 우선 그들이, 소속 연구소는 각각 다르지만 모두 광속 로켓 개발 연구에 몰두해 있는 우수한 젊은 학자들이라는 것, 둘째로 정형수술을 한 미인들이라는 것, 셋째로 독신주의자들이라는 것, 넷째로 독신주의자답게 남자관계에 무절제했다는 것, 그리고 마지막 공통점이야말로 셋이 모두 초음파의 충격으로 살해당했다는 것이다.

아까 텔레비전에서 윤 여사는 대통령에게 경찰이 범인의 신원도 제대로 추정 못하고 있는 게 아니냐고 공격했지만 실은 경찰이 그것도 못하고 있는 것이 아니다. 초음파를 살인도구로 사용했다면 범인은 과학자임에 틀림없는 것이다. 살인도구가 될 정도로 강력하고 정밀한 초음파 발사기를 소유하고 있는 건 아직까진 과학자들뿐이니까. 좀 더 정확하게 말하자면 범인은 과학자들 중에서도 그 세 여자에게 학문적인 질투나 경쟁의식을 가지고 있는 어느 여자 과학자일 것이다. 경찰은 그런 추정 밑에서 범인 색출작전을 펴고 있는데 그럼에도 불구하고 경찰이 대중들에게 이 사건의 원인이 어느 사내의 치정관계에서 생긴 원한 때문일 것이라는 인상을 주려고 애쓰고, 신문 역시 당장은 경찰의 그런 추리에 수긍하는 듯한 태도를 보이는 까닭은 마치 전 세기의 경찰과 신문이 빈대 잡으려고 초가삼간 태우는 짓을 하지 않겠다는 의도로 정치가들의 스캔들을 덮어주던 것과 흡사하다.

불확실한 추리로써 대중들에게 과학자는 살인자라는 인상을 심어주

는 것은 인류의 진보를 위해서 삼가야 한다. 물론 명백한 증거로써 체포
했을 때엔 그가 비록 과학자 중의 과학자라도 가차 없이 뇌 이식 수술실
로 보내버릴 것이다.

알파 박사

'GUIYOMI19'는 제7한강교를 통과하고 있다. 특수 유리로 된 마제
형(馬蹄形) 덮개를 씌운 이 다리는 그야말로 유리의 터널이다. 뿐만 아니
라 차도와 인도를 제외한 나머지의 공간은 온갖 꽃나무로 가득 차 겨울
에도 만발한 꽃을 피우기 때문에 제7한강교는 다리라기보다 강 위에 걸
쳐놓은 아름답고 거대한 식물원이라고 하는 게 비슷한 표현이다. 'Dπ.9'
은 자기가 하루에 적어도 두 번씩 이 다리를 통과해야만 하는 것을 행운
으로 생각한다. 다리 아래의 강물 위에서는 부산-서울-평양-신의주를
삼십 분 만에 달릴 수 있다는 지하진공철도의 공사가 한창 진행 중이다.
이 강바닥을 파고 거대한 파이프를 묻어야 하는 이 부분의 공사가 가장
험난하단다.

'Dπ.9'은 신문사 사회부에 들어선다. 사회부 기자만도 삼백 명, 사회
부가 사용하는 방은 열다섯 개다. 한편 거대한 편집국은 밖에서 기자들이
무선전화로 보내는 음성기사를 받아 취사선택하고 문장으로 바꾸고 편
집하고 조판하고 인쇄하여 각 가정이나 지국의 팩시밀리에 신문을 전송
하는 컴퓨터로 가득 차 있다. 사회부의 아침 회의는 다른 부에 비해서 전
통적으로 짧은 시간에 끝난다. 부장의 "자, 오늘도 잘해봅시다" 한 마디로

회의가 끝나는 것이다. 특별사항이나 계획은 부장이 담당기자를 불러 말한다.

"디 파이 나인!"

회의가 끝나자 부장이 'D.π.9'을 부른다.

"네."

"알파 박사한테서 자네한테 전화가 왔더군. 조금 전에 말야. 집에 전화했더니 출근했다고 해서 일루 걸었다고. 잠시 후에 다시 건다고 했으니까 또 걸려오겠지. 참 병원에 들렀었나?"

"네, 별 이상은 없더군요."

"하하하하하. 범인이 꿈에 잡혔어? 하하하하. 자네 빨랑 출입처에 가봐야겠군. 특종을 놓치면 큰일이지, 하하하하하."

'D.π.9'도 부장을 따라 큰 소리로 웃는다. 그런 꿈을 꾸다니 자신이 생각해도 쑥스럽다.

"그런데, 알파 박사하곤 친한가? 자네가 거물의 친구인 줄은 첨 알았어."

"지난겨울, 스키 타러 친척들과 스위스에 갈 때 알게 됐죠. 비행기에서 나란히 앉아 가게 되어 친해졌어요. 스키도 잘 타더군요."

알파 박사는 실로 한국이 낳은 거물이다. 한국의 의학계로는 최초로 성공한, 인간의 체외수정과 인공자궁의 실험에서 탄생한 인간이 바로 알파 박사다. 실험의 실패에 대비해서 아가씨와 알을 제공한 남자와 여자를 의사들은 비밀로 했기 때문에 알파 박사는 결국 부모 없이 세상에 태어난 셈이다. 그의 이름이 알파인 것도 인공자궁에서 태어난 최초의 인간이란 뜻으로 붙여진 것이다. 그는 국가에 의해 길러졌으며 자기를 탄생시켜준

과학에 감사하기 위해서인 듯 과학자가 되었으며, 그 방면에서 일찍부터 천재적 재능을 발휘했다. 이제 겨우 스물다섯 살인데도 그동안 그가 달에 설치된 국제우주연구소와 화성 탐험에서 이룩한 공적은 정말 전 인류가 자랑할 만하다. 그는 우주 속에서는 두려운 것이 없는 그야말로 우주의 기사다. 그는 예술 부분에서도 전문가들을 놀라게 하는 재능을 곧잘 발휘하곤 했다. 나이는 자기보다 어리지만 'Dπ.9'은 알파 박사를 존경하고 있고 그와 친구인 것을 영광스럽게 생각하고 있다.

그때 'Dπ.9'에게 전화가 걸려온다. 전화기의 스크린에 알파 박사의 상반신이 나타난다.

"잘 있었소, 알파? 오랜만이오."

"안녕하셨어요, 준?"

그렇게 말하는 알파 박사의 음성은 몹시 가늘고 떨렸으며 얼굴도 창백해 보인다.

"알파, 당신 전화기의 클로즈업 스위치를 눌러주시오. 얼굴이 창백해 보여요."

알파 박사는 'Dπ.9'의 요구대로 한다. 스크린에서 알파 박사의 얼굴이 서서히 클로즈업 된다. 클로즈업 된 얼굴을 보니 땀투성이이고 몹시 고통스러워 보인다.

"알파, 왜 그래요? 몹시 고통스러워 보이는데."

"준."

알파 박사는 아까보다 더욱 가느다란 음성으로 말한다.

"난 더 말할 수가 없어요. 난 지금 죽는 거예요."

"알파, 어떻게 된 거요?"

'D.π.9'은 자신도 모르게 외친다.

"준, 내가 범인예요. 당신한테도 말하지 못하고 죽을까봐 걱정했는데……. 준, 아침 텔레비전 봤어요. 준의 어머니. 나도 봤어요."

부장의 손이 재빨리 녹화장치의 스위치를 누른다.

"준, 여기 내 말 녹음해뒀어요. 준을 못 보고 죽을까 봐……. 준, 안녕히……"

"알파! 알파 박사!"

그러나 알파 박사의 눈이 힘없이 감기더니 이윽고 얼굴도 스크린 밑으로 툭 떨어져버린다.

"축하하네. 'D.π.9'. 가만히 앉아서 특종을 고스란히 얻었군. 자네 꿈 기가 막힌데."

부장이 악을 쓰듯 말하며 아파서 견딜 수 없을 만큼 세게 'D.π.9'의 등을 두드려댄다.

박사의 메시지

……준, 나는 지금 죽으려고 합니다. 나는 당신을 형이라 부르고 싶습니다. 당신의 어머니를 나의 어머니로 내가 작정한 이상 당신은 분명히 나의 형입니다. 준, 지금 나는 조리 있는 말을 할 수가 없습니다. 내 입이 지껄이는 대로 내버려두렵니다. 그러나 거짓말은 하지 않을 것입니다. 준, 로켓을 타고 태양계를 탈출하려면 나는 조금도 망설이지 않을 것입니다. 그러나 살인자로서 대중 앞에 나설 용기는 없군요. 뇌 이식수술을 받아

내가 아닌 내가 될 용기는 없어요. 준, 그 여자들은 내가 죽였습니다. 경찰이나 신문이 주장하듯, 치정관계 때문이 결코 아닙니다.

나는 그 여자들을 사랑했습니다. 그러나 여자로서 사랑한 게 아니라, 그들의 과학에의 정열을 사랑했습니다. 그들은 제각기 자기기 광속 로켓의 최초의 설계자가 되어야겠다는 듯이 연구에 몰두했습니다. 광속 로켓, 그것은 우리 세기의 위대한 과제임에 틀림없습니다. 그런데 준, 앞으로 화성에 갈 기회가 있으면 거기서 혼자서 조용히 어두운 우주를 바라보아주기 바랍니다.

우리는 도대체 어디로 가고 싶어 한단 말인가. 우리는 왜 지구를 떠나야 한다고 믿고 있는 것일까. 우리는 무엇을 사용해야만 저 무한한 우주의 끝까지 갈 수 있을 것인가! 우리가 획득하기를 욕망하는 가장 빠른 속도란 광속의 몇 천 배 몇 만 배 아니 그 이상의 속도가 아닌가. 그런 속도를 내는 비행체는 가능한 것인가.

준, 나는 우리가 지구에서 가장 먼 어느 별을 향하여 떠나기 위해 지구에 태어난 거라고 믿어왔습니다. 죽은 여자들도 그렇게 믿고 있었습니다. 그러나 준, 화성에서 나는 우리가 찾아가야 할, 별을 발견했습니다. 그것은 지구였습니다. 내가 가장 가기를 원하는 곳, 그곳은 지구였습니다. 그리고 그때 나는 또 하나의 발견을 했습니다. 빛보다도 더 빠른 수억 배 수천억 배 아니 비교할 수 없을 만큼 빠른 속도를 가진 비행체, 그것은 영혼이라고 말입니다. 인간 역사의 한 귀퉁이에서 쭈욱 믿어져왔고, 그러나 금세기에 들어와서 웃음거리가 되었으며 나 역시 대수롭지 않게 여겼던 인간의 영혼, 아니 가사성(可死性)의 모든 생물의 영혼, 만일 영혼이 그처럼 빠르게 날 수 없다면 어떻게 영혼은 암흑의, 죽음의 저편으로 비행할 엄

김승옥

두를 내는 것이란 말입니까. 나는 인간들이 오랜 세월 동안 증명해내려고 노력한 영혼이라는 가설을 토대로 '영혼의 속도'에 대한 가설을 세운 것입니다.

그리고 내 가설이 진리임을 증명하고 싶었습니다. 나는 우주에서 가장 빠른 비행체는 영혼이라는 내 가설에 대한 얘기를 그 여자들에게 들려주었습니다. 그러자 그들은 광속 로켓 개발의 무의미성을 깨닫고 실망했으며 서로 자기가 내 가설을 증명할 수 있도록 해달라고 내게 청했습니다. 나는 그들의 청을 받아들였습니다. 준, 그들은 행복하게 죽었습니다. 그렇다고 나는 분명히 말할 수 있습니다. 그러나 나는 불행해진 것입니다. 그들의 영혼이 과학상의 새로운 증명을 위해 날아가 버린 뒤 뜻밖에도 나를 습격하는 공포, 아아, 공포. 우주의 어떠한 공간에서도 못 느껴본 공포. 나는 울고 있었습니다. 그러다가 당신의 어머니를 본 것입니다. "범인이 만일 내 자식이라면……" 하시다가 말문이 막혀버리는 당신 어머니의 눈물, 순수한 공포에서 나오는 눈물, 말로 할 수 없는 안타까운 호소의 눈물. 나는 그 눈물이 뜻하는 것을 이해할 수 있었습니다. 인간을 오늘까지 유지시켜온 건 과학도 지식도 아니고 살인자인 아들에게 호소하는 어머니의 눈물이었다는 걸 나는 알았습니다.

어머니들의 눈에서 눈물이 그칠 날이 없었다는 전 세기 이전의 자식들은 어쩌면 모두 살인자들이었겠죠. 그러나 웃음을 나오게 하는 약을 매일처럼 복용하여 웃고만 지내는, 눈물을 모르는 우리들은 무엇이란 말입니까? 준, 나의 형! 당신의 어머니는 내가 무엇을 해야 할지를 가르쳐주셨습니다. 감사합니다. 어머니, 나의 어머니……

그날 밤, 준은 아내와 딸과 함께 푸저우의 화려한 오락장에서 최근에 발명된 게임을 한다. 준이 문득 아내에게 묻는다.

"참, 당신 오늘 '하느님의 집'에 들렀소?"

"아아뇨. 아유, 당신도 별 걱정을 다 하시는군요. 애는 틀림없이 태어난다구요. 아무래도 당신, 병원에 가보셔야겠어요."

김승옥

김학찬

장편소설 〈풀빵이 어때서〉로 제6회 창비장편소설상을 받았다.
지은 책으로 《굿 이브닝 펭귄》, 《상큼하진 않지만》과 《우리집 강아지》 등이 있다.

어쩐지 발가벗겨진 것 같습니다.

이해해주셔서 감사합니다. 로딩(Loading)이 없으니 난감할 수밖에 없습니다. 눈을 감고 어둠을 응시하는 셈입니다. 어디선가 어두운 보라색 하늘에, 먼지가, 불안하게, 떠올랐다가, 가라앉고 있습니다.

저는 왜 먼지라고 생각하는 걸까요.

보라색이 맞긴 할까요.

당신은 보이시겠지요?

지금 상황은 마치 중세소설의 한 장면 같습니다. 연구자가 연구대상을 닮아버리는 건 아이러니한 숙명입니다. 모름지기 상식 있는 연구자라면 연구대상과 적절한 거리를 둘 수 있어야 합니다. 그런데 대상을 이해하고 싶다는 마음이 거리두기를 배반해버립니다. 물론 이해하려는 마음과 옹호하려는 태도는 같은 것이 아닙니다. 하지만 중세소설을 연구하다

보면 자신도 모르게 동화되어 버립니다. 사랑하게 됩니다. 맞습니다. 이건 중세소설 탓은 아닙니다. 그저 직업병입니다. 어쩔 수 없이 저도 의식하지도 못한 채 중세소설에 있는 표현을 평소에도 자주 쓰고야 맙니다.

고맙다고 말하는 건 이상한 상황이지만, 어쨌든.

당신 덕분에 중세인들의 마음을 조금 더 느끼는 중입니다.

물론입니다. 솔직하게 말하겠습니다.

당신도 약속을 지켜주십시오.

갑자기 제가 중요한 인간이 된 듯한 착각이 듭니다.

◎

중세가 끝나갈 무렵 인간들은 '컴퓨터'를 만들어냈습니다. 이름은 달라지기 마련이니, 항상 그 이름으로 부른 건 아닙니다. 편의상 많이 불렀던 이름을 따라 컴퓨터라고 부르겠습니다. 컴퓨터는, 지금의 로딩에 비하면 글쎄, 연원을 잇는 것 자체가 억지처럼 보입니다. 지나치게 조야한 장치였습니다.

그럼에도 불구하고 중세인들은 컴퓨터를 두려워했습니다. 마치 로딩이 문득 모든 인간들을 죽여야겠다고 결심하고 기계 군단을 만든다거나, 우주를 황폐화시키는 것은 인간이라는 결론을 내려 끔찍한 바이러스를 만든다거나, 진짜 세계 대신 로딩이 만든 가짜 세계에서 꿈꾸듯 살아간다거나, 로딩의 노예가 된 인간들의 비참한 삶이라거나, 형편없는 무기를 든 인간들이 로딩과 최후의 전쟁을 벌인다거나 그런……

황당합니다.

김학찬

중세인들은 컴퓨터를 두려워했습니다. 납득하기 어렵습니다만, 자신들이 제작한 것 따위에 공포를 느끼다니 자의식 과잉이라고 불러야 할까요, 자의식 부족이라고 여겨야 할까요. 우리가 잘 아는 갈등 덕분에 중세는 끝났습니다. 네, 나그네쥐 떼들이 일제히 바다를 향해 달려가 차례로 집단 자살을 하는 것과 같은 일이 일어났습니다. 우리가 배운 역사 그대로.

무지 때문입니다. 중세인들은 진짜와 가짜를 구분할 줄 몰랐습니다. 999년, 1999년 하는 식으로, 그저 순차적인 숫자에서도 종말을 느꼈던 인간들이었습니다. 상상력 때문입니다. 태어난 날짜를 기념하는 관습도 있었고, 인간이 죽으면 특별한 의식을 치르기도 했습니다. 모여서 음식을 나눠 먹거나 노래를 부르며 망자가 가는 곳에 대한 이야기를 나누었다고 합니다.

모이는 것은, 죽음을 생각하는 것은, 쓸데없고 위험하기만 한 행동입니다. 군이 왜 모여서 전염의 위험을 감수합니까. 죽음 이후를 생각한다고 해서 무엇이 달라집니까. 울면서 고통을 자처할 필요가 있습니까. 기뻐하거나 슬퍼한다고 나아지는 게 있겠습니까.

망상입니다.

어떤 연구자들의 말처럼 중세라는 시대구분 자체가 잘못된 것일지도 모릅니다. 원시적인 지성과 유의미한 차이가 발견되지 않는데 군이 원시와 중세를 구분해야 할까요. 저야 연구의 편의상 원시와 중세를 구분할 수밖에 없지만.

혹시 뭔가 불편하십니까?

다행입니다. 사실 저는 지금 좀 불편합니다. 아닙니다. 부디 당신 기분이 좋기를 바랍니다. 최소한 나쁘지는 않기를 바랍니다. 당신이 불쾌하면 계속될 수 없으니까요.

앞을 볼 수 있으면 좋겠습니다. 당신만 저를 보고 있고, 아무래도 저는 좀, 답답하군요.

죄송합니다.

물론 연구의 편의를 제외하더라도 원시와 중세를 구분해야 하는 이유가 있습니다. 연구자는 설명하기 어려운 현상을 단순화하려는 태도를 경계해야 합니다. 논의 자체를 짓뭉개면 안 됩니다. 연구대상을 이해하려는 태도가, 이유를 찾으려는 노력이 필요합니다. 의미부여가 과잉되는 건 어쩔 수 없습니다. 그렇지 않다면 연구는 그저 건조한 사실의 나열에 그치게 됩니다. 건조한 건 질색입니다. 축축한 걸 좋아한다는 말은 아니지만, 어쨌든, 저는…….

저는, 중세소설 연구자입니다.

◎

혹시, 왜 이러시는지 말씀해주실 수는 없습니까?

이유나, 계획이 있다거나.

아닙니다. 모르는 편이 낫겠지요.

어떤 강박증 환자가 떠오릅니다. 쓸데없는 말을 하는 걸 용서해주길 바랍니다. 아무 말이라도 해야 진정할 수 있습니다.

강박증 환자는 스쿠버 다이빙을 배웠습니다. 겨울 바다에서 스쿠버 다이빙을 하다보면 갑자기 점 같은 검은 구름이 수평선 너머에서 피어오를 때가 있다고 합니다. 검은 구름이 순식간에 태양을 가려버리면 바다 위는 미친 듯 날뛰는데 바닷속은 신비로울 만큼 적막하다고 합니다. 어느 날, 어느 순간, 강박증 환자는 그 적막을 견디기 힘들었습니다. 하지만 수면 위로 올라가면 광풍에 휘말려 죽고 말겠지요. 강박증 환자는 이상한 생각이 들었습니다.

수면 위의 폭풍은 진짜인가.

폭풍이 진짜라면 바닷속은 어떻게 이토록 적막한가.

지금 따르고 있는 다이버의 수칙은 진짜인가.

의심을 풀려면 목숨을 걸어야 합니다. 강박증 환자는 광풍이 지나갈 때까지 떠오르지 못했습니다. 한참 후 해안가로 헤엄쳐 나온 그는 그날 이후 모든 것을 의심하기 시작했습니다. 세상에 분명한 것이 존재하기는 하는 것인지, 있다면 무엇인지 궁금해 미칠 지경이 되었습니다. 처음에는 자기 어머니가 진짜 친모인지, 자신의 아들이 진짜 자기 아들이 맞는지 의심했습니다. 자신이 보고 있는 것이 환상인지, 혹시 자기 자신이 살아 있는 것은 맞는지, 자신이 어느 인물화의 일부가 아닌지 고민했습니다. 수압으로 인한 뇌손상, 또는 광풍에 대한 어떤 트라우마로 보입니다만, 사실 스쿠버 다이빙이라는 위험한 취미 자체가 그의 정신이 처음부터 온전하지 않다는 것을 증명합니다.

오늘날이라면 깔끔하게 로딩이 해결해주겠지만.

의심을 거듭하던 강박증 환자는 마침내 한 가지 결론에 도달합니다. 그는 벌거벗은 채 소리치며 뛰어다녔습니다.

"여러분, 나는 생각합니다. 그러므로 나는 분명히 있습니다."

얼핏 그럴듯하게 들립니다. 누군가가 자신을 속이더라도, 자신이 거짓을 보고 있더라도, 그것에 대해 생각하고 있는 자기 자신은 분명히 존재한다고 생각할 수 있으니까요. 강박증 환자에 대한 기록은 여기까지입니다. 그는 어디론가 사라졌습니다.

강박증 환자의 말은 언어유희에 불과합니다. 로딩의 존재 자체가 그 말에 대한 반증이니까요. 로딩은 사고하지만 존재하지 않습니다. 로딩은 존재하면서도 생각하지 않는 무엇을 무한히 만들어냅니다. 로딩은 어디에나 있지만 존재하지는 않습니다. 강박증 환자는 사고라는 개념을 협소하게 간주했을 뿐입니다.

사고는, 오직 인간만 할 수 있다고.

어쩌면 강박증 환자가 아니라 오만한 인간이었을지도 모릅니다.

웃지 않으시는군요.

저는 당신이 웃을 줄 알았는데.

그런데 아까부터 누가 우리를 보고 있는 것 같지 않습니까?

아닙니다. 어쨌든 당신이 저를 찾아온 이유가 부디 강박증과 무관하기 바랍니다.

◎

중세소설연구도 로딩이 처리합니다. 다른 연구와 차이는 로딩이 결정해주지는 않는다는 겁니다. 결정을 요청하면 로딩은 침묵합니다. 강제로 로딩할 수는 있습니다. 그러나 모든 소설이 단일한 하나의 값으로 처리되어 버립니다. 어쩔 수 없이 결정은 연구자의 몫입니다. 이 점에 매력을 느

김학찬

껴 중세소설을 연구하겠다는 사람들이 꾸준히 있습니다. 말려도 소용없습니다.

중세소설을 설명하는 방식에는 크게 제의설, 유희설, 교육설이 있습니다. 신을 섬기기 위한 방법이었다거나, 즐겁게 시간을 보내기 위한 것이었다거나, 뭔가를 전달하고 가르치기 위한 수단이었다는 것입니다. 저는 셋 다 일정 부분에만 주목한 설명이라고 봅니다.

중세소설의 진짜 존재 가치는 처벌에 있었으니까요.

중세소설을 해석하려면 문자를 눈으로 좇으면서 연속된 상상을 해야 합니다. 왼쪽에서 오른쪽으로 봐야 합니다. 오른쪽에서 왼쪽으로 만들어진 중세소설도 없는 건 아닙니다. 혹시 찾을 시간을 주신다면⋯⋯. 죄송합니다. 아래에서 위로 보면 이해하기 어렵습니다. 마음대로 건너뛰어서도 안 됩니다. 반드시 문자가 나열된 순서를 따라야 합니다. 이상한 규칙이지만 이렇게 하지 않으면 무슨 내용인지 해석하기 어렵게 구성되어 있습니다. 중세인들은 시간이나 순서가 세상을 이루는 질서라고 보았기 때문입니다. 혹시 중세인들은 숫자에 의미를 부여했다는 이야기를 했었나요? 어색하면 입으로 소리를 내도 됩니다. 하긴, 이게 더 이상하겠지요.

눈으로 문자를 따라갈 수 있다면, 그 다음에는 상상을 해야 합니다. 중세소설을 해석할 때는 중요한 부분에서 로딩이 끊기는 일이 잦기 때문에 중세소설 연구자는 이 방법에도 익숙해질 필요가 있습니다. 로딩을 넉넉하게 할당해주지 않으니까⋯⋯.

오른손으로 원을, 왼손으로 사각형을 동시에 그리는 것과 비슷합니다. 문자를 보는 동시에 끊임없는 상상을 머릿속으로 해내야 합니다. "흥분한 그의 설명이 점차 빨라졌다."는 부분을 해석할 때는 로딩 없이 한 번도 들어보지 못한 목소리를 떠올려야 합니다. 목소리의 높이요? 중세소설은 그런 것을 하나하나 세세하게 지정해두지 않습니다. 비어 있고, 불완전합니다. 당신은 그의 어조가 높아지고 빨라지는 광경을 자유롭게 상상해야 합니다. "그의 말을 듣던 사람은 당황했다. 도대체 어떻게 해야 하는지 알 수가 없었다." 당황은……. 빨개진 얼굴을 떠올려도 되고, 손을 살짝 떠는 모습도 괜찮을 겁니다. 소설의 흐름만 지킨다면 나머지는 마음 내키는 대로 하면 됩니다.

마음을 먹고, 마음대로 하는 게 핵심입니다.

당연히 어렵습니다.

어떤 인간은 끝까지 중세소설을 이해하지 못합니다. 그게 다 그거라고 하더군요. 중세소설의 매력을 느끼지 못하는 인간들이 안타깝지만 그들 역시 제가 하는 일을 쓸데없다고 여기니까 피차 상대를 안타깝게 생각할 뿐입니다.

당연히 피곤합니다. 문자 자체만 따라가는 건 몇 시간만 연습하면 가능합니다. 하지만 중세소설을 해석하는 건 오로지 혼자 하게 되는 일입니다. 육체적으로도 정신적으로도 만만치 않습니다.

이것 때문에 중세소설연구는 학문이 아니라고 비웃는 인간들이 있습니다. 상상력 같은 것을 과도하게 믿는다고 연구자들마저 중세인 취급을 합니다. 괜찮습니다. 세간의 오해와 달리 중세소설 연구자들이 상상력을 믿는 건 아닙니다.

그건 보조도구입니다. 줄을 긋거나 뭔가를 쓴 흔적들이 보이십니까? 모르겠다는 표시가 많습니다. 별을 사랑했던 흔적도 많습니다. 툭하면 별을 몇 개씩 그린 흔적들이 광범위하게 발견됩니다. 아직 별의 의미는 밝

김학찬

혀지지 않았습니다.

그런데 당신, 어떻게 〈1〉을 아십니까?

◎

의미를 알 수 없는 협박을 받고 있습니다. 뭘 어떻게 하라는 것도 없습니다. 그저 막연한 의미를 나열하고 있어서 사실 협박인지 아닌지 확신할 수도 없습니다. 차라리 명료하게 협박하는 편이 낫겠습니다.

제의론자들일 겁니다. 제의론자들은 위험하고 불온합니다. 저는 불온한 인간이 싫습니다. 제가 불온한 인간으로 여겨지는 것도 내키지 않습니다. 동조라니요, 그저 그들과 굳이 엮이지만 않으면 별다른 일은 없을 거라고 생각해왔습니다. 로딩에 신고해도 소용없었습니다. 물론 당신을 탓하는 건 아닙니다. 중세소설이 그러하듯, 이 일은 단지 우연에 불과합니다.

그래야만 합니다. 그렇게 생각하겠습니다.

연구하는 데 무슨 이유가 있겠습니까. 연구는 그냥 하는 겁니다. 그냥, 궁금하고, 일이니까 할 뿐입니다. 연구에 이유를 다는 인간들은 죄다 사기꾼입니다. 아니면 제의론자들이거나. 저도 압니다. 요즘 중세소설을 두고 황당한 소리를 하는 인간들이 늘어나고 있더군요. 중세소설에 통찰이, 성찰이, 인간과 세계에 대한 의미가, 가치가 있다고 주장하더군요. 개발, 증진, 함양 이런 단어들을 내세우며 중세소설에 신비한 힘이 있다고 합니다. 중세소설이 인간을 바꿔놓을 수 있다는 헛소리를 연구자들이 나서서 하고 있으니 한심한 노릇입니다. 중세소설을 해석하며 무아지경에 빠져들어서 웃거나 울거나 했다는 기록들을 강조하면서 지금도 중세소설을 통해 높은 정신적 경지에 이를 수 있다고 믿는 제의론자들이 있더군요. 믿음은 중세인들의 관습에 불과합니다. 지금은 아무도 믿음을 가지지 않습니다. 제의설은 이 부분에서부터 틀렸습니다.

궤변이거나 착각입니다. 원시 고분에서 발굴된 화려한 금관은 손재주 그 이상도 이하도 아닙니다. 금관을 머리에 쓸 수는 있지만, 금관에서 지혜가 생기는 것은 아닙니다. 중세소설은 어디까지나 중세소설일 뿐입니다.

잠깐, 당신이 어쩐지 낯익습니다.

정확하게는 당신의 태도가 낯익습니다. 소설의 위기, 소설의 종말, 그런 것들을 진지하게 고민했던 중세인들이 떠오릅니다. 이유를 설명하기는 힘들지만 비슷하게 보입니다.

죄송합니다. 방금 저는 마치 중세인처럼 행동했군요.

분명히 해두겠습니다. 〈3〉은 합법적으로 제작되었습니다. 저는 소설을 만들 수 있는 라이센스를 갖고 있습니다. 소설 제작은 로딩의 엄격한 관리 하에서 제한적으로 이루어지는 일입니다. 중세시대와 달리 지금은 아무나 함부로 소설을 제작하는 건 중범죄에 해당합니다. 다만 관심이 없으니 다들 모를 뿐입니다.

저는 분명히 말했습니다. 협박하는 건 아닙니다. 협박이라니, 무섭습니다. 저는 불온한 게 싫다고 말했잖습니까. 그저 당신을 위해서 한 말입니다. 당신이 〈1〉이나 〈3〉을 원한다면 로딩의 절차를 따라야 한다는 말을 한 것일 뿐입니다.

숨길 이유가 없습니다. 〈3〉은 기존 소설을 재처리해 제작한 것입니다.

재처리는 로딩이 권장하는 제작방식입니다. 자원도 많이 할당됩니다. 〈3〉은 발굴된 것이 아니니 고고학적 가치도 없고, 제의론자들이 망상하는 중세시대의 신비한 힘이 내재되어 있는 것도 아닙니다. 재처리된 〈3〉은 새로 제작되고 있는 여러 중세소설 중 하나에 불과합니다. 그리고 저는 로딩과 함께 프로젝트를 할 뿐입니다. 궁금하기도 하고, 무엇보다 이게 제일이니까요.

◎

중세소설을 연구할 때는 주로 시각에 의존하게 됩니다. 로딩의 모든 감각을 종합적으로 사용하기 어렵습니다. 처음에는 아래 위를 구분하는 것도 쉽지 않았습니다. 실물 중세소설 책은 생각보다 무겁고 인간도 죽일 수 있을 정도입니다. 책이 모여 있는 공간은 직사각형으로 만들어진 흉기들의 박물관인 셈입니다.

중세소설 책 냄새에 대한 기록도 있습니다. 촉감이나 물성 같은 것을 사랑했다고 하는데, 좀, 변태적인 방식입니다. 코나 손으로 중세소설을 해석할 수는 없습니다. 점자라는 방식도 있었지만 이건 제 연구분야가 아니라 잘 모르겠습니다.

환각작용이 아닌가 합니다. 중세소설 책 냄새는 그저 종이와 잉크 냄새에 불과한데, 그것에 빠져드는 인간들이 있었습니다. 중세소설 책은 폭력적인 방식으로 만들어졌는데 그것과 관련이 있지 않을까, 방식과 취향의 동일성 같은……. 중세소설 책을 만들기 위해서는 살아있는 나무를 베고 끓였습니다. 엄청난 약품을 들이부었습니다. 심지어 종이를 매끈하게 만들기 위해 돌가루까지 섞는 일도 빈번했습니다. 멀쩡한 돌을 깨버렸다는 걸 믿을 수 있습니까. 한 번 깨버린 돌은 절대 복원되지 않습니다. 열을 가하고 누르고 펴고 자른 뒤 잉크를 뿌렸습니다. 나무를 두 번 죽이는 일입니다. 소설책은 위험한 것이라고, 인간들을 오염시키고 있다는 기록들은 아마 폭력적인 방식으로 조악하게 만들어지는 것에 대한 우려였을 겁니다. 감염에 취약할 수밖에 없으니까요. 심지어 손으로 직접 한 장 한 장 넘기며 해석해야 했는데, 종이끼리 붙어 있으면 손가락 끝에 침을 묻혀서, 맞습니다, 맛을 보듯이 넘겼다고 합니다. 목숨을 걸고 해석했던 것입니다. 언제라도 불에 탈 수 있는, 인화성 물질을 가득 쌓아서, 때로는 맛까지 보면서.

중세소설 연구자는 나무들의 시체 속에서 사람들의 유언을 보고 있는 셈입니다.

마치 묘지기 같습니다. 참, 묘지기가 무엇인지 모르시겠군요. 아신다구요? 어디까지 아신다는 말씀이십니까? 이미 다 알고 있다면 의아하지만, 죄송합니다. 설명하는 게 버릇이니, 이해해주시면 좋겠습니다.

중세소설을 해석하느라 눈과 허리가 아팠다는 기록이 빈번한 걸로 봐서 그들도 힘든 건 마찬가지였던 것 같습니다. 시력을 잃었다는 기록도 많고 허리 통증으로 고생했다는 기록도 풍부합니다.

고문설은 여기서부터 시작됩니다. 그렇게까지 했던 이유가 무엇이었을까요? 중세시대 후기에는 고문이 폐지되었다고 알려져 있지만 사실이 아닙니다. 고문은 좀 더 치밀하게, 정교한 방식으로 변모했을 뿐입니다. 인간은 고문을 결코 포기하지 않습니다. 가령, 이런 것은 어떻습니까. 인간들이 모여서 소설을 해석하고 있습니다. 감옥보다 더 열악해 보이지 않습니까? 환기도 잘 안 되고, 인간들 사이의 간격은 지나치게 가깝습니다. 주변에는 중세소설 책만 가득합니다. 많은 인간들이 무겁고 불편해 보이는 두꺼운 유리알처럼 보이는 도구를 쓰고 있습니다. 눈알이 튀어나올 것 같고, 저러다 얼굴 모양조차 변형되지 않을까 염려스럽습니다. 딱딱한 의자에 앉아 있는 자세는 지나치게 경직되어 있습니다. 이것은 어떻습니까. 중세소설을 보관하는 장소인데 보기만 해도 침울해집니다. 어둡고 먼지가 잔뜩 내려앉아 있습니다. 음산해 보이는 이곳에서 당장 누가 죽어도 이상하지 않을 겁니다. 백 년이 지나도 시체조차 발견되지 않겠지요.

퀴퀴한 냄새가 풍겼다고 합니다. 어둡고, 음산하고, 적막하고. 중세소설은 만드는 쪽도 고통스럽고 해석하는 쪽도 괴로웠습니다. 소설을 만든다는 것은 조롱처럼 사용되었고, 소설보다 더하다는 것은 터무니없거나 이상한 일이 일어났을 때 쓰는 표현이었습니다. 사회의 가장 밑바닥에 중세소설가들이 위치했고 이들은 대부분 악성 질환, 만성 질환에 시달렸다고 합니다. 세상이 혼란해지면 사회 안정을 이유로 중세소설가들을 잡아가기도 했습니다.

웃고 있는 사진조차, 마치 누군가가 강요한 것처럼 어색하기만 합니다. 기록 속의 소설가들은 하나같이 심각하고 고통스러운 표정을 짓고 있습니다.

해석하는 쪽도 마찬가지입니다. 이 논문의 제목은 〈소설 해석의 '괴로움'에 관한 연구—평론가들을 중심으로〉입니다. 중세인들도 소설 해석을 고통스러워했다는 방증입니다. 소설이 지겹고 짜증난다는 기록은 일일이 거론할 수 없을 정도로 많습니다. 여기, 인간들이 모여서 소설책을 불태운 기록도 있습니다. 얼마나 행복한 표정입니까?

알겠습니다.

당신이 아는 것 같은 말은 그만두고, 〈3〉에 대해 설명하겠습니다.

◎

〈1〉에서, 윤의 고향은 안개가 많이 끼는 지역입니다. 고향이 뭐냐면, 그러니까, 고향은 일종의 로딩과 같은 곳입니다. 이 지역 출신인 윤은 돈 많은 아내와 결혼하여 편안하게 살고 있습니다. 아내가 윤의 승진을 위한 일을 꾸미는 동안 그는 고향에 잠시 쉬러 옵니다. 윤은 고향에서 자신의 어두운 과거와 현재의 속된 삶을 생각합니다. 그리고 출세한 동창인 '조'도 만나고, 순수하고 어리석은 후배 '박'도 만나고 그들을 통해 여선생인 '하'도 만납니다. 하와는 관계를 맺기도 합니다. 윤은 고향에서 부딪치는 몇 가지 사소한 일들과 과거의 기억들 속에서, 그리고 하의 고민 속에서 자신의 고통을 발견하고 번뇌에 시달립니다. 그러다가 윤은 아내의 전보를 받고 급히 고향을 떠나 서울로 돌아갑니다. 떠나면서 윤은 심한 부끄러움을 느낍니다. 연구자가 접근할 수 있는 〈1〉은 여기까지입니다.

〈3〉은 〈1〉과 〈2〉를 토대로 만들어냈습니다.

　전무 일도 지겨워졌을 때, 고향 중학교 몇 해 후배인 박의 방문을 받았다. "비서에게서 자네가 기다린다는 얘길 들었네. 웬일인가?" 나는 정말 반가운 마음이었다. 아니 단지 반가운 마음만은 아니었다. 박은 여전히 소년 같은 모습이었고 그게 몹시 마음에 걸렸다. 마지막 고향행이 오 년 전인데 박의 얼굴은 전혀 변하지 않았던 것이다.

"어떤 이야기를 들려드리겠습니다."

나는 박의 손을 힘을 주어 쥐면서 말했다. "우리 서로 거짓말은 하지 말기로 하지." "거짓말은 아닙니다." 박은 빙긋 웃으며 말했다. "이야기를 들을 상황은 아닌 것 같은데. 무슨 이야기인가?" 나는 조심스럽게 물었다. 전차의 끽끽거리는 소리와 홍수 난 강물 소리 같은 자동차들의 달리는 소리도 희미하게 들려 오고 있었고, 가까운 사무실에서는 이따금 전화 울리는 소리도 들렸다. 전무실은 어색한 침묵에 싸여 있었다. "말씀드리고 싶은 이야기가 있는데요." 박이 말하기 시작했다. "들어 주셨으면 고맙겠습니다……. 오늘 낮에 세무소장 조가 죽었습니다."

〈3〉은 박의 복수담입니다.

방금 말도 안 된다고 하셨습니까?

당신은 〈1〉만 아는 게 아니라, 〈2〉도 알고 있군요.

저를 속이지 마십시오. 당신은 분명히 〈2〉에서 윤이 죽은 것을 알고 있습니다. 그게 아니라면 황당해할 이유가 없습니다.

당신은 누구십니까?

◎

중세인들에게는 처음 만들어진 것이 좋고 나중에 등장한 것은 나쁘다는 믿음이 있었습니다. 로딩의 제2법칙, "축적되면 진보한다"와 정반대입니다. 알다시피, 시간이 지날수록 참고할 수 있는 자료가 증가하니까, 후대에 만들어진 것은 기존의 것보다 반드시 더 좋아질 수밖에 없습니다.

저도 〈3〉을 만들기 전까지는 지금보다 과거가 좋았다는 건 몽상이라고 생각했습니다. 그런데 〈3〉을 만들어보니 어떤 중세소설의 경우에는 로딩의 제2법칙을 따르지 않을 가능성이 발견되었습니다. 단정하긴 이르지만 중세인들의 생각도 일리가 있는 것처럼 보입니다. 어쩐지 로딩과 제가 제작한 〈3〉이 〈1〉보다 좋지 않은 것처럼 해석되고 있습니다. 난감하지만, 연구라는 게 순탄할 리 없으니 언젠가는 설명할 수 있으리라 생각합니다. 이런 것에 초조해하면 연구자로 살 수 없습니다.

〈2〉는 화재로 유실되었습니다. 〈2〉를 소장하고 있던 자료실은 모두 이유가 불분명한 폭발이나 화재를 겪었습니다. 누구를 의심할 수 있지 않냐구요? 죄송하지만 폭발과 화재는 수백 년 전에 일어난 일입니다. 의심할 대상이 없습니다.

무엇보다 불에 의미를 부여하는 건 중세적 사고방식입니다. 화재에 대한 중세소설을 모아서 들려드릴 수도 있습니다. 중세소설에서 화재는 지겨울 만큼 억지스러울 만큼 자주 등장합니다. 불이 없었다면 중세소설이 없었을지도 모른다는 의문이 들 정도입니다. 하지만 화재는 지금도 자주 일어납니다. 로딩마저도 화재는 어쩔 수 없지 않습니까. 불은 중세에도 그냥 불이고, 지금도 그냥 불입니다.

하지만 〈2〉는 존재합니다. 로딩이 복원했으니까요. 물론 로딩은 복원한 〈2〉를 공개하지 않았습니다. 저도 대략적인 자료만 받은 채 로딩과 함께 〈3〉를 제작했습니다. 〈2〉를 몰라도 〈3〉을 제작하는 일이 어렵지는 않았습니다. 다만 연구자의 호기심의 차원에서 궁금할 뿐입니다. 보통 소설은 뒤에 나온 것의 질이 떨어지는데 〈1〉과 〈3〉의 관계가 좀 다른 것 같으니까요. 그렇다면 로딩 혼자 제작한 〈2〉는 또 어떨까요.

김학찬

네? 소문이라고 하셨습니까?

어떻게 〈3〉을, 〈2〉의 내용을 믿을 수 있냐구요?

원본? 무엇이 원본이고, 무엇을 믿는다는 말입니까?

아아, 알겠습니다. 당신은 정말 중세인처럼 생각하는군요. 누가 보면 중세소설에서 뛰쳐나온 인간인 줄 알겠습니다. 아니, 〈1〉과 〈3〉의 저자가 같아야 하는 이유가 있습니까? 당연히 다를 수밖에 없습니다. 같은 사람이 왜 같은 이야기를 반복해서 만들겠습니까. 그럴 바에야 애초부터 하나의 소설로 제작했겠지요. 대체 처음부터 끝까지 혼자 해야 한다는 괴팍한 고집을 왜 부립니까? 그럴 필요나 이유가 없지 않습니까? 소설에 망상을 품는 제의론자나 그런……. 오히려 〈1〉부터 〈3〉까지 모두 한 사람이 만든 게 더 이상하지 않습니까? 누군가를 대신해서 만든다는 것, 또는 혼자 만드는 인간이 있다는 개념은 중세적 사고방식입니다. 중세인들은 이를 저자라고 불렀습니다.

그런데, 방금 〈2〉를 전부 알려줄 수 있다고 했습니까?

◎

혹시 제가 몇 번이나 죄송하다고 했는지는 아십니까?

아까부터 누가 우리를 보고 있는 느낌이 듭니다. 저만 그렇게 느낍니까. 제가 너무 오랫동안 혼자 연구해왔기 때문일까요.

로딩이 없으니 오해가 발생합니다.

아닙니다. 결코 우리라는 말로 당신에게 저에 대한 동질감을 암시하려고 한 것은 아닙니다. 다른 꿍꿍이는 없습니다. 믿어주십시오.

중세소설가는 단지 소설을 만드는 사람에 불과합니다. 물론 중세에는 소설가가 나타나면 모여드는 풍습이 있긴 했습니다. 소설가의 말에 특별한 의미가 있었다고 믿은 인간들도 있었습니다. 중세소설가의 말이 끝나면 줄을 서서 차례로 그의 서명을 받아갔다는 기록들도 있고, 이상한 소설을 만들었다는 이유로 사회적 타살을 당한 사례도 발견됩니다. 그러나 이건 중세인들이 소설과 소설가를 혼동했을 때 간혹 일어난 일에 불과합니다.

좋습니다. 당신을 믿고 중세소설을 연구하는 이유를 솔직하게 털어놓겠습니다.

연구하는 데 왜 이유가 없겠습니까. 그냥, 좋아서라는 말은 특별하게 보이고 싶거나 귀찮을 때 하는 겁니다. 아니면 기실 본인도 이유를 모르거나.

제 이유는, 중세소설을 해석하는 건 혼자만의 일이기 때문입니다.

중세소설은 만든 사람조차 독자가 되어 버립니다. 만든 사람과 해석하는 사람이 같은 사람이 될 수 없습니다. 중세소설을 만드는 과정을 통제할 수 없다는 기록들을 숱하게 보여줄 수 있습니다. 중세소설가 자신조차 자신의 소설을 해석할 때는 독자가 되어버립니다. 결국 중세소설은 해석하는 일은 오롯이 자신이 자신을 들여다보는 과정이 되어 버립니다. 중세소설은 유리창이 아니라 거울입니다. 중세소설은 자신을 드러내지 않습니다. 대신 해석하는 사람을 비춥니다. 그리고 이 과정은 해석하는 사람, 자기 자신에 대한 처벌입니다.

제 연구는 여기까지입니다. 죄송합니다. 하지만 연구를 다 마친 연구자가 어디 있겠습니까. 저도 충분히 설명하지 못했다는 것을 압니다. 계

김학찬

속 연구를 보완해나갈 뿐입니다. 마지막으로 덧붙이면 제 설명이 불충분한 부분은 아마도 중세인들 스스로도 사실 소설이 무엇인지 정확히 몰랐기 때문일 겁니다. 로딩을 사용하는 오늘날에도 자신이 하는 일이 무엇인지 모르는 인간들이 많습니다. 중세인들이라고 달랐을까요? 인간 자체는 크게 달라지지 않았다는 점을 상기해보면 됩니다.

죄송합니다. 또 당신이 다 아는 이야기를 한 것 같습니다.

◎

네?

로딩이 왜 쓸데없이 그런 일을 하겠습니까? 당신은 아까부터 무슨 의심을 하고 있는 겁니까? 의심이 지나치면 강박증 환자처럼 됩니다. 아무래도 당신에게는 로딩이 필요해 보입니다. 그런데 왜 로딩을 거부하는 겁니까?

네? 제가 윤을 숨길 리가 있겠습니까. 윤을 어떻게 내놓겠습니까. 황당합니다. 아니, 숨긴다고 해도 어디다 어떻게 숨기겠습니까. 윤의 마지막 말이요? 싫. 아니, 저는 윤이 아닙니다. 무엇보다 윤은 만들어진 인물일 뿐입니다. 아무리 윤이 생생하게 당신에게 육박한다고 하더라도 어디까지나 그 사람은, 그러니까 그 사람은.

윤은 윤, 중세소설의 윤일 뿐입니다.

당신도 로딩에 대한 막연한 적대감을 갖고 있는 인간들 중 하나입니까? 그들은 로딩을 마치 신의 힘을 강탈한 악마처럼 여기는 중세인들처럼 행동합니다. 괴상한 이론을 주장하다가 거꾸로 먹힌 꼴입니다. 로딩이

〈2〉를 공개하지 않는 건 그럴 만한 이유가 있기 때문일 겁니다. 고작, 복원된 중세소설 하나를 공개하지 않는 일에 무슨 음모가 있겠습니까? 수천 수만 편의 소설들이 펼쳐지지도 않은 채 남아있습니다.

설마, 당신도 중세소설과 로딩이 근본적으로 비슷하다고 주장할겁니까?

전 연구대상과 자신을 착각하지 않습니다. 연구대상은 어디까지나 학문의 영역일 뿐입니다. 연구대상과 연구자 자신을 동일시하는 건 아마추어나 하는 짓입니다. 아마추어는 혐오스럽습니다. 그들은 자신이 할 수 있는 것과 할 수 없는 것을 분간하지 못합니다. 저에게는 소설을 제작할 수 있는 라이센스가 있고, 저는 제게 주어진 역할을 잘 알고 있으며, 저는 그 범주를 절대 넘어서지 않았습니다. 단 한 번도요.

이 자리에서 확실하게 해두겠습니다. 로딩은 찬성과 반대의 대상이 아닙니다. 로딩에 반대한다는 말처럼 어색한 주장은 없습니다. 웃기잖습니까. 당신은 아침을 반대합니까. 하품을 인정하지 않습니까. 저는 더 이상 이런 것에 대해서는 말할 필요조차 느끼지 못합니다.

중세소설은 중세소설일 뿐입니다. 대체 중세소설이 무엇을 할 수 있겠습니까. 원시시대에는 기억력을 퇴보시키기 때문에 문자를 쓰면 안 된다고 주장한 인간도 있었습니다. 이제는 그 미치광이의 이름조차 기억하지 않습니다. 문자는 문자, 로딩은 로딩입니다. 아무도 로딩의 원리가 무엇인지 로딩이 어떤 식으로 작동하는지 알 수 없지만 로딩은 실재하고 유용합니다. 이해할 수 없다고 해서 무서운 것이거나 나쁜 것은 아닙니다. 그건 중세인들의 무지와 별반 다르지 않습니다. 보지 않아도, 보이지 않아도 존재하는 게 있습니다. 또 무엇이 필요합니까? 중세소설은 그저 지나갔을 뿐입니다. 이럴 바에야 차라리 당신은 과거로, 가령 중세소설 속으로 숨는 게 좋을지도 모릅니다.

그런데 갑자기 왜 들어 올리는 겁니까? 거꾸로 들고 있는데, 어느 쪽이 아래냐면……. 죄송합니다. 살려만 주십시오. 저는 솔직하게 말했습니다. 약속을 하지 않았습니까. 원한다면 어떻게든, 로딩을 피해서 〈3〉을 가져오겠습니다. 제가 참고했던 〈1〉도 어떻게든 찾아드리겠습니다. 다만 저는 정말 윤의 행방은 모릅니다. 믿어주십시오.

* 〈1〉의 줄거리는 이남호의 〈삶의 위기와 내면으로의 여행-김승옥의 무진기행〉,《문학의 위족2: 소설론》(민음사, 1990)에서 대부분 가져왔다.

윤이안

1992년 서울에서 태어났다.
2016년 경향신문 신춘문예에
단편소설 〈사랑 때문에 죽은 이는 아무도 없다〉가 당선되어 등단했다.
소설집 《별과 빛이 같이》가 있다.

당신 딸의 우주선이 결국 블랙홀로 빨려 들어가버렸다는 소식을 전했을 때 내 앞에 앉은 이시스인은 눈물을 흘렸다. 푸르스름한 피부를 타고 뚝뚝 흘러내리던 눈물은 바닥에 닿자 푸른 빛깔의, 지구를 닮은 색의 보석이 되어 흩어졌다. 입에서 나도 모르게 탄성 비슷한 것이 흘러나왔다. 진짜네. 눈물이 아니잖아. 이시스인의 눈물은 사파이어 원석이 되어 떨어진다던데, 실제로 보는 건 이번이 처음이었다. 저걸 뭐라고 불러야 할지 몰라 한참 입술만 벙긋거렸다. 겨우 정신을 차리고 나서야 나는 물었다.

"슬퍼서 우는 거예요?"

내가 대답을 기다리는 동안 이시스인은 볼을 손바닥으로 훔쳤다. 바닥으로 떨어지려던 눈물이 그냥 손짓 몇 번에 사라졌다. 아, 아깝다. 저 보석 하나의 가치만 해도 내 월급 정도는 가볍게 뛰어넘을 텐데.

"아니. 슬퍼서 우는 게 아니에요. 그냥 하품을 하면 나오는 정도의 반사 신경 같은 거지."

이시스인의 입에서 유창한 한국어가 흘러나왔다. 기다란 파이프에 대고 말할 때 생기는 울림 같은 소리가 났다. 언제 들어도 적응이 되지 않는 소리였다. 우주의 거의 모든 행성, 그 행성 안에서 쓰이는 거의 대부분의 언어를 할 수 있는 이시스인의 입장에서야 자연스러운 일일지는 몰라도.

유창한 한국어 발음은 어딘가 동글동글했지만 내용은 그렇지 못했다. 자식의 죽음에 태연할 수 있을 리 없다는 건 결국 지구 출신인 내 편견이었다. 이시스 족은 감정을 느끼지 않으니까. 인간의 수명보다 열 배는 더 긴 시간을 사는 이 종족의 가장 큰 특징은 푸른색 피부와 주기적으로 허물을 벗듯 껍데기를 바꿀 수 있다는 점이었으나 지구인이 느끼기에 가장 이질적인 특성은 무감정, 감정을 느끼지 않는다는 거였다. 자기 자식에 대해서도 큰 관심이 없다. 가족이라는 관념조차 희박해서, 부모와 자식 간이라도 서로 가벼운 교류를 주고받을 뿐 깊은 애착과 사랑을 느끼지는 않았다.

이론으로는 알고 있었다. 지금 이 이시스인이 보이는 미적지근한 반응이 저들에게는 지극히 당연한 일이라는 것을. 우주선이 블랙홀에 빨려 들어가는 사건 정도는 흔하게 일어나는 사고 중 하나였다. 비록 이번 사고의 우주선 조종자가 미성년자에, 무면허라는 사소한 문제가 남아 있긴 했지만 그 사실이 사건 조사에 그리 큰 영향을 미칠 것 같지도 않았다. 단순 사고. 어쨌든 조서에 뭐라고 쓰긴 해야 하니까 나는 마지막으로 물었다.

"우주선에 따님을 혼자 두고 뭘 하고 있었어요?"

조서를 작성할 때 책망하는 듯한 말투를 써 봤자 좋을 게 없다는 건 알고 있었지만 어쩔 수 없었다. 잠시 무언가를 생각하던 이시스인은 조금

늦게 대답했다.

"일하고 있었어요. 그날은 유난히 바쁜 날이었거든요."

동글동글한 발음에서는 여전히 아무런 감정이 느껴지지 않았다. 나는 거기까지 듣고 일어났다. 더 물어봤자였다. 가 봐도 된다고 손짓하자마자 이시스인은 자리에서 일어나 문을 열고 나갔다. 나는 그러고도 한참 조사실 책상에 앉아 있었다. 책상 위에 그가 남기고 간 눈물, 사파이어 원석을 바라보며 이걸 위에 보고해서 올려야 하나, 내가 슬쩍 챙겨도 될까 고민하면서.

"이 사건 고발해야겠어."

내가 그렇게 말하자 선인장에게 물을 주던 로건이 돌아보았다. 물을 먹은 선인장은 천장까지 한 번 쭉 늘어났다가 다시 원래의 크기로 돌아왔다. 저게 모양만 지구 선인장이랑 똑같지, 선인장처럼 생긴 동물이라는 걸 알고는 있는데 저 모습은 아무리 봐도 적응이 안 됐다. 저런 걸 수사팀 사무실에서 키우는 게 미친놈이지. 내가 선인장을 향해 인상을 찌푸리는 걸 본 로건이 말했다.

"뭘로 고발하게?"

"겨우 열다섯 살이야. 어린애가 혼자 우주선을 끌고 나가는 동안 아무도 그걸 몰랐다는 게 말이 돼?"

목소리가 높아지려던 차에, 책상 위에 걸터앉아 교차한 다리를 위아래로 팔랑팔랑 흔들던 홀로그램이 나를 향해 말을 걸었다. 안녕, 엄마. 오늘도 힘내. 그 목소리를 듣자마자 맥이 탁 풀렸다. 해나는 인공 포궁으로 낳은 아이였다. 배 아파 낳은 아이는 아니었지만 지구인들은 보통 자기 자식과 강한 애착 관계를 형성하는 편이었다. 다른 행성 사람들이 볼 때는 과하다 싶을 정도였다. 나도 어쩔 수 없는 지구인 부모라, 매주 월요일이면 새로 찍은 해나의 홀로그램을 잔뜩 모아서 수사팀에 출근했다. 정해진 시간이 되면 홀로그램이 책상 위를 조심조심 걷다가 모서리에 걸터앉아 그 조그만 발을 허공에 구르곤 했다. 그리고 엄마, 라고 불렀다. 홀로그램은 정해진 행동 패턴을 반복할 뿐이란 걸 알면서도 그 일련의 과정에 가슴 한 구석이 뻐근해지는 때가 있었다.

최근에는 열두 살짜리가 벌써 행성 언어를 두 개나 할 줄 안다고, 우리 애가 천재가 아닌가 하는 소리를 했다가 로건에게 팔불출 소리를 들어야 했다. 하긴 지구 출신이라서 할 수 있는 말이었고, 이시스 행성인이 들으면 코웃음 칠 만한 소리였다. 그 행성 애들은 열두 살이면 이미 행성 언어 다섯 개는 할 줄 알아야 정상이니까. 게다가 해나가 할 줄 아는 언어라는 게 결국 고향인 한국의 언어와 우주 공용어라서, 그 나이 또래 애들 대부분 그 정도는 할 줄 알았다. 요즘은 성능 좋은 우주 공용어 통역기가 나와서 이시스 어를 할 줄 몰라도 사는 데 지장이 없었다. 그러니까 내 자랑은 하나 마나 한 소리였다는 뜻이다. 로건이 말했다.

"모란, 이시스 행성인이잖아."

"그게 뭐? 그 행성 사람들은 애 안 키워? 감정이 없으면 애를 방치해도 돼? 감정이 없으면 뭐, 보호자로서의 의무도 사라져?"

내가 그렇게까지 말하자 로건도 어쩔 수 없다는 듯 손을 들었다.

"그래, 사실 내 생각에도 조사해 볼 필요는 있을 것 같아."

"왜? 뭐 있어?"

"애한테 좀…… 문제가 있었다나 봐."

"무슨 문제?"

"이시스 행성인이잖아. 감정을 느끼지 않는 게 정상이라고. 그런데 이 애는 태어날 때부터 달랐대. 태어날 때 울면서 태어났다는 거야."

"그게 뭐?"

"아, 답답하네. 지구인들이야 다 울면서 태어나지만 이시스 행성인이라고. 걔네는 인큐베이터에서 걸어 나오면서 안녕하세요, 인사하는 애들이란 말이야. 애초에 표정이란 게 없어. 그런데 그 애는 화를 내고 떼를 쓰고 슬퍼하고 기뻐하고 거의 모든 감정을 다 느낄 줄 알았다나 봐. 이시스인이 그런 걸 이해할 수 있었겠어? 그 족속들은 감정을 느끼는 걸 결함이라고 생각하는데?"

그 말을 들으며 주머니에서 굴러다니는 작은 원석을 손에 쥐었다. 오래 쥐고 있었더니 시리도록 푸른색의 원석이 점차 따뜻해졌다.

"계획된 거라고 생각해?"

"그거야 모르지. 하나의 가능성이야."

로건은 그렇게 말했지만 이미 그쪽으로 가닥을 잡은 듯했다. 여기가 지구라면, 그리고 용의자가 이시스 행성인이 아니었다면 벌써 체포되고도 남았을 사안이긴 했다. 자식이 죽었는데 부모가 이상하리만치 침착하게 행동한다면 나는 가장 먼저 그 부모를 용의선상에 올렸다. 이번만은 그럴 수 없었다. 저 이시스인이 뭐라고. 유명한 식물학자인 건 알고 있었다. 12구 광장 중앙엔 저 이시스인의 동상까지 있는데 어떻게 몰라. 심지어 플래티넘 골드로 만들어진 거라고 했다. 벌써부터 위에서는 대충 단순 사고로 마무리 짓고 종결하라고 난리였다. 감정을 느낄 수 없다는 점은 차치하고, 이 행성에서 가장 귀하게 여겨지는 식물학자를 그렇게 오래 붙잡아두지 말라는 거였다.

자리에서 일어나 복도로 나왔다. 엘리베이터 옆에 있는 자동판매 기계에 아이디카드를 찍고 코카콜라 한 캔과 오레오 한 봉지를 뽑았다. 둘 다 지구에서 이주해 나올 때 성공적으로 공장을 이전시킨 회사들이었다. 지구 출신 사람들끼리는 우주의 마지막 산란면 너머에서도 코카콜라는 마실 수 있을 거라고 농담하곤 했다. 기포가 뽀글뽀글 올라오는 까만 액체를 바라보다가 다시 주머니에 손을 넣었다. 작은 보석들이 손가락 사이에 걸렸다. 감정이 없다는데 그들의 눈물은 왜 이렇게 아름다울까. 나는 복도에 서서 꽤 오랫동안 그 눈물들을 손가락으로 굴려보았다.

◎

나의 엄마, 그러니까 나를 낳아준 모체는 이시스인이었다. 당시만 해도 지구가 멀쩡히 제 기능을 하던 때였고, 대부분의 행성인들은 지구인 모르게 지구 여행을 다녀오곤 했다. 불쌍한 우리 아버지는 지구에 놀러 온 이시스인에게 속아 사기 결혼을 당한 것이다. 딱히 아버지를 사랑해서 결혼한 것 같지는 않다. 이시스인답지 않게 호기심이 넘쳤던 엄마는 알려지지 않은 행성을 찾아다니는 여행을 즐겼고, 그 와중에 발견한 지구를 꽤 마음에 들어 했다. 지구인들이 하는 짓이 바보 같긴 하지만 재미있는 점도 있다고 낄낄거릴 때도 있었다. 하지만 기본적으로 자식에 대한 애정은 없었다.

그리하여 열네 살쯤 나이를 먹고 나서는 나도 썩 그럴듯한 방식으로 내 존재의 이유를 설명할 수 있게 되었다.

윤이안

"엄마는 그냥 궁금했던 거야. 지구인과 아이를 낳으면 그 아이는 지구인이 될까, 나처럼 될까."

엄마는 부정하지 않았고, 불행하게도 나는 지구인의 특성을 훨씬 더 많이 갖고 태어났다. 어릴 때는 그래서 어쩌면 내가 엄마의 실패작이 아닐까, 오래 고민해야 했다. 하루는 친구가 어린이날에 부모님이랑 동물원에 놀러 간다기에 부러워서 우리도 동물원에 가자고 엄마의 바짓가랑이를 붙잡고 떼를 쓴 적이 있다. 그전까지는 엄마에게 뭘 사달라고 졸라본 적도 없었고(나는 본능적으로 엄마가 바늘 하나 들어갈 구석이 없는 사람인 걸 알았다), 그게 아마도 내 인생 최초의 반항이었을 것이다. 엄마는 동물원 같은 시설에는 절대로 데리고 갈 수 없으며, 그런 시설이 있다는 게 지구가 후진 행성이라는 증거라며 알 수 없는 소리를 하다가 내 볼을 붙잡고 물었다.

"모란아, 무슨 동물을 제일 좋아하니?"

"사자."

"그래, 사자. 그럼 모란이가 사자 대신 우리에 들어가야 된다고 하면 어떨 거 같니? 겨우 몇 평 될까 말까 한 좁은 공간에 갇혀서 평생 사는 거야. 친구들이랑 놀고 뛰어다니고 싶어도 그럴 수도 없어. 물론 밥이야 때 되면 나오고 생명의 위협 없이 편안하게 살아가겠지만, 그게 다야. 평생 자유를 빼앗긴 채로 발톱은 점점 무뎌져가고 이빨은 힘이 빠져서 떨어져 나갈 거야. 그러다 운이 좋아 어느 날 우리를 탈출한다고 해도 얼마 못 가서 겁에 질린 사람들이 너한테 총을 쏠 거야. 그게 좋아 보이니?"

엄마의 신랄한 말 속에서는 놀랍게도 아무런 감정이 느껴지지 않았다. 있는 사실을 그냥 나열하기만 하는 듯한 말투였다. 그런데도 나는 엄마가 나를 혼내는 거라고 생각했다. 그딴 거 알게 뭐야. 나는 그냥 사자가 멋있어서 사자를 보러 가고 싶었던 초등학생인데. 엄마는 내 동심을 짓밟고 다시는 동물원의 동 자도 꺼내지 못하게 했다. 그때 엄마가 한 말이 너무 무서워서 한동안 나는 자다가도 우리에 갇혀 울부짖는 악몽을 꾸고 소리를 지르며 일어났다. 어린애한테 그런 트라우마가 남을 소리를 눈 하나 깜짝 하지 않고 읊어대다니 역시 대단한 사람이다.

엄마는 내가 스무 살이 되던 해, 그러니까 지구에 온 지 약 삼십 년 만에 지구를 떠났다. 이시스인의 수명이 천 년쯤 되는 걸 감안하면 엄마와 내가 보낸 시간은 정말 찰나였다. 보통의 이시스인들이 죽음을 가장해서 떠나는 것과는 달리 엄마는 내게 당당히 인사를 하고 떠나는 바람에 마지막 모습이 기억에 꽤 생생하게 남아있었다. 엄마는 내게 악수를 하며 말했다.

"원래는 죽은 척 떠나야 하지만 넌 너무 마음이 약해서 아무것도 안 해준 내가 죽어도 슬퍼할 거 같아서 말이야. 어차피 다시 못 볼 테니까 죽은 거나 별 차이는 없겠지만."

그렇게 말하며 엄마는 내 머리 위로 손을 뻗었다 거둬들였다.

"우리 서로 죽었다고 생각하고 살자."

그게 내가 기억하는 엄마의 마지막 말이었다. 이십 년도 넘는 시간이 흐르고 내 아이를 키우면서도 단 한 순간도, 토씨 한 글자도 잊어본 적이 없었다. 차라리 죽은 척 하고 떠나지. 그러면 내가 평생 사랑 한 번 받아본 적도 없는 시골 개처럼 살지는 않았을 텐데. 누군가 내 마당에 들어올 때마다 혹시 저 사람이 나를 사랑해주지는 않을까 고개를 내밀며 살지는 않았을 텐데.

행성에 빛이 드는 시간은 한 시간이 채 안 됐다. 매일 전날 행성뉴스에서 그 시간을 보도해주곤 했는데 행성인들은 그 시간에 밖에 나와 빛을 쐬곤 했다. 빛을 쐴 수 있는 그 한 시간을 시에스타라고 불렀다. 지구에서 낮잠 자는 시간으로 불리던 말이 이렇게 쓰이게 된 건 그 빛을 쐬러 나가는 사람들이 대부분 지구 출신이어서였다. 그래서 일부 행성인들은 지구인을 빛의 추종자들이라고 불렀다. 반쯤은 조롱 섞인 어조로 부르는 멸칭이었다. 그렇다고 해서 빛을 쐴 수 있는 시간에 안 나갈 수도 없었다. 우주선에만 평생 처박혀 있으면 사람은 우울증에 걸릴 테니까. 왜 인간은 이렇게 귀찮은 신체 구조를 가지고 있는 걸까. 그건 결국 나도 마찬가지라서, 가능하면 그 시간에는 해나를 직접 데리고 시내로 나왔다. 출근을 하는 날에는 가정용 안드로이드가 해나를 대신 데리고 나오게 했다. 이 시간만 되면 한산했던 거리가 복작거렸다. 대부분이 지구 출신인이라 어제 봤던 사람을 오늘 또 만나는 식이었다.

"안녕, 해나야."

마주 오던 여자가 인사를 건넸다. 우주선 12셸터 바로 옆 단지에 사는 여자였다. 이 행성의 중력이 지구보다 약하다는 점을 이용해서 공을 몇 배나 더 높이 던지는 저글링을 하는 것으로 유명했다. 원래 지구에서는 디자인 관련 일을 했다고 하는데, 이주하고 나서 새로운 적성을 찾았다고 했다. 한국 디자인 산업은 기본적으로 착취로 돌아간다면서, 물어본 적도 없는데 자기 얘기를 줄줄이 늘어놓던 여자는 마지막으로 덧붙였다. "평생을 책상에 앉아 일했는데, 이제 그러기 싫어서요. 지금은 매일 하늘을 쳐다보고 살아요. 떨어지는 공을 받아야 하니까." 그렇게 말하며 웃는 얼굴이 행복해보여서, 나는 진지하게 이직을 고민해봤다. 지구에서나 이곳 행성에서나 나쁜 놈은 어딜 가나 있었고 운 좋게 직업이 사라지지는 않았지만 행성인의 케이스는 특이한 게 너무 많았다. 지구에서 보던 사건과 똑같은 사건이 일어나도, 적용할 수 없는 경우가 허다했다. 자기 딸을 죽음에 이르게 만들었을지도 모르는 용의자를 그저 손 놓고 보내줘야 하는 일도 있고.

나는 해나의 손을 잡고 한참 걷다가 시내 중심부에 있는 인공 공원 벤치에 앉았다. 여기에 앉아서 한 시간 정도 빛을 쬐고 집으로 돌아가는 게 정해진 일과였다. 벌써 여기저기 자리를 잡은 지구인들의 모습이 보였다. 아까 인사를 건넸던 여자는 맞은편에 앉아 있었다. 조금 기다리자 어두컴컴했던 하늘이 조금씩 희미하게 밝아지기 시작했다. 벤치에 앉아 다리를 구르던 해나가 내 옷 소매를 잡아끌며 귓가에 속삭였다.

"엄마, 저기 봐."

해나가 가리킨 곳에는 이시스인이 서 있었다. 며칠 전 내가 조사한 그 이시스인이었다. 푸르스름한 피부색 때문에 이시스인은 어딜 가나 눈에 띄었다. 이시스인은 계속 거기 서 있었다. 잠깐 밝아졌던 하늘이 다시 뿌연 어둠으로 물들 때까지 아무것도 하지 않고 그렇게. 뭔가를 찾고 있는 것 같기도 했고 아니면 그저 멍하니 서 있는 것 같기도 했다. 이시스인은 표정이랄 게 없어서 그 표정이 그 표정 같았다. 이제 빛이 다 사라져서 집으로 돌아갈 시간이었다. 사람들이 썰물처럼 빠지는 와중에도 이시스인은 그 자리에 서 있었다.

"엄마, 안 가?"

"쉿, 조용히 해. 잠깐만."

해나의 목소리에 그때까지 한곳만 쳐다보고 있던 이시스인이 고개를 돌렸다. 눈이 마주쳤다고 생각했을 때는 벌써 코앞까지 와 있었다. 한참 해나를 노려보던 이시스인이 뭐라고 물었다.

해나를 보며 하는 말이었다. 이럴 때마다 이시스어를 진작 배워둘 걸 하는 후회를 했지만 조금 생각해 보고 난 후엔 고개를 저었다. 영어도 간신히 배웠는데 이시스어를 배울 수 있을 리가 없었다. 성대를 쓰는 법을 처음부터 다시 배워야 할 수 있는 언어였다. 나는 짐짓 모른 척 해나를 품에 가두며 일어났다. 해나는 숨이 막힌다고 칭얼거렸다. "엄마. 나 숨 막혀." 그 소리에 이시스인은 또 해나의 머리통을 노려보았다. 못마땅해 하는 건지, 시끄러워서 쳐다보는 건지 알 수가 없었다. 얼른 해나를 안고 걸었다. 저 외계인이 왜 저렇게 해나를 쳐다보는지 알고 싶지도 않았다. 빨리 안전한 곳으로 데려가야겠다는 생각에 몸을 움직이는데 이시스인이 뒤를 쫓아왔다. 덕분에 우주선 셸터로 돌아가지 못하고 집 근처 주변만 뱅뱅 돌았다. 품안에 있던 해나가 뒤를 돌아보았다.

"돌아보지 마."

"누구야?"

"이따 집에 가서 말해줄게."

그 말에 해나는 숨을 흡, 하고 들이마셨다가 몇 초 지나지 않아 파, 뱉어냈다. 그런 식으로 한동안 숨을 참다가 내 귀에 대고 속삭였다.

"저 사람 왜 우리 따라와?"

"따라오는 거 아니야."

사람이 아니라는 말을 하려다 참았다. 무시하려고 해도 무시할 수 없는 존재감을 가진 저 외계인은 몇 발자국 간격을 유지한 채로 줄곧 해나를 노려보고 있었다. 해나는 그 눈빛에도 무서워하지 않고 이시스인을 마주 쳐다봤다. 생긴 건 지구인이랑 가장 흡사하게 생긴 종이라 별 거부감을 느끼지 못하는 것 같았다. 그러면 뭐해, 파충류랑 다른 게 뭐야. 나는 그렇게 생각하며 해나의 머리를 쓰다듬었다. 이시스인들은 주기적으로 껍데기를 갈아 끼우듯 외형을 바꿀 수 있었다. 어제 내가 대화했던 사람이 완전히 다른 얼굴로 다가와도 다른 행성인들은 그게 그 이시스인인지 알지 못했다. 그러고 보면 범죄를 저지르고 나서 도망치기 딱 좋은 조건이었다. 그렇게 생각하는데 해나가 불쑥 이시스인을 향해 물었다.

"왜 계속 화를 내고 있어요?"

그렇게 말하고 나서 해나는 내 귀에 대고 속삭였다.

"저 사람이 자꾸 해나 쳐다 봐."

"화를 내는 게 아니야."

"그럼 왜 저렇게 쳐다 봐?"

"그냥 원래 표정이 저래."

조용히 해나의 귀에 속삭였다. "이시스인이라 그래." 그렇게 말해주면 입을 다물 줄 알았다. 그런데 해나는 더 큰 목소리로 이시스인에게 말을 걸었다. 이시스어로. 나는 알아듣지 못하는 말이었다. 그런데 해나가 그렇게 묻자 이시스인이 그 자리에 멈춰 섰다. 그리고 한 발자국도 움직이지 않았다. 그 사이에 나는 해나를 안고 최대한 멀리멀리 달아났다. 달아나며 해나에게 대체 뭐라고 한 거냐고 몇 번을 물었지만 해나는 비밀이라고 웃기만 했다.

윤이안

"또 감자야?"

"그거밖에 없는 걸 어떡해."

해나는 식탁 위에 올라온 건조감자를 포크로 쿡쿡 쑤셨다. 수분이라고는 하나도 없어서 포크로 누를 때마다 포슬포슬 가루가 날렸다. 맛도 딱 그만큼이었다. 우주선에 항상 구비해놓는 음식이라는 게 거기서 거기여서 매일 비슷한 식단을 먹을 수밖에 없었다. 과일은 한 달에 한 번 정도 겨우 먹었다. 해나는 고기를 먹어본 적도, 구경해본 적도 없는데 어디서 그런 말을 주워듣고 온 건지 고기 맛은 어떠냐고 물어본 적도 있었다.

"고기는 콩고기보다 맛없어."

"아닌데? 콩고기보다 훨씬, 훨씬 맛있다고 했어."

"누가 그래? 너 엄마 못 믿어?"

애가 어느 정도 머리가 크고부터는 말로는 도저히 못 당하겠다 싶을 때가 있었다. 지구가 망한 건 인간이 고기를 너무 많이 먹어서라는 내 신조를 늘어놓으면 꼬박꼬박 아니라고 반박당했다. 아닌데? 뉴스에서는 방사능 때문이라고 그랬는데? 그렇게 말하면 할 말은 없었다. 너 그 '아닌데' 좀 그만 해, 하고 화낼 수밖에.

"토론에서 누가 자꾸 '아닌데' 하래?"

"지금 우리 토론하는 거야?"

해나와는 그런 식으로 토론을 하다가 자연스럽게 말싸움으로 넘어가곤 했다. 해나가 본 대로 지구는 표면상으로는 원전 사고 때문에 망한 게 맞았다. 그야 방사능 때문이라고 못을 박아두면 책임은 다른 데로 돌리고 편안한 위치에서 관망할 수 있으니 좋겠지. 다른 행성인들이 지구 출신을 무시하는 가장 큰 이유는 따로 있었다. 지구는 인간이 다른 생명을 착취하려는 마음을 가져서 망한 거야. 그렇게 속삭이자 해나는 안 그래도 커다란 눈을 더 크게 뜨며 물었다.

"착취가 뭔데?"

"해나가 가진 걸 뺏는 거야."

말도 안 하고. 그렇게 말하자 해나는 "나쁘다." 중얼거렸다. 그 얼굴이 시무룩해 보여서 마음이 안 좋았다. 와아, 하는 소리를 내며 해나의 몸을 간지럽히자 해나가 웃으며 바닥을 데굴데굴 굴렀다.

자연스럽게 해나를 뚫어져라 노려보던 이시스인 쪽으로 생각이 옮겨갔다. 아이에 대한 애착이 없는 행성인, 감정을 느낄 줄 아는 아이, 매일 빽빽 울어대는 아이의 침대 맡에 서 이러지도 저러지도 못하고 쩔쩔매는 행성인, 자신의 마음을 전혀 몰라주는 엄마가 원망스러운 아이, 커 가면서 점점 이해할 수 없는 행동을 하는 아이를 두려운 눈으로 바라보는 행성인. 어느 날엔 식탁에 앉아 밥을 먹다가 "엄마는 항상 그런 식이야. 엄마가 제일 싫어." 소리치는 아이. 그러다 문득 저 아이가 없었으면 어땠을까 싶어지는 행성인. 너무 전형적이라 웃음도 안 나왔다. 거기까지 이야기의 틀을 짜보다가 고개를 저었다.

배를 내놓은 채 누워 있던 해나가 몸을 일으켰다. 해나의 배를 슬슬 쓸어주다가 슬쩍 물었다.

"아까 그 이시스인한테 뭐라고 했어?"

"그 언니?"

"너 그 행성인 나이가 몇인 줄이나 알아? 너보다 이백 년은 더 살았어." 어이가 없어서 웃음이 났다. 해나는 최근에 어디서 뭘 보고 온 건지 마주치는 모든 사람들에게 언니라고 불렀다. 로건도 언니, 셸터 옆 단지에 사는 사람도 언니. 한 번은 지나가는 할아버지한테도 언니라고 했다가 꼬장꼬장한 지구 출신 할아버지가 내는 역정을 다 들어야 했다. 애를 왜 이렇게 버르장머리 없이 키우냐부터 시작해서 나 때는 말이야, 로 끝나는 진부한 이야기였다. 지구 출신, 특히 한국 출신은 어디서 그렇게 말하는 법이라도 다들 교육받고 오나. 그 할아버지가 가고 나서 해나는 내 귓가에 속삭였다. "저 언니 이상해." 그 말에 나는 푸하하, 웃음을 터뜨렸고.

다시 한 번 해나에게 물었다.

"뭐라고 했냐니까."

"비밀."

말해줄 생각이 없는 모양이었다. 나는 별말 없이 리모컨을 들고 일일 연속극을 트는 해나를 바라보았다. 애가 벌써부터 드라마에 너무 심취한 것 아닌가 하는 걱정이 들었지만 해나가 저렇게 좋아하는 게 몇 개 없었다. 그도 그럴 게, 온통 잿빛 하늘인 행성엔 별로 즐거울 일이 없었다. 해나는 꽤 집중하는 눈빛으로 홀로그램 화면을 바라보고 있었다.

"그러다 화면 속으로 아주 들어가겠다."

"아, 엄마. 이거 봐. 저 사람이 저 행성인 어릴 때 잃어버린 친딸이거든? 우주미아로 계속 살다가 행성에 돌아와서 우주선 만드는 회사에 취직했는데 거기 사장이 알고 보니 엄마인거야."

이런 진부한 레퍼토리는 어디서 찍어내는 건가 몰라. 오십 년 전 지구에서도 안 먹힐 소재를 가지고도 드라마는 계속해서 만들어졌다. 게다가 드라마 제목이 〈엄마는 외계인〉이었다. 그거 엄마가 어릴 때 지구에서 먹던 아이스크림 이름이야, 말하려다가 하도 어이가 없어서 웃었다. 해나는 계속해서 열변을 토했다.

"근데 딸이 지구인 혼혈이라서 수명이 지구인만큼 밖에 안 되는 거야."

"저 엄마는 어느 행성 출신인데?"

"이시스."

거기서 아, 하고 한숨이 나왔다. 이시스인의 긴 수명에 비해 지구인의 수명은 잠깐 촛불이 타오르다 마는 정도로 짧았고, 사실 대부분의 다른 행성인들도 그건 마찬가지라서 이시스인은 보통 이시스인끼리만 아이를 낳았다. 그래야 온전한 수명을 물려줄 수 있었으므로. 물론 언제나 예외는 있었다.

"그래서 저 딸이 이제 곧 죽는데, 엄마가 이제 막 자기 딸인 걸 눈치 채거든?"

그것마저도 전형적인 신파였다. 아니 근데 일일연속극에서 이렇게 비극적인 엔딩을 내도 되는 거야? 시청자들의 항의가 무섭지도 않나? 애들 교육에는 또 얼마나 해로운 영향을 끼칠 거야? 내가 이 드라마가 해나에게 끼칠 교육적 영향을 셈해보던 그 순간 홀로그램 화면 속 젊은 쪽의 엄마가 할머니가 된 딸에게 말했다. 내가 네 엄마다. 동시에 해나의 얼굴은 울상이 됐다. 이건 무슨 암 유어 파더 짝퉁 같은 소리야. 드라마가 도저히 손쓸 수 없는 분위기로 흘러갈 무렵 두둥, 웅장한 오케스트라 음악이 흐르며 딸 쪽의 홀로그램이 클로즈업 됐다. 그리고 밑에 자막이 조그맣게 떠올랐다. 다음 이 시간에. 해나가 물었다.

"지구인은 수명이 왜 이렇게 짧아?"

"고기를 먹어서 그렇다니까."

"엄마는 뭐만 하면 다 고기 때문이래."

해나는 입술을 내밀고 고개를 젓다가 물었다.

"해나도 저 할머니처럼 되는 거야? 늙어서 침대에 누워 있고, 엄마가 해나를 간호하고. 그래?"

나는 해나의 머리를 쓰다듬으며 말했다.

"그럴 리가. 엄마는 너보다 먼저 죽을 거야."

그러자 해나의 눈에 눈물이 가득 차올라 그렁그렁 해졌다.

"왜 울어? 울지 마. 저건 드라마야. 다 가짜라니까."

해나는 한참 내 얼굴을 들여다보다 "어떻게 엄마는 그런 말을 해?" 소리를 지르며 벌떡 일어나 자기 방으로 쏙 들어갔다. 나는 그 말에 놀라 얼이 빠져 한참 동안 그 자리에 멍하니 서 있었다.

◎

해나가 없어졌다는 연락을 받은 건 다음 날 늦은 오후의 일이었다. 가정용 안드로이드가 해나를 데리고 시에스타에 나간 사이에 애를 잃어버렸다는 거였다. 전화를 받고나서 바로 수사팀에 사건을 접수했다. 실종이 아니라 납치로. 물증은 없었지만 무엇보다 강력한 심증이 있었다.

해나가 사라진 게 이번이 처음은 아니다. 한 번은 시에스타에 데리고 나갔다가 손을 놓친 사이에 해나를 잃어버린 일이 있었다. 그 크지도 않은 공원에서 가봤자 어디로 갔겠나, 천천히 공원을 한 바퀴 도는데 저 멀리서 익숙한 머리꼭지가 보였다. 바로 달려가려다가 그 자리에 멈춰 섰다. 해나는 빛을 따라 걷고 있었다. 사라져가는 빛을 쫓아서. 서서히 어둠이 물들고 빛이 완전히 사라지자 해나는 바닥에 주저앉았다. 웅크리고 앉아 한참을 무언가 보고 있기에 소리 없이 다가가 해나가 보고 있는 걸 훔쳐보았다. 흰 민들레 한 송이가 바닥을 기어가고 있었다. 민들레는 나름대로 최선을 다해 기어가고 있었지만 빨리 흙으로 돌아가지 못하면 죽을 터였다. 해나에게 이제 그만 집으로 가자고 말하려는데, 그 순간 해나가 예상치 못한 행동을 했다.

해나는 두 손으로 민들레를 들어 올렸다. 그리고 화단이 있는 곳으로 뛰어가 흙 위에 그 민들레를 내려주었다. 돌아서며 웃는 얼굴이 낯설어서 꼭 모르는 아이를 보고 있는 것 같았다. 나와는 전혀 다른 존재. 민들레에게도 기어코 정을 주고 마는 게 인간이라면 해나는 나보다도 더 지구인에 가까웠다. 나였다면 민들레를 굳이 옮겨주지는 않을 것이었으므로. 굳이 다른 생명의 운명에 지나치게 관여하고 싶지 않은 마음을, 해나는 이해하지 못했다. 그럴 때마다 내 속에서 툭 튀어나오는 무감함이 엄마로부터 온 게 아닐까 하는 섬뜩한 생각이 들곤 했다. 이시스인의 피가 어쨌든 절반은 흐르고 있을 테니까. 언제나 엄마처럼은 되지 말자고 생각하고 살았는데 막상 당황스러운 순간이 닥치면, 누가 머리에 얼음물이라도 쏟아 부은 것처럼 눈앞이 또렷해졌다. 이번에도 마찬가지였다. 해나를 찾기 위해 지금 내가 할 수 있는 행동을 되짚어 보는데 로건에게 전화 한 통이 걸려왔다. 해나를 16구 중력센터에서 목격했다는 제보였다.

우주선에서 거의 모든 것을 다 해결할 수 있어서 시에스타에 빛을 쬐러 나오는 사람들을 제외하면 밖에 돌아다니는 사람이 거의 없었다. 해나는 그걸 퍽 답답해했다. 밖에서 놀며 직접 흙을 주무르고 뭉치고 모래성을 쌓고 싶어 했다. 지구 출신의 아이들이 대체로 그런 편이었는데 그 수가 많지 않아서 모여서 노는 것도 요원한 일이었다.

　16구에 새로운 중력센터가 생겼다는 소식을 듣고도 해나를 거기 데려가지 못했다. 일종의 어린이를 위한 가변중력체험 놀이공원 같은 거였는데, 이상하게 동물원에 가자고 조르던 어린 시절의 나와 중력센터에 가자고 조르던 해나가 겹쳐보였다. 어릴 때 그렇게 서러웠던 기억을 떠올려보면 해나를 거기 데려가는 게 마땅했지만 망설였다. 이유를 알 수가 없었다. 엄마처럼 타당한 이유가 있어서가 아니었으니까. 그게 잘못이었는지도 모른다. 해나가 중력장치센터에서 발견되었다는 제보를 듣고 가장 먼저 든 생각이 그랬다. 해나를 거기 못 가게 막은 게 결과적으로 해나가 생판 처음 보는 남을 따라가게 만든 걸지도 모른다고.

　16구에 도착하고 나서 하늘을 한 번 쳐다봤다. 빛이 지고 있었다. 중력센터 중앙 홀 천장에 유리창을 내 빛이 잘 들도록 만들어 둔 공간이 있었는데 거기에 우주선이 하나 서 있었다. 이시스인이 주로 사용하는 모델은 이시스인 외에는 입구를 찾을 수 없게 설계되어 있어서 다른 행성인이 출입할 수 없었다. 나는 그 자리에 멈춰 서서 잠시 우주선의 꼭대기를 바라보았다. 사라져가는 빛이 우주선의 몸체를 따라 움직였다.

◎

　엄마가 지구에서 관심을 가졌던 건 식물뿐이었다. 지구는 태양과 가까이 있어 하루 중 절반 이상의 시간 동안 햇빛을 쬘 수 있고 덕분에 별다른 노력을 하지 않아도 푸릇한 새싹이 돋아났다. 엄마는 낮 동안 베란다에 앉아 눈을 감고 햇빛을 즐겼다. 하필이면 여름이었다. 민소매와 반바지를 입고 있어도 땀이 줄줄 흐르는 한국의 여름은 외계인에게도 견디기 가혹한 날씨였다. 게다가 이상기후로 몇 년째 여름의 기온이 올라가고 남극의 온도가 일 도씩 치솟는 이상한 날들이 계속 되고 있었다. 그런데도 엄마는 굳이 한여름의 뙤약볕 아래 앉아 식물을 바라보는 걸 좋아했다. 지금도 엄마에 대해 생각하면 가장 먼저 떠오르는 장면은 베란다, 한낮의 노란빛과 그 작은 정원에 무성하게 피어있던 식물의 초록빛이었다. 상추, 부추, 미나리, 당귀, 딸기, 로즈마리, 바질, 고수, 대파, 돌나물, 로메인, 쑥갓, 무, 오이, 호박 같은 식용 식물부터 시작해서 율마, 산세비에리아, 아글라오네마, 스노우사파이어 같은 이름 모를 식물까지 종류도 셀 수가 없었다.

"여기 식물은 아주 독특한 케이스야."

엄마는 그렇게 말하며 상추 화분에서 잎을 하나 똑 떼어냈다. "고통을 느끼지 않거든." 엄마가 나고 자란 행성에서는 식물도 동물과 마찬가지로 고통을 느낄 수 있고, 한정적인 부분을 스스로 움직일 수 있어서 동물로 분류된다고 했다. "그래서 이렇게 먹을 수도 없지." 엄마는 떼어낸 상추를 입에 가져가 씹으며 말했다. 이 베란다의 작은 정원에서 재배한 식물을 전부 그대로 옮겨서 행성에 가져가는 게 엄마의 원대한 꿈이었다. 그리고 지구를 떠날 때 정말로 우주선 안에 작은 인공 정원을 가꾸어 그 식물들을 데리고 떠났다.

항상 궁금했다. 엄마는 왜 지구의 식물을 옮겨야만 했을까. 왜 감정을 느끼지도 않으면서 식물의 고통에는, 다른 종의 고통에는 그렇게까지 깊이 천착했을까. 비명 좀 지른다고 해도 어차피 죽으면 끝인데 그냥 먹으면 어때서. 인생이 너무 우습다고 생각하게 된 순간은 이 행성으로 이주하고 나서 감자를 발견했을 때였다. 해나가 지금 이 행성에서 푸석푸석한 감자와 콩고기라도 먹을 수 있는 건 그때 엄마가 가지고 떠난 감자 종자가 이 행성의 척박한 토양에 뿌리를 내릴 수 있었기 때문이므로.

빛이 다 사라진 다음 스스로 빛을 내기 시작한 우주선을 바라보았다. 출발하기 직전에 나는 빛이었다.

처음엔 내가 알던 얼굴과 달라 알아보기가 힘들었다. 식물학자가 한둘도 아니고, 이시스인도 한둘이 아닐 텐데 내가 이주한 행성에 마침 엄마가 있었다는 기가 막힌 우연이 일어날 리가 없다고 애써 부정했다. 하지만 이 행성에 먹을 수 있는 식물과 해바라기를 옮겨 심는 데 성공한 식물학자는 저 이시스인 하나뿐이었다. 그 해바라기 씨앗은 내가 엄마와 함께 서울식물원 씨앗도서관에서 받아온 거였다.

그 해엔 씨앗도서관에서 책처럼 대출받은 씨앗을 재배하여 수확한 씨앗을 자율적으로 씨앗도서관에 반납하는 프로그램을 진행 중이었다. 한 달에 한두 번은 꼭 서울식물원에 가서 새로운 품종이 없나 확인하곤 했던 엄마는 지구인들이 벌이는 일 중에는 흥미로운 게 많아서 재미있다고 웃었다. 아마 대출할 수 있는 씨앗이란 씨앗은 모두 대출했을 것이다. 고작 24평짜리 아파트 베란다가 기괴한 식물원처럼 변해갈 즈음 해바라기 화분에서 꽃이 피었다. 아주 샛노란 색이었다. 베란다는 이미 발 디딜 자리가 없어 몇 개의 화분들이 거실을 침범하고 집을 좀먹고 있었다. 하도 화분이 많아서 집에 벌레가 꼬이는 일도 잦았다. 하루 종일 베란다에서 식물만 쳐다보고 있는 엄마를 보고 있으면 괜찮다가도 한 번씩 속이 뒤집어졌다. 심지어 엄마는 내가 왜 짜증을 내는지도 이해하지 못했다.

나는 저기 우주선 안에 있는, 이백 살이 넘었지만 기껏해야 이십대 중

후반의 얼굴을 하고 있을 여자를 머릿속에 그려보았다. 내 얼굴은 아마 엄마의 두 배쯤 나이 들어 보이리라. 엄마가 왜 나를 다시 만나고 싶어 하지 않았는지 조금은 알 것 같았다. 나는 엄마의 이름을 불렀다. 그러자 곧 우주선에서 엄마의 목소리가 흘러나왔다.

"그 이름을 다 기억하고 있네."

여전히 유창한 한국어였다. "서로 죽었다고 생각하고 살자니까." 저렇게 말하는 걸 보니 엄마가 맞았다. 나는 해나가 어디 있냐고 물었고, 엄마는 아무 대답도 하지 않았다. 그리고 우주선의 입구가 열렸다. 마치 어서 들어오라는 것처럼. 우주선으로 들어서자 뒤에 있던 입구가 다시 닫혔다. 빛이 하나도 들지 않아 깜깜한 동굴 속 같았다. 허리를 세우고 일어설 만큼의 공간은 되지 않아서 포복 자세로 엎드려 그 길고 좁은 길을 기어가기 시작했다. 그러고 있자니 내가 지금 이게 뭐하는 짓인가 화가 났다. 남의 엄마들은 손녀가 생기면 키워주기도 한다던데, 이 노인네는 손녀를 납치하다니. 도대체 어떻게 되먹은 할머니냐고.

기어가는 동안 원하지 않아도 자꾸만 엄마의 기억이 머릿속으로 흘러 들어왔다. 우주선 자체가 하나의 거대한 유기체로 구성되어 있기 때문인 것 같았다. 말하자면 엄마의 뱃속 한가운데 있는 것과 비슷하다. 기분이 몹시 나빴다. 밥 먹다 말고 "어떻게 엄마는 그런 말을 해? 엄마는 찌르면 파란 피가 줄줄 나올 거야. 저 식물들처럼." 외치던 내 어린 시절 얼굴이 방금 스치고 지나갔다. 저런 걸 기억하고 있는 줄은 몰랐다. 외계인이 쓸데없이 기억력만 좋아가지고.

기억은 계속해서 흘러들어왔다. 엄마의 딸, 그러니까 내 동복동생쯤 되는 아이에 대한 기억까지 왔을 무렵, 쿵 하는 소리와 함께 우주선이 흔들렸다. 우주선이 발진하면서 발생하는 충격이거나, 어쩌면 로건이 와서 우주선을 붙잡았을 수도 있고. 후자에 희망을 걸어보고 싶지만 가능성은 그리 크지 않을 것 같았다.

동생은 대체로 나와 비슷한 노선을 밟았다. 애를 한 명 더 낳는다고 천지가 개벽해 엄마가 바뀔 리도 없으니 그럴 만했다. 한 번도 본 적 없는 아이에게 동정과 연민이, 말하자면 동병상련에 가까운 감정이 들 무렵 통신장비에 접근하는 동생의 모습이 보였다. 애가 통신장비를 가지고 뭘 하겠나 싶었는지 흘긋 보고는 내버려두는 엄마의 모습도 보였다.

동생은 매일같이 그 통신장비 앞에 앉아 누군가의 메시지를 기다렸다. 동생이 보낸 메시지가 어디로 갔는지, 누가 답장을 보낸 건지 자세한 내용은 보이질 않았다. 그저 거기 앉아 하염없이 통신장비 모니터만 쳐다보고 있는 동그란 뒤통수가 눈에 남았다. 무려 오 년 동안을 매일매일. 도착한 메시지에 답장을 다시 하고 나서 또다시 오 년을. 꽤 멀리 떨어진 행성에서 보내오는 메시지인 것 같았다. 빛의 속도로 보낸다고 해도 거기와 여기에는 상당한 시차가 발생할 테니 어쩔 수 없었다. 두 번째 메시지를 받고 나서 동생은 뭔가를 결심한 것 같았다. 어느 날 갑자기 엄마에게 지구에 가겠다고 선언했다.

당연히 엄마는 반대했다. 그때쯤 지구는 방사능에 뒤덮여 더 이상 손쓸 수 없는 황무지가 되어 있었다. 우주연방구호협회 구제조차 안 되는 글러먹은 행성, 그게 지구였다. 거기서 누가 어떤 메시지를 보냈는지는 몰라도 이미 그 사람은 이 세상에 존재하지 않을 게 분명했다. 내가 알고 있으니 엄마도 당연히 이 사실을 알고 있었다. 하지만 엄마는 말하지 않았다. 엄마의 생각이 머릿속에 스피커를 대고 쏘는 것처럼 흘러들어왔다.

'도대체 저 애는 왜 저러지?'

엄마의 기억이 다시 먼 옛날 나에 대한 것으로 돌아갔다. 나는 유치원에서 돌아와 분갈이를 하는 엄마 옆에서 크레파스로 그림을 그리고 있었다. 노란색 해바라기였다.

"해바라기가 마음에 들어?"

"엄마가 키우는 것 중엔 제일 예쁘잖아."

어린 내가 툴툴거리며 초록색 크레파스를 집어 들었다. "엄마." 나는 한껏 관심을 받고 싶지만 그렇지 않은 척 말한다. 저 때의 나는 항상 그랬다.

"나 궁금한 게 있는데."

"뭔데?"

"해바라기는, 음. 항상 햇빛만 바라보고 서 있잖아. 그래서 이름도 해바라기잖아."

"그렇지."

"그럼 태양이 사라지면 어떻게 돼? 이름을 바꿔야 되나?"

엄마는 내 질문에 세상에 이런 멍청한 질문도 다 있군, 생각하는 것 같았다. 늘 보던 무표정도 미묘하게 다른 때가 있었고 나는 대체로 그걸 기민하게 알아차렸다. 엄마가 말했다.

"태양은 지금부터 약 50억 년 뒤 어느 화요일에 폭발할 예정이야. 오차범위는 사나흘. 네 수명을 생각하면, 살면서 절대 그 일이 일어날 리 없을 테니까 벌써부터 걱정을 할 필요는 없을 것 같은데."

내가 설마 정말로 태양이 언제 폭발하는지 알고 싶어서 물어봤을까. 억이라는 단위조차 모르는 어린애한테 잘도 그런 말을 했구나, 어이가 없어서 웃음이 샜다. 엄마는 항상 그런 식이었다. 세상에서 가장 멍청한 질문을 들어도 우주에서 가장 진지한 대답을 내놓는 사람. 그래서 꽤 오랫동안 나는 엄마가 나를 바보라고 여겼을 거라고 생각했다. 멍청하고 결함 많은 딸. 그런데 엄마의 시선에서 재구성된 장면은 내가 기억하고 있는 것과는 조금 달랐다.

"너무 걱정하지 말란 소리야."

엄마는 삽을 잠시 내려놓고 내 머리를 쓰다듬으며 말했다. 내 기억에는 없는 말이었다.

"너는 애가 너무 쓸데없는 걱정이 많아. 너처럼 모든 걸 무서워하는 애는 처음 봐."

엄마는 그렇게 말하며 신기한 생물을 보는 듯한 눈으로 나를 바라보았다.

긴 통로의 끝에 희미한 빛이 보였다. 낮은 포복으로 너무 오래 기어서 무릎이 아팠다. 통로 끝에서 빠져나오자 작은 정원이 있었다. 엄마가 지구에서 떠날 때 우주선에 만들어놓은 인공 정원이었다. 텃밭이라고 불러야 할지, 정원이라고 불러야 할지 모르겠지만. 그 정원에서 나는 엄마와 함께 감자를 키우고, 해바라기를 키우고, 로즈마리를 키웠다. 엄마는 식물의 잎을 떼어낼 때 식물이 비명을 지르지 않아 신기하다고 했고, 나는 이 행성에 와서 피를 흘리고 비명을 지르는 식물을 보고 나서야 그게 무슨 말인지 알았다. 그 비명을 듣고 나면 안 그래도 떨어진 식욕이 더 떨어질 곳 없이 바닥을 치곤 했다. 내가 그러는 것과 달리 엄마는 식물의 고통에는 전혀 공감하지 못했는데 식물이 비명 좀 지르고 피 좀 흘린다고 먹지 않는 건 역시 이상한 일이었다. 그건 다른 이시스인들도 마찬가지였다.

지구를 떠나 이 행성에 이주하고 나서야 그 이유를 알았다. 그들에게는 그게 공감과 큰 상관이 없는 문제였던 거다. 그건 계속해서 다른 종을 착취할 경우 초래될 미래가 지구와 비슷할 거라는 합리적인 판단의 결과였다. 그들은 미래 세대에게 위험 부담을 지우느니 차라리 깊은 동면에 빠지기를 선택했다. 종 보존을 위해. 그러니 당연히 엄마가 지구에서 가져온 식물 종자가 어마어마한 인기를 끌 수밖에. 해바라기는 씨 말고는 먹을 게 별로 없고 쓸모도 별로 없는데 이상하게 인기가 많았다.

"그야 예쁘니까. 지구인한테도, 행성인한테도 쓸모는 없지만 아름다운 것들이 필요하거든."

엄마가 말했다. 해나에게 향한 말이었다. 두 사람은 인공 정원 중앙 느티나무 바로 아래에 함께 누워 있었다. 지금 누가 누굴 납치해서 난리가 났는데 둘만 아주 평화롭기 그지없었다. 해나는 태연한 얼굴로 이리 오라며 나를 불렀다. 나는 가만히 멈춰 서서 두 사람을 바라보았다.

어쩌면 나에게도 애정이나 그런 종류의 감정은 존재하지 않는지도 모른다. 엄마를 닮아서. 엄마의 피가 내 몸에도 흐르기 때문에. 낳는다고 다 엄마가 된다고도 생각하지 않는다. 아직도 내가 누군가의 엄마라는 사실이 자고 일어나면 사라질 꿈처럼 느껴질 때가 있었다. 뭔가를 키운다는 것은 매일 반드시 집에 돌아갈 수 있도록 깨지지 않는 일상을 유지하는 것을 의미한다. 시에스타에 함께 손을 잡고 빛을 쐬러 나갈 수 있게. 나를 기다리는 누군가를 위해. 그래서 정말 궁금했다.

"왜 애를 또 낳았어?"

엄마에게 애가 있다는 건 어떤 의미인지. "그 애는 나와 달랐어?" 내가

윤이안

그렇게 묻자 엄마는 멈춰 섰다. 그리곤 내 얼굴을 보다가 말했다.

"그러게. 너랑 너무 닮아서 문제였지."

얼굴엔 역시 아무런 표정 변화도 떠오르지 않았다. 어쩜 저렇게 이십 년 전이랑 똑같을까. 스무 살짜리에게 우리 서로 죽었다고 생각하고 살자던 엄마와 징그럽도록 똑같았다. 그런 식으로 동생을 키웠으니 동생이 우주선을 타고 가출한 것도 아주 이해가 안 가는 일은 아니었다. 한 번도 본 적 없는 동생에게 또 다시 동병상련의 마음이 생기려던 무렵 엄마가 누워 있는 해나를 일으켜 한 번 품에 안았다. 무슨 짓이라도 하면 튀어나가려고 눈을 부릅뜨는데 엄마가 말했다.

"이상하지. 너는 분명 지구인에 더 가깝다고 생각했는데. 이시스인인 그 애가 너보다 더 예측이 안 됐거든."

엄마는 해나를 품에서 떼어내 가볍게 등을 밀었다. 해나가 내 쪽으로 천천히 걸음을 옮겼다. 여기가 꽤 마음에 들었는지 정원이 예쁘다고 종알거리는 해나를 품에 안았다.

통로를 기어갈 때 봤던 엄마의 기억 마지막 조각이 눈에 밟혔다. 노란 해바라기 빛 속에서 웃던 내 얼굴이.

"너무 걱정하지 말란 소리야."

엄마는 삽을 잠시 내려놓고 내 머리를 쓰다듬으며 말했다. "너는 애가 너무 쓸데없는 걱정이 많아." 엄마가 정말 나한테 저런 말을 했나? 기억에 뭔가 오류가 있었던 게 아니었을까 의심할 무렵 기억 속의 어린 내가 엄마 목에 답싹 매달렸다. 밀어낼 줄 알았는데 엄마는 안겨오는 아이의 작은 어깨를 꼭 안아주었다. 그런 적은 아마 처음이었는지, 어린 내가 용기를 내어 물었다.

"엄마는 나를 좋아해?"

엄마는 단칼에 대답했다.

"아니."

그렇게 한 번에 거부당할 줄은 몰랐는지 내 눈에 눈물이 뿌옇게 차오르는 게 보였다. 거기까지 보고 있는 게 화가 나서 귀를 막아버리려던 순간 엄마가 속삭였다.

"내가 대답할 수 없는 건 물어보지 마. 차라리 태양이 사라지면 어떻게 하냐고 물어 봐. 그럼 너를 위해 빛을 만들어줄게. 내가 없어도 무섭지 않게." 그 말이 울림과 동시에 발밑이 쑥 꺼졌다. 두 팔에 안은 해나를 놓치지 않기 위해 더 꽉 안아야 했다. 아까 열심히 기어서 왔던 길을 맨몸으로 그대로 떨어지는 중이었다. 들어온 길로 나가라고 좋게 말로 하면 될 걸 꼭 이런 식으로 나가게 만든다. 화를 내면 엄마는 아마 제일 빠른 길을 열어줬는데 뭐가 문제냐고 되물을 것이다. 우주선 입구를 지나쳐 땅바닥에 처박히겠다 싶을 즈음 몸이 공중에 붕 떠올랐다. 해나의 등에 낙하산이 매달려 있었다. 조종 줄을 붙잡고 어어어, 소리를 내고 있는 해나의 손 위에 손을 겹쳤다. 그리고 줄을 꽉 붙잡았다. 해나가 와, 탄성을 질렀다.

"엄마, 이거 한 번 더 타면 안 돼?"

"조금만 타이밍 늦었으면 우리 죽을 뻔했거든. 대체 언제 낙하산을 매달아줬어?"

그렇게 묻는데 땅바닥이 코앞에 보였다. 발을 제대로 딛지 못해 무릎이 먼저 닿고 바닥에 뒹굴었다. 그 와중에도 해나에게는 충격이 덜 가도록 품에 꼭 안고 놓지 않았다. 눈을 떴더니 까만 하늘이 보였다. 해나를 무사히 땅에 내려놓고 나서 엄마가 도망가기 전에 체포해야 된다는 생각을 하고 있는데 하늘에 떠 있던 우주선이 조금 더 환하게 빛나기 시작했다. 마침 16구에 도착한 로건과 다른 팀이 우주선을 향해 조준 사격을 시작하기 전에 우주선은 저 하늘 너머로 사라졌다. 맥이 탁 풀려서 바닥에 드러누웠다. 어디로 가버렸는지 몰라도 한 번 우주로 나간 이상 체포할 수 있는 가능성은 희박했다. 우주는 너무 넓었다. 수많은 행성이 존재했고 그 어딘가에 엄마가 정착해 모습을 바꾼 뒤 살겠다고 마음만 먹으면, 다시는 찾을 수 없을 것이다. 용의자가 궤도를 벗어나 별빛 속으로 사라지는 꼴을 손 놓고 지켜볼 수밖에 없었다. 이번에야말로 다시는 만날 수 없을 거라고 생각했다. 해나가 우주선이 사라진 하늘을 향해 두 손을 흔들었다.

"언니 무사히 도착했으면 좋겠다."

"어디 간다고 너한테 말해줬어?"

"누굴 찾으러 간대. 너라면 어떻게 하겠냐고 물어보길래, 나는 간다고 했어. 그 언니 가고 싶은 거 같았거든."

해나가 고개를 끄덕이며 흙을 털고 일어났다. 나는 해나의 옷소매에 묻은 흙을 마저 털어냈다. 해나가 그 자리에 멈춰 서서 아, 소리를 질렀다.

"왜 그래?"

"〈엄마는 외계인〉 할 시간인데."

"나중에 보면 되잖아." 그랬더니 오늘이 마지막 회라고 난리였다. 드라마 마지막 회 본방 사수 좀 못하면 어때서. 도통 이해가 가지 않지만 해나를 달랬다.

해나는 앞서서 몇 걸음 걸어가다 말고 내 쪽으로 다시 뛰어왔다. 그리고 그 조그만 두 손으로 내 허리를 끌어당기며 답삭 매달렸다. 그러는 바람에 손에 쥐고 있던 뭔가가 바닥에 떨어져 사방에 흩어졌다. 사파이어 원석이었다. 굴러가는 눈물들을 보고 해나는 웃음을 터뜨렸다. 한참을 웃던 해나가 말했다.

"그 언니 말하는 게 엄마랑 닮았어. 엄마도 가끔 뭘 하고 싶은 게 있어도 말을 못 하고 나한테 어떻게 하고 싶냐고 물어보잖아, 바보같이. 어른들이 왜 그래?"

해나의 얼굴을 가만히 바라보았다. 감정을 느끼는 건 결함이라고 단정지은 엄마에게 나는 줄곧 엄마가 가진 무감함이야말로 결점이라고 말하고 싶었다. 여전히 나는 동생의 사고에 대한 책임은 엄마에게 있다고 믿었다. 엄마가 자식들에게 주지 못했던 것, 내 아이의 손을 잡을 때 빠듯하게 가슴이 벅차오르는 감각. 이것은 나의 자랑이었다. 하지만 동시에 엄마 말대로, 결함인지도 몰랐다. 엄마의 무감함이 결점이자 능력이듯이.

해나는 쪼그리고 앉아 손에서 빠져나갔던 사파이어 원석을 그러모았다. 그리고 모란, 하고 내 이름을 불렀다.

"나의 빛이라는 뜻이래."

해나는 손에 모은 것을 내게 건넸다. 푸른 빛깔의, 지구를 닮은 색의 보석이 해나의 손에 가득 차 있었다. 돌끼리 부딪혀 달그락거리는 소리가 났다.

"근데 저 언니가 엄마 이름은 어떻게 알까?"

속에서 뭔가가 울컥 올라왔다. 얼리고, 녹이고, 다시 얼리고 녹여서 단단하게 주조했던 내 유년기의 사슬이 방울방울 녹아내려 바닥으로 흩어졌다. 내가 손을 내밀자 해나가 내 손바닥 위에 사파이어를 쏟아 부었다. 두 손 가득 묵직한 것이 들어찼다. 어떤 결함이 별처럼 빛나고 있었다.

윤이안

SOOJA

SOOJA

부산 출생으로 대학 졸업 후 한 곳에 정착해 살아본 적이 없다.
북미, 유럽, 아프리카 등을 여행하며 줄곧 소설을 써왔지만
공모전에 넣거나 발표하지는 않았다.
현재도 세계 구석구석을 누비며
길 위의 풍경과 사람들을 만나는 것을 좋아한다.

준이 특종을 터뜨리고 사건은 일단락되었다. 미치광이 박사의 실험에 희생된 연구자들, 그 전모가 밝혀지다. 준은 기사를 송고하고 나서도 한참 헤드라인을 곱씹었다. 미.치.광.이 박사. 그래 연쇄살인범이 미치광이가 아니면 누가 미치광이란 말인가. 그나저나 '영혼의 속도'를 실험하기 위해 기어이 3명의 과학자들이 순순히 목숨을 내어주었다는 박사의 주장은 사실일까? 도대체 영혼의 속도라니 말이 되는 소리인가. 그렇게 이성적이고 말이 통하던 박사가 그런 말도 안 되는 실험을 하고 있었다니. 무엇보다 굳이 박사가 그 누구도 아닌 자신에게 마지막 고백을 털어놓은 이유 또한 종잡을 수 없었다.

준은 집으로 가는 자신의 모바일 카, 'GUIYOMI19' 안에서 박사의 마지막 메시지를 연신 반복하여 틀었다. 경찰에게는 제출하지 않은 영상이다. 그건 여느 때와 다름없이 집으로 향하는 도로 위에서 받은 너무나 뜻밖의 콜이었다. 남에게 신세를 지거나 피해 끼치기를 극도로 싫어하는 박사가 저녁 퇴근 시간에 연락한 것은 무슨 급한 용무가 있나보다고 준은 생각했다. 그러나 예상과는 달리 평소보다 더욱 차분한 박사의 목소리에 처음엔 그저 같은 연구 단지 내 과학자들의 갑작스런 죽음에 기분이 좋지 않구나 라고 생각했다. 박사는 곧 너무나 평온한 목소리로 놀라운 고백을 아니 자백을 하고 있었다.

"준 기자님, 이제부터 제 말을 잘 기록해두세요. 아마 이것이 제가 살아서 할 수 있는 마지막 인터뷰가 될 것 같군요. 준 기자님과는 지난 시간이 즐거운 기억으로 남아 있습니다."

"박사님, 마지막 인터뷰라니요? 다른 부서로 발령이라도 나셨나요??"

"제가 그들을 죽였습니다."

"네? 누구를요? 설마.."

준은 떠오르는 얼굴들이 있었지만 차마 입 밖으로 말하지 못했다. 그건 왠지 박사를 모욕하는 일만 같았다. 박사가 사람을 죽이다니. 그게 무슨 소리란 말인가. 준은 급히 모바일 폰의 위치추적 모드를 껐다. 박사를 아니 취재원을 보호해야 할 것 같은 본능이었다.

"박사님, 지금 어디세요? 지금 하시는 말씀은 박사님께 불리한 증거가 될 수 있습니다."

"괜찮습니다. 저는 지금 연구 단지 내 특수 촬영실에 있습니다. 여기서 몇 번 인터뷰도 했었지요?"

"제가 지금 그리로 가겠습니다."

장소 선택, 국가과학연구단지

알겠습니다!

준은 곧바로 귀요미19에 목소리로 국가과학연구단지를 입력했다.

"준 기자님이 꼭 와주셨으면 합니다. 제게는 이제 시간이 많지 않습니다."

그러고 보니 박사의 눈이 조금씩 힘이 없어지고 추워서 그런지 조금씩 떠는 것도 같았다.

"무슨 일입니까? 누가 같이 있나요?"

"아닙니다. 저 혼자 있습니다. 준 기자님, 마지막으로 부탁드립니다. 지금 송부하는 자료는 다음에 읽어보시고 어떤 형태로든 꼭 세상에 발표해주세요. 그리고……제 주검은 준 기자님이 부디……"

그리고 송신이 끊겼다. 박사가 끊은 것인지 준 기자가 끊은 것은 더더욱 아니었다.

"박사님, 박사님"

준은 귀요미19의 핸들을 잡았다. 그리고 힘껏 젖혔다. 그러자 준의 모바일 카는 이내 바퀴를 접더니 그대로 공중에 떴다. 자동항법으로 가는 다른 모바일 카들이 작은 물고기 떼가 큰 물고기를 피하듯 차르륵 양 옆으로 준의 길을 터주었다. 준은 이게 무슨 일이냐는 듯 일제히 자신을 쳐다보는 주위의 시선을 느낄 수 있었다.

준은 알파 박사가 일러준 연구 단지 내 특수촬영실 주차장에 들어섰다. 그곳에는 이미 수많은 경찰차들과 큼지막하게 과학수사대라고 스티커가 붙은 차량이 와 있었다. 30분도 채 되지 않은 시간이었다. 준은 맥 빠진 표정으로 이 광경을 지켜봐야만 했다. 누군가 준의 차창을 두드렸다. 준은 이내 창을 내렸다. 낯선 이들 세 명이 서 있다. 그중 제일 나이가 젊어 보이는 사람이 조용히 말을 건낸다.

"준 기자님, 박사가 보낸 파일 주시죠."

"무슨 말씀을 하시는 건지. 근데 누구시죠?"

준은 아직 파일을 확인도 하지 못했다. 이대로 넘길 수는 없다. 잠시 머뭇거리던 젊은 형사는 이내 여전히 톤은 낮지만 단호하게 말했다.

"범죄자의 증거를 은닉하는 건 공범이 되는 겁니다."

"영장이 있나요? 그리고 누가 범죄자라는 겁니까? 박사는 안에 있나요? 먼저 박사를 만나게 해주세요."

젊은 형사는 뒤로 물러서 나머지 형사들과 조용히 상의를 했다. 앰블란스 한 대가 요란한 경광등만 켠 채 소리 없이 주차장 안으로 들어오고 있었다. 다시 젊은 형사가 허리를 숙여 조용히 말했다.

"그럼 파일을 넘기는 조건으로 안으로 모시겠습니다."

준은 말없이 고개만 끄덕였다.

박사의 연구실에 들어서자. 수십 명이 현장을 스캔하며 채증하고 있었다. 박사는 긴 소파에 앉았는지 누웠는지 모를 자세로 있는데 고개가 젖혀져 있었다. 박사의 얼굴에는 아직 마르지 않은 눈물이 반짝이며 흐르고 있었다. 준이 박사에게 다가가려 하자 그 젊은 형사가 준을 막아섰다. 다시 한 번 박사의 얼굴을 보자 이미 숨졌는지 입이 1센티미터가량 벌어져 있었다.

"이제 어떻게 되는 거죠?"

"부검을 할 겁니다. 끝나면 연락드리겠습니다. 사흘 정도 예상됩니다."

사흘…… 준은 속으로 날짜를 되새겼다.

"보낼 곳을 알려주시면 파일을 전송해주겠소."

"지금 주셔야 합니다."

젊은 형사는 물러 설 기미가 보이지 않는다. 준은 모바일 폰을 호주머니에서 꺼내 열었다. 젊은 형사도 폰을 꺼내 들었다. 준이 암호를 넣자 이내 전송이 되었다.

◎

"그건 정말 바보 같은 실험이었어요."

준의 아내가 나즈막히 말했다. 먼저 묻지도 않았지만 집에 돌아온 뒤 저녁 내내 심각한 얼굴을 한 준의 눈치를 보며 아내가 건넨 말이었다. 준은 아내를 속일 수 없었다. 미.치.광.이 박사. 그런 말도 안 되는 주관적 헤드라인을 뽑다니. 도대체 송고를 하면서 무슨 생각을 했던 것일까. 평소 잘 알고 있다고 생각했던 박사에 대한 배신감을 느꼈기 때문일까. 준은 왜 송고하는 순간부터 후회하게 될 헤드라인을 뽑았던 것일까. 내내 준의 마음을 잡고 있는 건 그 망할 놈의 헤드라인이었다.

박사는 인공자궁에 의해서 태어난 첫 아이였다. 대부분 과학자였던 자원자들의 난자와 정자를 기증받아 무작위로 수정시켰다 그리고 유전자 편집을 통해 '최적'의 인간을 만들어냈다. 그의 이름은 모든 시작을 알리는 알파(α)였다. 인공자궁의 시작이었는지, 유전자 편집의 시작이었는지 그 의미와 파급력을 정확히 알지 못한 채 연구실 내의 공모와 회의를 통해 정해진 이름이었다. 그의 탄생은 철저히 비밀에 부쳐졌다. 세상에 이 사실이 알려진 것은 박사가 18세가 되던 해였다. 박사는 말하자면 국가에 의해 태어나고 길러진 테스트 베이스였다. 세상에 알려지기 전까지 박사는 줄곧 모두의 아이로 귀여움을 독차지하며 연구실에서 키워졌다. 유전 탓인지 환경 탓인지 자연스레 박사는 자신을 키워준 연구실의 가족들처럼 과학자가 되었다. 그건 누가 먼저 딱히 말을 하지 않아도 자연스레 정해진 길이었다.

알파 박사가 처음 언론에 공개 되었을 때 사람들은 정부가 지금까지 자신들을 속이고 혹은 자신들에게 정보를 감추고 사업을 진행한 것에 대한 배신감을 느끼기보다는 알파 박사의 준수한 외모와 똑똑한 스피치에 반하고 말았다. 이때의 언론 인터뷰는 센세이션을 일으키며 지금까지도 회자되고 있었다. 준은 알파 박사의 첫 공개를 긴급 속보 뉴스로 접했고 이를 어제의 일처럼 생생히 기억하고 있다. 대부분의 사람들이 그러했다. 그건 볼록 튀어나온 흑백 브라운관 TV로 인류가 처음 달 위에 꾸욱 발자국 도장을 찍은 라이브 송신 영상을 본 사건에 비견되는 그야말로 거짓말 같은 사건이었다. 몇 년 뒤 미국의 MIT 랩에서 AI 휴머노이드가 '누구'의 도움도 없이 스스로 기자회견을 연 세기의 사건이 일어나기 전까지는.

어젯밤은 떨려서 한숨도 자지 못했습니다. 이렇게 많은 분들 앞에서 말하게 될지는 상상도 못했는데 제가 혹시 실수를 하더라도 용서를 바랍니다. 저는 지난 시기 연구소에서 여러 직원들의 보살핌 속에 지내왔습니다. 또래의 다른 친구들을 만날 수 있는 기회는 많지 않았지만─이때 알파의 목소리는 조금 떨렸다 또래와 같이 책도 읽고 오락게임도 하고 인터넷도 하면서 제 고양이 친구, 제니와 함께 지내왔습니다.─이즈음 알파의 어린 시절부터 현재까지의 스냅 사진들이 연단 뒤로 프로젝트 되었다 무엇보다 이제부터는 마음껏 친구들을 사귀며 지낼 생각에 기쁩니다. 다시 한 번 이번 기회를 통해 지금까지 저를 키워주신 연구실의 가족들에게 감사의 말씀을 전합니다.

알파는 스피치가 끝나고 연단을 내려왔다. 알파의 스피치는 물론 사전에 리허설 된 것이지만 연구실 관계자들 스스로도 알파의 깔끔한 진행에 놀라는 눈치였다. 이후 유전자편집과 인공자궁 임상실험의 책임 연구원과 담당 연구원들이 함께하는 기자들의 질의응답이 이어졌지만 이날의 하이라이트는 알파의 스피치였다. 사실 연구실의 언론 간담회를 위한 보도자료가 나오자마자 미디어에서는 정부에 대한 성토가 이어졌었다. 막상 간담회가 시작되고 알파의 스피치가 생중계되고 난 뒤 분위기는 180도 바뀌었다. 모두들 알파가 어떤 사람인지 궁금해했다. 이후 몇 달 동안 알파는 미디어에 수없이 노출되었다. 뜻밖의 반응에 내심 기뻐하며 내린 정부의 결정이었다. 알파의 패션에서부터 읽고 있는 책, 좋아하는 음식 모든 것들이 화제가 되었다. 한 미디어에서 준비한 이벤트로 수많은 지원자 중 선발된 몇 명의 이성 또래들과 테마파크에서 놀이기구를 타며 노는 장면은 생중계되었는데 그 어느 스포츠 경기보다 높은 시청률을 기록하기도 했다. 그동안의 시간을 보상해주겠다는 듯 수많은 미디어들이 알파를 찾았지만 그건 어디까지나 미디어의 사심을 채우기 위함이었다. 알파의 등장 이후 수년째 의회에서 공전하기만 하던 인공자궁과 유전자 편집에

준

관한 법률은 정부의 안대로 일사천리로 통과되었다.

정부가 발의한 주요 내용은 이러했다. 유전자편집은 혈우병이나 당뇨 같은 유전질환의 치료와 예방을 위함이었다. 인공자궁은 이런 유전자편집에 획기적인 발전과 대중화를 가져오는 장치였다. 미숙아를 키우는 인큐베이터가 하지 못하는 기능을 보충하기 위한 것이었으나 원래 발의 취지와는 다르게 의외의 방향으로 흘러갔다. 외상이나 기형 등의 재건성형보다는 미용성형이 발달한 것처럼 그 본래의 의미와 취지가 무색할 정도로 다른 한쪽으로 급속히 발전했다. 유전질환을 예방하기 위한 유전자편집은 암이나 치매 같은 질환을 예방하는 것으로 대중화되었다. 이제 사람들은 점차 최적이 아닌 최상의 아이를 얻기 위해 여기저기 유전자에 손을 대기 시작했다. 유행에 따라 파란 눈 혹은 초록 눈, 곱슬머리 혹은 곧은 머리를 선택했다. 그리고 더 이상 자신의 몸에서 직접 아이를 배고 낳는 것은 돈이 없거나 시대에 뒤쳐진 하등의 일로 여겨졌다. 일각에서는 한 세기 전 세탁기가 빨래라는 가사노동으로부터 여성들을 해방시켰듯 인공자궁은 이제 임신과 출산으로부터 여성을 해방시켰다고 주장했다. 그야말로 남성과 동등한 젠더의 지위를 획득했다고 했다.

◎

'하나님의 집'에서 준의 아내는 모바일 폰을 통해 준에게 딸의 모습을 보여줬다. 오늘은 인공 수정된 난자 사진을 본 뒤 처음으로 인공자궁 랩 방문이 허가된 날이었다. 모바일 폰이 프로젝션하는 딸의 모습은 홀로그램으로 마치 현장에 있는 것보다 더욱 현실감을 줬다. 단지 스케일만 줄어든 가상현실(VR)이었다. 그래서인지 모바일 폰이 비추는 건너편 현실은 모든 것이 장난감 속처럼 귀엽게 느껴졌다. 태아는 아직 손가락도 분리되지 않아 주먹을 꼭 쥐고 있었다. 투명 비닐 같은 보호막 안에서 얇은 피부를 뚫고 나올 듯 힘차게 통통 뛰는 심장을 생생히 볼 수 있었다. 배꼽으로 연결된 탯줄은 쉴 새 없이 포뮬러 영양분을 실어 나르고 있었다. 준 부부는 아이의 태명으로 오메가(Ω)로 지었다. 알파(α) 박사의 영향이 없었다면 거짓말일 것이다.

"춥지는 않나?"
준은 너무 투명하게 드러나 있는 환경에 걱정이 되었다.
"양수는 항상 36.5도로 유지된대요. 여기 방도 낮과 밤이 있다고 하네요. 밤에는 똑같이 어두워지나 봐요."
준은 뱃속은 처음부터 마지막까지 어두운 것 아닌가라고 질문을 하려다 그만뒀다.
"미안해요. 꼭 같이 가보고 싶었는데 그래도 바로 옆에 있는 것 같아요 잠깐만 가까이 아이에게 폰을 대어보겠어요?"
준은 아내에게 부탁했다. 폰보다 작은 아이가 화면 가득 찼다. 준은 아주 조용히 속삭이듯 말했다.
"오메가 우리 금방 만나요. 엄마 아빠는 밖에서 기다리고 있을께."
마치 오메가는 알았다는 듯 아주 미세하게 몸을 뒤척였다.

알파 박사가 처음 세상에 모습을 드러냈을 때 준은 수습기자였다. 취재처들이 직접 기사를 송고하면서 기자실도 사라지고 전통적인 기자 직업도 사라졌다. 사람들은 하나의 플랫폼에서 본인들이 보고 싶은 뉴스들만 접하기 시작했다. 취재 보다 편집의 기능이 더욱 중요해졌다. 하지만 이 또한 플랫폼이 데이터를 기반으로 대신했다. 그렇다고 전통적인 의미의 기자가 완전히 사라진 것은 아니었다. 자신의 목소리를 가질 수 없는 사람들에게 헌법에 보장된 언론 결사의 자유를 위해 공익적인 목적으로 남았다. 언론에 접근할 수 없는 사람들을 위해 대변하면서 그야말로 언론 본래 기능만 남았다. 그렇다고 예전처럼 기자들이 개인 기업의 직원으로 활동하지는 않았다. 기본적으로 개개 사안별로 취재 임무가 주어지는 프리랜서였다.

준이 알파와 처음 만나게 된 계기는 청소년들을 대상으로 한 기획기사 때문이었다. 알파는 이미 수학, 물리학, 뇌과학, 천문학 그리고 최근 항공우주공학까지 많은 분야에서 두각을 드러냈다. 알파가 속한 랩에서 알파는 비공식 대변인 역할까지 하고 있었다. 그를 통하면 랩의 거의 모든 현안들에 대해 청취할 수 있었다. 그러나 준의 호기심을 자극한 것은 알파의 높은 과학 수준 때문이 아니었다. 언젠가 미디어에 노출된 그의 서재의 한 벽면을 가득 채우고 있는 인문 관련 서적 때문이었다. 역사에서부터 정치 경제 그리고 문학까지 광범위한 컬렉션이었다.

랩 까페에서 한 시간 가량의 인사 겸 이뤄진 만남에서 준이 느낀 알파의 첫 인상은 편안함이었다. 알파의 트레이드마크가 된 옅은 미소는 마치 세상의 모든 이치를 알고 있다는 듯 젊은 나이에 맞지 않는 편안함을 주었다. 준이 확인하고 싶은 것은 최신 과학 논쟁이 아니라 알파였다. 높지도 낮지도 않은 알파의 목소리 톤은 그런 인상을 더욱 강하게 했다.

"박사님, 과학자가 되기 위해 가져야 할 가장 중요한 자질은 무엇일까요?"

"음, 당연히 자신과 그 주위를 둘러싸고 있는 환경에 대한 지적 호기심이 있어야 할 거구요. 무엇보다 자신에 대한 믿음이 있어야 한다고 생각합니다."

"자신에 대한 믿음이라." 준은 조금 더 물었다.

"과학은 미지의 영역을 탐구하는 것입니다. 그만큼 많은 시간과 노력이 필요하지요. 이를 위해 성실함도 필요하겠지만 무엇보다 자신에 대한 믿음이 필요합니다. 예를 들어 수학에는 아직 증명되지 못한 오래된 가설들이 있습니다. 수백 년 아니 수천 년 동안 인류가 증명하지 못한 가설들이 있죠. 이 영원히 풀리지 않을 것 같은 에니그마에 도전하기 위해서는 무엇보다 자신에 대한 믿음이 있어야 합니다. 이를 꼭 풀 수 있다는……"

"자신의 온 젊음과 평생을 바쳐서라도 풀고 말겠다는, 꼭 풀 수 있다는, 뭐 그런 말씀인가요?"

"수학은 그럴만한 가치가 있습니다. 이 복잡하고 예측 불가능한 세상을 단 한 두 개의 수식으로 설명할 수 있다면 그건 너무나 아름다운 일입니다. 정말 아름다운 일이지요."

그즈음 알파 박사의 시선은 준을 바라보고 있었지만 그의 시선은 저 깊은 다른 어떤 곳을 바라보고 있었다. 준은 더 이상 묻지 않았다.

◎

준은 알파 박사의 시신이 발견 된 며칠 뒤 다시 랩을 방문하였다. 후속 기사를 쓰기 위해서였다. 박사의 죽음은 스스로의 선택에 의해서였다고 하더라도 연구원 3명의 죽음에 대해서는 아직 밝혀진 것이 많지 않았다. 무엇보다 알파 박사와 연구원의 관계가 여전히 의문으로 남았다. 랩은 무슨 일이 있었냐는 듯 예전의 모습대로 말끔하게 정리되어 있었다. 하지만 랩의 공기는 예전과는 사뭇 달랐다. 너무나 조용한 랩은 연구실마다 문이 반듯하게 닫혀 있었다. 마치 아무도 없는 듯 정적만이 흘렀다. 복도에서 마주친 알파 박사 또래의 연구원들은 의도적으로 준을 피하였다. 준도 어느 정도 예상한 바였다. 미디어의 스포트라이트를 한꺼번에 받던 알파 박사 그리고 그렇지 못했던 그 외의 젊은 박사들.. 그건 준, 자신이 쓴 알파 박사에 대한 부정적인 기사 때문이라 하기보다는 그동안 외면 받은 자신들을 위한 무언의 항변이었다. 준의 눈인사를 그들은 왜 이제야 나를 찾느냐는 눈으로 힐끔 보는 체 마는 체 쓴 웃음을 지으며 준의 앞을 지나쳤다. 반면 시니어 연구원들은 준을 보다 경멸하는 눈으로 쳐다봤다. 그 또한 준은 충분히 이해할 수 있었다. 복도에서 삼삼오오 쑤군거리며 준을 지나쳤다. 준은 그럴수록 자신이 랩을 찾은 목표가 뚜렷해졌다. 준은 의식적으로 자신의 모습이 눈에 띄게 랩의 구석, 구석을 천천히 한 바퀴 돈 뒤 후미진 곳에 자리 잡고 앉아 있었다. 누군가를 기다리는 듯 한참을 준은 그곳에서 머물렀다. 그러자 서로 약속이나 한 듯 시간 간격을 두고 시니어 연구원들이 준을 찾았다. 어쨌든 그들은 알파 박사를 자식처럼 생각하던 사람들이다.

"그건 블랙 사이언스였어요."

한 시니어 연구원은 분명 그렇게 말했다.

"모두들 알파 박사의 이론에 매력을 느꼈어요. 그렇다고 랩에서 공식적으로 진행할 수 있는 프로젝트는 아니었어요. 그럴 수 있는 성질의 것이 아니었어요."

"블랙 사이언스라고 하면 정부가 공인하지 않는 프로젝트라는 말씀인가요?"

"그런 차원이 아니어요. 그건 과학의 반대에 있다고 할까. 우린 단지 우리가 인식할 수 있는걸 쫓을 뿐이죠. 그건 비극이었습니다."

"그럼 연구원들은 알파 박사의 살인공모에 동의했다는 말씀인가요."

"살인이라니 동의할 수 없습니다."

그 시니어 연구원은 박차고 일어나 자리를 떠났다.

또 다른 시니어 연구원은 보다 분명한 어조로 말했다.

"더 이상 알파 박사의 일로 랩을 찾아오지 마세요. 모두들 그 일을 잊어버리고 싶어 합니다."

"그건 상부의 지시입니까?"

"무례하군요."

잠시 침묵이 흘렀다.

"죄송합니다."

준은 곧 사과하였다. 어려운 일이 아니었다.

"모두들 침통해합니다. 알파 박사는 우리의 자랑이었습니다. 더 이상 그의 죽음이 세간의 입에 오르내리는 것 자체가 우리에게는 고통입니다."

"그렇다고 하면 제대로 그 죽음의 비밀을 밝혀야하는 것 아닙니까?"

"무슨 비밀이요. 죽.었.다.구.요. 무슨 말이 더 필요하죠. 그만 돌아가주세요."

준은 더 이상 랩을 찾을 수 없었다. 알파 박사와 연구원들의 죽음에 대해서 알려고 하면 할수록 기자라는 신분이 오히려 방해가 될 뿐이었다.

◎

준은 첫 기획기사 이후 알파 박사와의 만남이 잦아지면서 처음 가졌던 그 젠틀함과 이지적인 매력이 점점 잦아드는 것을 느꼈다. 알파 박사는 준과 눈을 제대로 마주치지 못하며 불안해하거나 조급해하는 모습을 보였다. 알파 박사가 세상에 나온 이후 세상 사람들이 가졌던 알파 박사에 대한 호기심이 엉뚱한 방향으로 흘러가는 것을 감지했던 것일까 혹은 인공자궁과 유전자 편집에 대한 정부의 법률안 제출과 국회의 일사천리 법안 통과가 알파 박사에게 혼돈을 줬던 것일까? 대중의 관심은 어느 듯 알파 박사에게서 멀어지고 새로운 '캐릭터'들이 그 후로도 수없이 등장하고 사라졌다. 오히려 대중의 관심으로부터 자유로워진 알파 박사였지만 그럴수록 그는 더욱 더 랩에 있는 시간이 많아졌다. 이제 사람들은 알파 박사를 '뛰어넘는' 유전자들을 찾아 자신의 세포를 변형하고 또 자식을 낳았다. 아니 만들었다.

알파 박사와 가졌던 마지막 인터뷰는 굳이 인터뷰라고 하기보다는 그저 캐주얼한 만남이었다. 강변의 한적한 공원이었다.

"기자님은 여행을 좋아하세요?

"네, 물론 좋아하죠."

"전 과학은 여행이라고 생각합니다."

준은 묻지 않았지만 알파는 이내 자신의 말을 이어갔다.

"언제 닿을지 모르지만 어디로 가는지는 알고 있죠. 결국 제 생애 동안 닿을 수 있을지도 알 수 없죠."

"그건 정말 외로운 일이군요."

"글쎄요. 반대라고 할까요. 오히려 길을 떠날 수 있어 외롭지 않습니다."

"……"

"여기에만 머물러 있어야 한다면 못 견디었을 겁니다. 비록 떠나지는 않고 있지만요. 하하"

준은 알파 박사가 죽고 난 지금 어쩌면 알파 박사는 그때 과학 이야기도 여행 이야기도, 둘 다 하고 있지 않았다는 생각이 들었다. 어쩌면 자신이 처한 처지를 이야기하고 있었을 수도 있었다. 그즈음 박사는 분명 지쳐있었으리라. 멀어진 대중의 관심 그리고 자신으로 인해 시작된 거대한 사회의 변화. 정작 본인에게는 선택의 여지가 없었던 새로운 문명의 선택이었다.

"박사님은 여행을 많이 다니셨어요?"

"그럼요. 학회다 뭐다 거의 전 세계를 헤집고 다녔죠. 물론 일이 끝나고 나서야 본격적인 여행이 시작되죠. 학회가 열리는 큰 도시를 다니면서는 사실 큰 매력을 느끼지 못했어요. 그냥 알고 있던 사실을 확인하는 느낌이라고 할까. 오히려 아무런 정보 없이 조그만 마을을 방문할 때 전 진짜 여행이 시작된다고 생각합니다. 화장을 걷어낸 속살을 본 느낌이라고 할까요? 때로는 잠 잘 곳도 못 찾아 당황하기도 하지만 결국 이렇게 다시 걸어 나왔죠. 운명처럼."

알파 박사는 그즈음 머나먼 혼자만의 여행을 떠났을지도 모른다.

◎

경찰에게 연락이 온 것은 그로부터 이틀 뒤였다. 부검 결과가 나왔다고 했다. 와서 확인해도 좋다는 연락이었다. 왠지 상냥해진 젊은 형사의 목소리였다. 준을 맞이한 젊은 형사는 복도를 걸으며 예상했다는 듯 부검 결과를 알려주었다.

"그건 치명적인 약이었어요. 앞서 죽은 3명의 과학자에게도 똑같은 물질이 검출되었죠. 뇌의 도파민을 극한으로 나오게 하는 그래서 결국 심장에 무리를 일으켜 마비를 가져오는 거죠. 박사는 스스로 목숨을 끊은 겁니다. 그럼 왜 그랬냐는 거죠."

지하로 안내하는 젊은 형사의 발걸음은 가벼웠다. 연쇄살인 사건을 해결했다는 안도감이었을까, 준은 묵묵히 형사의 뒤를 따랐지만 왠지 도살장으로 끌려가는 기분이었다. 경찰서에서 형사에게 그저 박사의 사인을 들으면 충분하다고 생각했다. 굳이 부탁하지도 않았는데 형사는 왜 자신을 지하로 안내하는 것일까. 그곳은 말하지 않아도 주검들이 보관되어 있는 곳이라는 것은 소독약 냄새로 먼저 확인할 수 있었다. 이 젊은 형사는 도대체 무슨 생각을 하고 있는 것일까? 그리고 보니 딱히 박사의 마지막 주검을 확인해줄 가족도 없겠구나 라는 생각이 준의 뇌리를 스쳤다. 젊은 형사는 뒤도 돌아보지 않고 성큼성큼 앞장서 걷더니 이내 한기가 가득한 시체 보관실의 문을 활짝 열어 제꼈다.

반듯하게 눕혀진 박사의 주검은 깨끗하게 정돈되어 있었다. 방안을 감싸는 차가운 바람이 박사의 머리카락을 흔들었다. 살갗은 미동도 없었다. 가을 햇빛에 바싹 마른 나무토막 같았다. 영혼이 떠난 자리는 이렇듯 마른 것일까. 그제야 처음으로 준을 살피던 젊은 형사는 이내 주검을 하얀 시트로 머리 위까지 덮었다.

"화장을 할 건가요? 남은 재는 어떻게 되는 겁니까?"

준은 형사를 보지도 않고 물었다.

"폐기물로 처리될 겁니다."

"그럼 제가 가져가도 될까요?"

"네, 위에다 이야기해두겠습니다."

형사와 준은 밖으로 나와 잠시 대화를 나누었다.

"사인은 나왔는데 그 이유가 나오지 않아서요. 이미 피해자와 피의자가 모두 죽은 마당에 사건은 기소중지로 종결되겠지만. 참 기자님이 쓰신 기사는 수사에 많은 참고가 되었습니다."

그제야 준은 상냥하게 나오는 형사를 어느 정도 이해할 수 있었다. 박사가 남긴 파일에는 박사의 죽음과 관련한 별다른 증거가 나오지 않았다. 지금 수사관들은 준에게 그전과 같이 박사의 사건을 종결할 수 있는 기사를 원하는 것이다. 수사관들도 찾지 못한 박사의 죽음과 관련한 이유를 기사로 써주기를 그래서 여론이 이제 박사의 일을 잊혀주기를 바라고 있는 것이다. 무언가 그럴싸한 이유를 만들어야 한다. 준은 꼭 자기가 박사를 왠지 죽인 것 같은 느낌이 들었다. 형사에게는 인사를 하는 둥 마는 둥 그 자리를 벗어났다.

준은 마지막 기사 송고를 마쳤다. 그건 박사의 죽음을 공식적으로 알리는 부고기사였다. "세상의 관심을 한 몸에 받으며 태어난 알파 박사는 그의 죽음 또한 세간의 관심을 한 몸에 받았다"로 시작한 부고 기사는 채 10줄이 넘지 않는 짧은 기사였다. 그것으로 모든 것이 마무리된 느낌이었다. 박사의 죽음은 단 이틀을 넘기지 못하는 가십거리였다. 수사관은 만족하겠지만 준은 또다시 좌절감에 빠졌다.

알파 박사가 마지막으로 준에게 건넨 파일의 이름은 '영혼의 속도'였다. 파일의 용량은 0byte. 끝내 수사관들은 이 파일을 열지 못했다. 준도 마찬가지였다. 물리적 충격으로 파일의 내용이 지워진 것일까 아니면 처음부터 아무것도 담고 있지 않은 파일이었을까. 준이 가까스로 내용을 추측해볼 수 있는 건 파일의 이름뿐이었다. 실체가 없는 물체가 속도를 가질 수 없듯 알파 박사가 건넨 마지막 파일 또한 실체가 없이 오직 이름만 남았다. '영혼의 속도', 그래서 결국 알파 박사는 영혼의 속도를 계산할 수 있었을까.

준이 처음 부여받은 이름은 $D\pi9$이었다. 준의 부부는 처음으로 인간의 아이를 키울 자격을 부여받은 휴먼노이드 부부이다. 유전적 다양성이 사라진 인류가 이 문제를 해결하기 위해 내린 결정이었다. 준의 부부가 키우게 될 아이는 '자연 선택'을 위해 어떠한 유전자 편집도 하지 않았다. 하지만 인공자궁은 의도적으로 사용되었다. 자연 임신과 자연 분만에 따른 '불필요한' 법정 공방과 시시비비를 피해가기 위해서였다. 애초에 자연 부모의 선택에 의해서 만들어진 아이도 아니었다. 정부가 유전자 다양성 확보를 위해 보관하고 있던 수많은 정자와 난자 중에서 선택한 개체였다. 그리고 무엇보다 인공자궁을 사용한 의도는 유전자 다양성 확보를 위한 개체수를 정확하게 계산하고 '생산'해내기 위해서였다. 물론 이는 정부 내에서도 소수의 사람들만 알고 있는 극비사항이다. 알파 박사가 이 사실을 알고 있었는지 아닌지 준은 알 수가 없었다. 하지만 분명 안드로이드 준의 정체를 알파 박사는 알고 있었다. 안드로이드는 법률로 자신의 ID를 자신의 몸 외부에 누구나 확인가능하게 표시해야 하기 때문이다.

아이는 예정대로 정시에 나왔다. 간호사가 아주 예쁜 아기라고 말하며 오메가를 준에게 건넸다. 간호사는 준과 오메가를 번갈아 보며 무언가를 찾는 눈치였지만 이내 그만두었다. 준은 푹신한 포대기에 싸여 새록새록 잠들어 있는 오메가를 찬찬히 바라보았다. 준은 처음 맞닥뜨린 상황에 어떤 감정을 느껴야할지 잠시 생각했다. 특정한 하나의 감정이라기보다는 수많은 감정이 동시에 전해졌다. 준은 자신의 회로 작용으로 그 느낌이 생긴 것인지 외부에서 전달된 뇌의 패턴에 따라 그렇게 느껴지도록 된 것인지 알 수 없었다. 하지만 분명 준에게는 새로운 감정이 또 하나 새겨 졌다. 그건 어쩌면 수백만 년 인류의 유전자 속에 새겨진 기억이었다. 준의 뺨에는 2% 염도의 눈물이 흘렀다. 준의 입술로 흘러든 눈물은 평소보다 좀 더 짜게 느껴졌다. 눈물의 농도가 짙어진 건 기쁨 때문일까, 슬픔 때문일까 아니면 노여움 때문일까, 안타까움 때문일까, 아주 잠시 준은 고민했다.

니그라웃월드

디자인랩

박생강

경기도 파주에서 태어났다. 2005년 장편소설 〈수상한 식모들〉로
문학동네소설상을 수상하며 등단했다.
2017년 〈우리 사우나는 JTBC 안 봐요〉로 세계문학상 우수상을 수상했다.
장편소설《에어비앤비의 청소부》, 짧은소설집《치킨으로 귀신 잡는 법》등을 출간했다.
〈소설가 박생강의 옆구리TV〉를 엔터미디어에 연재하며
대중문화칼럼니스트로도 활동한다.

파주 국제도시의 자율주행 차량에는 운전기사가 있다, 없다?

우리와 동구는 없다고 알고 있었다. 초등학교 시절 아이들은 네 명씩 자율주행차에 타고 정해진 코스대로 파주 국제도시를 돌았다. 우리와 동구는 각기 다른 도시의 초등학교를 졸업했지만, 파주 국제도시는 전국 초등학교의 필수 견학코스였다.

"고교 방과후 견학이라고? 학생들은 단 둘이 온 건가?"

덥수룩하게 턱수염을 기른 운전기사가 물었다. 기사는 아예 고개를 뒤로 돌린 채 물었다.

"네, 한 반에 채 스무 명이 안 되는데 같이 다닐 필요가 없잖아요. 보통 요새는 두 명이 짝 지어서 견학 가고 리포트 제출해요."

"내가 고등학교에 다닐 때보다 학생이 절반으로 줄었군. 나 같으면 그 적은 인원끼리 모두 한 팀이 될 거 같은데? 아니다, 반을 나눠서 축구를 하면 되겠군."

우리는 가식적인 미소를 지었다. 옆자리에 앉은 동구는 이 상황이 어색한지 말없이 휴대폰만 바라보았다.

우리는 속으로 저 늙은 남자가 토종 한국인이라는 사실을 은근 자랑하는 거라고 생각했다.

2040년은 한국에서 태어나 누리끼리하고 밋밋한 얼굴로 살아가는 것만으로 '자랑질'이 가능한 시대였다. 우리는 '똥색'은 아니지만 '갈색'이었고 눈이 이상하리만치 컸다. 사춘기가 지나면서 몸은 점점 말라가고 팔다리만 길어졌다. 교복 스커트 아래로 드러난 종아리는 두 개의 긴 빗자루 손잡이 같았다. 열여덟의 그녀는 슬픈 표정을 지으면 이마에 벌써 주름이 잡혔다. 살이 없고 등은 굽고 눈만 큰 우리에게 먼저 다가와 말을 건네는 남자아이들은 없었다. 사마귀 따위의 별명을 붙이고는 반 아이들끼리 놀려댈 따름이었다.

"한국은 비빔밥의 나라입니다. 각기 다른 사람들이 모두 모여 하나의 맛을 이루죠."

정부에서는 세계화를 강조하기 위해 비빔밥까지 동원한 공익광고를 방영했다. 초등학교에서부터 학교에서도 매번 그 홍보영상을 보여주었다. 하지만 우리가 생각하기에 비빔밥의 나물들은 하나로 녹아들지 않는다. 특히 한국에서 태어났지만, 우리처럼 캄보디아인 엄마를 닮아 검은 피부의 빛깔을 지닌 아이들에게 이 나라는 쉽지 않았다. 초등학교 때부터 같은 반 아이들은 미묘하게 선을 나누었다. '다르다'는 이유로 사람을 나누기 위해 갖은 애를 다 쓰는 것 같았다. 그리고 그것이 한국에서 다른 피부색의 아이들을 끌고 가는 방식이었다. 하나라고 말하면서 원하지 않는 것은 스윽 따돌리기.

"야, 시커먼 고사리가 간다. 우리드을은 싸알밥 너는 꺼먼 고사리."

그게 우리가 초등학교에 입학해 겪은 따돌림의 시작이었다.

그렇기에 우리는 초등학교 고학년 때 처음 파주 국제도시를 방문했던 순간을 잊지 못했다. 이 도시에는 한국, 북한, 중국, 일본, 미국, 러시아, 유럽의 국가들까지 모두 들어와 있었다. 이유는 단 하나, UN과의 협약 하에 아직까지 남아 있는 냉전의 도시에 평화를 위한 도시를 세운 것이었다. 세계 평화와 안전은 물론 환경보전을 위한 비밀연구 프로젝트가 진행되었다. 우리는 어른이 되어 파주 국제도시에서 근무한다면 따돌림 당하지 않을 거라 생각했다. 물론 우리와 달리 다른 아이들은 그저 낮은 진동음을 내며 달리는 자율주행 차량에 환호했다.

"저 차 이름이 귀요미래!"

'귀요미(Giyomi)'는 작가 김승옥의 1970년 단편소설 〈50년 후, 디 파이나인 기자의 어느 날〉에 등장하는 자율주행차의 명칭이었다.

그 '귀요미'가 파주 국제도시의 자율주행 대중교통 이름 공모전에서 당당하게 뽑혔다. 70년대 소설 속 자율주행 차량 귀요미가 파주 국제도시의 자율주행 차량으로 부활한 셈이었다. 사실 2020년대 중반부터 자율주행 차량은 상용화되었지만 대한민국의 복잡한 도로 사정으로 획기적인 자율주행 차량 운행은 쉽지 않았다.

반면 파주 국제도시는 대중교통 시스템 전체를 자율주행 차량으로 기획하고 도로도 말끔하게 재정비한 미래 특구지역이었다. 그래서 파주 국제도시에서 귀요미를 타면 미끄러지듯 도시 한 바퀴를 휘익 돌 수 있었다. 아이들은 '귀요미'를 외치며 꺄악, 웃음을 터뜨렸다. 어린 우리는 그때 그 웃음에 동참하지 못했다.

그날 선생님은 우리가 중학교를 졸업할 때쯤 완전한 남북통일이 이뤄질 거라고 설명했다. 물론 우리가 열여덟이 된 지금도 북한은 북한, 남한은 남한이었다. 다만 파주 국제도시를 중간에 두고 교류는 가능해졌다. 물론 파주 국제도시에 대한 수상한 풍문도 떠돌았다. 평화를 위한 도시는 위장일 뿐, 그 안에서 비인권적인 실험과 범죄 뒷거래가 이뤄진다는 소문이었다. 국제적인 마약 밀거래나 악랄한 인체실험 등등.

정부에서는 서울역 광장에 파주의 유명 록 가수가 CM송을 부르는 거대한 전광판을 설치했다.

"파주, 파주! 평화의 국제 도시 파주, 파주!"

하지만 파주 국제도시를 둘러싼 괴담들은 결코 사라지지 않았다. 그리고 동구는 그 괴담 중에 하나를 귀요미 뒷좌석에서 사실로 확인했다. 파주 국제도시의 어느 지역에 가면 휴대폰이 먹통이라는 바로 그 소문이었다.

"어, 정말 휴대폰이 안 터진다!"

동구가 똥마려운 강아지처럼 낑낑거렸다.

우리도 서둘러 스마트폰을 확인했다. 분명 이 귀요미 승차 전에도 인스타그램에 새 글을 올렸다. 하지만 지금은 스마트폰으로 인터넷에 접속은 물론이고 통화도 불가능했다.

"학생들, 학생들은 지금 파주 국제도시의 맨틀 지역에 들어온 거야."

"맨틀이요? 아저씨, 우리들이 땅 밑으로 들어왔어요?"

"보안유지 구역을 그렇게 부르지. 여기서는 아무것도 유출이 안 돼. 일반적인 견학 코스와는 달라. 평범한 거리 풍경을 휴대폰으로 찍는 것도 금지야. 이게 여러분이 모르던 진짜 파주 국제도시의 민낯이지."

우리는 휴대폰 카메라로 촬영을 해보려 했다. 하지만 아무리 창 밖 풍경을 찍어대도 휴대폰에 저장조차 되지 않았다.

"헛수고야. 여기는 로그아웃월드거든."

"로그아웃월드요?"

우리가 물었다.

"로그인 된 세상에서 떨어져 나온 곳이니까."

우리는 차창 밖의 풍경을 바라보았다. 그곳은 우리의 기억 속에 있던 파주 국제도시의 풍경과 달랐다. 문산읍과 가까운 곳에 자리한 관광객을 위한 타운으로 가는 길과도 거리가 멀었다.

우리는 손톱을 깨물었다. 학교에서 폭력 사건이 있었고 우리는 그 일과 관련해 조사를 받아야 했다. 처음으로 우리를 같은 편에 끼워준 잘 나가는 친구들이 있었다. 우리는 친구들의 지시에 따라 폭력 사건에 가담했다. 그리고 폭력 사건으로 따돌림 당한 학생이 자살 시도를 했을 때, 친구들은 모든 잘못을 우리에게 덮어씌우려 했다. 우리는 그때 비빔밥의 우정이 모두 허상이란 것을 다시금 깨달았다. 우리는 어차피 마음에도 없는 학교를 떠날 작정을 했다. 우리의 엄마가 결국 대한민국을 떠나 캄보디아로 돌아간 것처럼.

다음 날 등굣길에서 이탈해 다른 곳으로 가는데 동구를 마주쳤다. 동구는 늘 우리 주위에서 어슬렁대는 키 작은 남자아이였다. 우리는 동구가 왜 그러는지도 알고 있었다. 우리는 누군가 한 사람쯤 그녀의 실종에 대해 기억하기를 바랐다. 하지만 동구가 함께 가겠다고 했을 때, 우리는 짐짓 당황했다.

"어디로 갈 건데?"

동구의 물음에 우리는 머뭇거리다 대답했다.

"파주 국제도시."

우발적인 선택이었다. 하지만 우리는 늘 파주 국제도시에 한 번쯤 다시 가기를 바랐다.

그래서 우리와 동구는 평일 오전 학교를 빼먹고 경의중앙선을 타고 용산역을 지나 금촌까지 갔다.

금촌역에서 셔틀버스를 타고 이십 분쯤 가면 파주 국제도시의 무인 보안검색대였다. 평일 오후 파주 국제도시를 방문하는 사람은 아무도 없었다. 우리와 동구는 학생증을 내밀고 무인 보안검색대를 통과했다.

'방문 목적/ 견학'

하지만 두 사람에게는 아무 대책이 없었다. 그저 '초딩' 때의 추억을 떠올리며 귀요미를 타고 이 도시를 한 바퀴 돌기로 했다. 돌다 보면, 또 돌다 보면 뭔가 답이 나올 것도 같다고 우리는 생각했다.

우리는 그때까지만 해도 자율주행 차량 안에 말 많은 운전기사가 타고 있을 거라는 건 꿈도 못 꿨다.

"기사님, 그렇다면 지금 어디로 가는 건데요?"

동구가 주먹에 힘을 꽉 주었다.

"생각해보라고 꼬마 친구들. 귀요미에 운전기사가 필요하겠어?"

운전기사가 너털웃음을 지으며 말했다. 그러더니 조종석의 터치패드를 부드럽게 어루만졌다. 곧바로 운전석이 아예 반대편으로 회전했다. 처음 귀요미의 운전기사와 정면으로 마주한 두 아이들은 흠칫 놀랐다. 퉁퉁한 운전기사가 생각보다 더 똥배가 많이 나와서가 아니었다. 운전기사의 양쪽 무릎 밑에 있어야 할 다리가 아예 보이지 않았다.

"놀라셨죠. 저는 여러분을 위한 여행 가이드! 홀로그램 너털박사입니다."

홀로그램이 된 운전기사, 아니 너털박사는 갑자기 존댓말을 썼다. 그러면서 직접 본인이 시연을 해보겠다고 말했다. 너털박사는 갑자기 땡볕 아래 둔 아이스크림처럼 녹아내리더니 온몸이 주사선으로 뒤덮였다. 결국 투명에 가까워져 차량 앞쪽의 풍경이 다 보일 정도였다.

우리는 침을 꼴깍 삼켰다. 유튜브를 통해 홀로그램 영상들을 보긴 했지만 바로 코앞에서 생생한 사람처럼 느껴지는 홀로그램을 보기는 처음이었다.

"아저씨는 프로그램입니까?"

동구의 그 말에 너털박사는 재빨리 현실적인 인류의 모습으로 돌아와 두 사람에게 윙크를 보냈다.

"아니, 나는 진짜 존재합니다. 이 도시 어딘가에 존재하죠. 그리고 여러분이 보는 것은 바로 저의 홀로그램입니다."

너털박사는 파주 국제도시의 홍보를 위한 새로운 프로그램이라고 스스로를 설명했다. 파주 국제도시 홍보위원회에서는 평범한 관광객 가이드가 아니라 자율주행 차량에 홀로그램 운전기사를 탑승시킬 계획을 테스트하고 있었다. 그래서 몇몇 방문객이 귀요미에 탑승하는 즉시 너털박사 홀로그램은 가동되었다.

"너털박사님, 이런 건 이미 디즈니랜드에서 하고 있어요."

우리는 퉁명스럽게 말했다.

물론 우리는 미국이나 일본에 있는 디즈니랜드에 가본 적은 없었다. 그저 유튜브로 디즈니랜드의 거리를 돌아다니는 홀로그램 미키마우스나 얼음공주 엘사를 본 적이 있을 따름이었다. 그 홀로그램이 화제가 된 것도 우리가 중학생 때였다.

'이제야 홀로그램 운전기사라니. 파주 국제도시가 놀이동산보다 시대에 뒤떨어졌군.'

우리의 퉁명스러운 대답과는 상관없이 홀로그램 너털박사는 파주 국제도시의 역사에 대해 떠들었다. 우리는 이미 초등학교 때 들은 내용이라 관심이 가지 않았다. 반면 동구는 너털박사의 말에 귀를 쫑긋 세우고 들었다. 스마트폰이 먹통이라 딱히 집중할 만한 것이 없어서겠지만.

파주 국제도시, 2025년 남북한 한국전쟁의 위기 상황에서 UN 협약 하에 찾아낸 돌파구. 한국전쟁 이후 미군부대가 주둔했던 파주 연풍리를 중심으로 파주의 오지 파평면까지 세계 각국의 첨단과학 연구기업들이 입주. 당시 이 지역의 토박이 노인들은 미군 캠프의 기지촌 용주골이 다시 하늘을 나는 용이 됐다며 쑥덕거렸다. 이후 파주 국제도시는 3년 간의 대공사 끝에 서서히 세상에 모습을 드러냈다. 국제적인 건축가들이 설계한 각 기업체의 사옥들은 풍성한 곡선을 자랑했다. 모더니즘을 넘어선 포스트모더니즘, 포스트모더니즘을 넘어선 생명철학이 이곳 건축물들의 특징이었다.

해파리와 비슷한 외형으로 긴 다리 위에 우산 삿갓이 움직이며 태양에너지를 최대한 흡수하는 건축물, 소라 껍데기와 비슷한 구조로 냉기와 온기를 자연 냉난방 방식으로 끌어들이고 내뱉는 빌딩도 있었다.

각각의 건물들은 자랑하듯 자연물의 외형에 첨단의 건축 기능을 결합시켰다. 물론 그 때문에 건축 초기의 파주 출판도시가 스산한 공단처럼 보였듯, 이 파주 국제도시의 외형은 믿거나 말거나 박물관처럼 보이기도 했다. 더구나 파주 국제도시에는 거리에 돌아다니는 사람들을 찾아보기 어려웠다. 이 대도시의 교통수단인 자율주행 차량 귀요미 시스템으로 대중교통 체계가 변해서였다. 하지만 그것이 이 도시의 전부는 아니었다.

"그렇다면 이 도시까지 차를 몰고 온 사람은 어떻게 되나요?"

동구가 물었다.

"좋은 질문입니다. 지하 주차장에 자동 먼지 털이 세차 설비가 마련되어 있습니다. 주차장 공간 자체가 스타일러나, 에어드레서 같은 거대한 의류관리기 시스템과 비슷하죠. 귀요미로 이곳을 둘러본 후, 방문객은 말끔해진 차량에 승차해서 집으로 돌아가는 겁니다."

우리는 계속해서 차창 밖만 바라보았다.

어느새 도로를 달리는 귀요미가 한 대도 보이지 않았다. 파주 국제도시의 맨틀은 파평면 지역으로 도시보다 울창한 숲에 가까웠다. 국제적인 대기업 연구소 사옥들은 더는 보이지 않았다. 차창 밖은 어느새 울창한 삼나무로 가득했다. 우리는 창밖 풍경이 그림엽서처럼 느껴져 턱을 괴고 나른하게 바라보았다. 우랄알타이 산맥 주변의 침엽수 산림지대 풍경을 함축시켜 놓은 것만 같았다.

전 세계 상류층 1퍼센트는 우주여행이 가능한 2040년이었다. 하지만 많은 수의 사람들은 여전히 그들이 태어난 곳에서 벗어나기가 쉽지 않다. 우리 역시 추리소설에서 읽은 타이가 지역의 울창한 녹색 숲에 가보고 싶었으나 불가능한 꿈이었다. 그저 울창한 타이가 지대 4D 사진 엽서를 아마존에서 구매해 가방 안에 넣고 다닌 게 전부였다. 엽서를 앞뒤로 흔들면 사각의 프레임 속 삼나무 숲이 움직였다. 거기에 더해 바람 소리와 숲의 향이 고스란히 올라왔다. 딱 엽서 내장 배터리의 수명이 다하는 한 달만 가능한 마법이었다.

'파주 국제도시의 맨틀 지역에 숲의 풍경이 있을 줄은 몰랐어.'

녹색의 풍경 덕에 우리의 고민도 잠시 씻겨나갔다. 우리는 이곳을 떠나면 집으로 돌아갈지, 돌아가지 않을지 결정해야 했다. 집에 남은 사람은 아빠와 할머니뿐이다.

'내가 사라지면 할머니가 더 슬퍼하겠지. 하지만 할머니는 엄마에게 못되게 굴었으니, 가슴 아파할 필요가 있어.'

사실 우리는 가출팸의 리더와 SNS 페이스오프를 통해 메시지를 주고받은 상황이었다. 페이스오프는 세계적인 블랙해커가 페이스북을 모방해 만들어낸 다크웹에 서버를 둔 범죄자 전용 커뮤니티였다. 몇 가지 암호를 뚫어야만 페이스오프에 접속할 수 있었고, 우리는 그것을 해냈다. 어린 시절부터 따돌림을 당한 우리는 사이버 세상에 안착했다. 그녀는 간단한 해킹 정도는 할 줄 알았다.

2040년의 몇몇 가출팸은 이미 거대한 사이버 범죄조직의 틀을 갖춘 상태였다. 2020년 기껏해야 중고나라에 사기물품이나 올리던 이들은 2040년에는 보이스피싱 범죄나 해킹범죄에서 중요한 역할을 충분히 했다. 그들은 경찰보다 발이 빠르고, 대기업이나 국가기관의 몇십억짜리 보안프로그램을 쓱싹 해킹했다.

우리가 접촉한 가출팸 조직은 큰 곳은 아니지만 자잘한 범죄 하청을 맡는 곳이라고 했다.

'혼자서 덤터기를 쓰고 죄인이 되느니, 차라리 당당한 범죄의 조직원이 되는 게 나을지도 몰라.'

우리는 그렇게 생각했다. 하지만 푸른 하늘 밑에 울창한 침엽수를 감상하자니, 무언가 마음에서 선한 피톤치드가 보송보송 생성되는 기분이었다.

'잠깐, 저건 뭐지?'

우리는 거대한 침엽수 사이로 서둘러 달려 나오는 그녀 또래의 아이들을 본 것 같았다. 아이들은 서넛쯤 되었는데 무언가를 피해 달아나는 듯했다.

우리가 휙 고개를 돌려 홀로그램 너털박사에게 물었다.

"창밖의 저 애들은 뭐죠?"

너털박사는 여전히 환한 미소를 지으며 웃기만 했다.

"밖에 뭐가 있는데?"

동구도 차창 밖을 바라보았다. 그들의 눈에 들어오는 건 늘어선 삼나무 가로수가 전부였다. 동시에 지금껏 따사로운 풍경처럼 보이는 모든 것들이 달라졌다. 우리는 귀요미의 속도가 점점 더 빨라지는 것을 느꼈다.

"아저씨, 이제 관광 구역으로 돌아가주세요. 맨틀 구경은 여기까지 됐어요."

이번에는 동구가 말했다.

홀로그램 너털박사의 몸체가 점점 희미해졌다. 그러더니 어느 순간 텅빈 운전석만 보였다.

"이제 어쩌지?"

동구가 우리를 돌아보았다.

우리는 서둘러 운전석에 앉아 손잡이의 버튼을 터치해 다시 회전시켰다. 하지만 아무리 조종석 터치패드 시스템을 조정해도 조작이 불가능했다. 점점 귀요미가 속노를 높일 따름이었나. 빛의 속도에 가까울 만큼. 그리고 두 아이의 눈앞에 거대한 싱크홀이 나타났다. 그곳이 도로의 끝이었다. 컴컴한 암흑 속으로 귀요미는 재빠르게 빨려 들어갔다. 어쩌면 그곳이 파주 국제도시의 중심핵인지도 몰랐다.

'모든 것이 꿈이었나?'

우리는 눈을 떴다. 사방이 암흑인 싱크홀 속이었다. 하지만 우리는 어느새 주변 풍경이 온통 차콜그레이 빛깔이라는 사실을 깨달았다. 그녀가 입은 옷도 누워 있는 병상 침대도 모두 무채색의 그레이였다. 그 무채색의 낯선 공간이 모두 인지될 때쯤 어느덧 우리 머릿속의 생각도 정돈되었다.

꿈은 아니었다. 그리고 기분이 좋지 않았다. 꼭 잿더미 속에 누운 것만 같았다.

우리는 기억을 복기했다. 무작정 학교에 가지 않고 동구와 함께 파주 국제도시로 들어왔다. 그곳에서 운전기사, 아니 너틸박사가 운전하는 귀요미를 타고 달렸다.

'마지막 싱크홀……'

그런 싱크홀은 없었다. 꿈같은 장면의 왜곡이었다. 귀요미는 맨틀 깊숙한 곳으로 더 들어갔다. 그 이후의 과정은 떠오르지 않았다.

다만 우리는 동구의 슬픈 표정은 떠올랐다.

박생강

'동구가 뭐라고 말을 했더라⋯⋯'

우리는 머리가 지끈거려 손으로 감싸 쥐었다. 그제야 두피를 파고든 이물감이 느껴졌다. 날카로운 랜선 같은 것이 두피에 박혀 있었다. 하지만 겉으로 느껴지는 통증은 없었다. 두피의 촉감이 실리콘과 비슷했다. 마취 때문이거나, 아니면 뭔가 더한 일이 그녀에게 벌어진 것 같았다.

그때 동구의 마지막 말이 떠올랐다.

"너에겐 아직 기회가 있어!"

동구가 우리를 붙잡고 말했다. 우리는 본인이 짓던 미소도 떠올랐다. 동구를 살짝 비웃었던 것도 같다.

아낌없이 존중 받고 자란 모범생. 우리가 알던 자그마한 체구의 뽀얀 낯빛을 지닌 동구는 그랬다. 우리를 따돌리는 일에 가담하지 않았지만, 우리에게 다가오지도 않았다. 그저 멀리에서 바라보기만 했을 뿐이었다.

'그게 무슨 의미가 있었을까? 사막 같은 세상에 몇 방울 떨어지는 이슬비가.'

우리는 고개를 들어 천장을 바라보았다.

천장 역시 짙은 회색이었지만 벽지가 아닌 유리벽이었다. 우리는 그 시커먼 유리벽에 비친 모습을 바라보았다. 무언가 기다란 선들이 두피와 연결되어 침대 아래쪽으로 흘러내려 있었다. 곧이어 그 검정 유리벽을 바라보는데 어느새 물수제비 번져가듯 점점 파문이 일었다.

"깨어났나요?"

초록색 제복을 입은 여성이 의자에 앉은 채 그녀를 내려다보았다. 우리는 고개를 끄덕였다.

"나를 납치했어요?"

그녀가 팔짱을 낀 채 고개를 저었다. 표정을 쉽게 읽을 수 없는 얼굴이었지만, 우리의 눈에는 얇은 입술에 비웃음이 어린 듯이 보였다.

"아니, 우리 학생이 선택했어요."

"선택이요, 내가?"

"연구팀에서는 제안을 했을 뿐입니다. 우리 학생의 선택은 자발적이었죠."

"내 선택이 기억이 나지 않아요."

"그건 영원히 기억나지 않을 거예요."

우리가 미간을 찌푸리고 고개를 들어 천장을 바라보았다.

"그 구간은 AI와 인간 사이에 놓여 있는 비무장지대 같은 거죠."

그녀는 무언가 데이터를 살펴보더니 무표정하게 대답했다.

"아직 회복이 덜 됐어요. 그래도 예상보다 회복이 빠른 편이네요. 사흘 후에 만납시다."

사흘 후에 흰색 가운을 입은 의사들이 나타났다. 그들은 마스크로 얼굴을 가렸지만 다양한 피부색을 지니고 있었다. 다양한 인종의 의사들이 우리를 둘러싸고 나지막하게 영어로 소통했다.

우리는 그들이 하는 말을 모두 알아들을 수는 없었다. 다만 긴장할 때의 감각이 예전과 달랐다. 몸이 떨리고 불안해지는 것이 아니라 어딘가 마음의 깊은 곳에서부터 공격성이 죽순처럼 치솟아 올라오는 것 같았다. 금방이라도 자리에서 일어나 그들을 죽여버릴 수 있을 것만 같은 자신감까지 샘솟았다.

우리의 주먹에 따스한 감촉이 닿았다. 고개를 들어보니 마스크를 쓴 동양인 여성이 그녀의 주먹을 감쌌다.

"쉽게 흥분해서는 안 돼. 네 주인의 반응을 이해할 때까지."

그녀는 분명 우리를 보고 말을 했다. 하지만 그 말은 우리에게 하는 말이 아니었다. 곧바로 의료진들이 그녀를 눕히고 두피에서 무언가를 제거하기 시작했다. 두피에 이어져 있던 선들이 하나둘씩 떨어져나갔다.

의료진들이 떠나고 우리와 동양인 여성 단 둘만이 그 공간에 남았다.

"이식부터 회복까지 딱 일주일이 걸렸네요."

그게 동양인 여성의 첫 마디였다.

"궁금할 거예요. 당신이 선택했지만 무슨 일이 일어났는지 모를 테니까. 우선 간단하게 설명하고, 차차 이해시킬게요. 난 리계순, 북조선의 첨단과학기술 인공지능연구소 소장입니다. 그리고 당신은 단순한 인간이 아닌 범용형 인간지능으로 태어났습니다."

우리가 이해되지 않는 표정으로 리계순을 바라보았다.

"이제 당신은 AI입니다. 아니, AI는 아니지만, 완벽한 AI를 위한 최초의 1호 실험 인간지능이죠."

리계순의 첨단과학기술 인공지능연구소는 파주 국제도시에서 미국의 AI 개발 기업과 협약을 맺고 인공지능을 연구하는 곳이었다. 이곳은 파주 국제도시의 맨틀 지역 후미진 곳에 위치했다. 겉보기에 낡은 폐창고처럼 보이는 이곳에서 은밀하고 불법적인 연구가 이뤄지고 있었다.

"우선 왜 우리에게 실험대상이 필요했는지 설명할게요. 현재 과학기술로는 AI 발전이 한계에 이르렀어요. AI는 인간보다 빼어난 지능을 지녔지만, 인간과 똑같이 판단하고 스스로 생각할 수 있는 능력을 갖추는 데는 실패했어요. 그 때문에 AI는 인간처럼 낯선 환경에서 스스로 습득하며 진화하는 일이 불가능했죠. 뿐만 아니라 인간의 언어가 주는 미묘한 뉘앙스, 인간만이 지닌 정이라는 감정도 AI는 이해하지 못해요. 결국 영원히 인류와 대등한 존재가 될 수 없죠. 그건 AI가 뛰어넘을 수 없는 한계처럼 여겨졌어요. 단 그 돌파구를 찾기 위한 플랫폼이 존재하는 건 모두 알고 있었어요. 섣불리 실험을 시도할 수 없었을 뿐."

리계순은 우리의 어깨에 손을 얹었다.

"플랫폼이요?"

"뭐, 다양하게 표현할 수 있죠. 안드로이드 체계와 스마트폰으로 설명해도 되겠네요."

우리는 고개를 끄덕였다.

"그러니까 내가 걸어다니는 스마트폰이라고요? 내 안에 앱이 있어요?"

리계순이 잠시 미간을 찌푸렸다.

"그렇게 기계적으로 상상하는 건 좀 오해의 소지가 있어요. 당신은 여전히 인간이지만, 다른 인간이 갖지 못한 파트너를 얻은 최초의 인류니까요. 우리 학생은 달에 간 닐 암스트롱보다 더 역사적인 인류가 된 거예요."

우리는 전혀 뿌듯한 마음이 들지 않았다. 우리는 침대 시트를 움켜쥐었다. 그리고 그것을 빠른 속도로 휘어감아 채찍처럼 휘둘렀다.

리계순은 깜짝 놀라 뒤로 물러났다. 우리가 공격적으로 달려들 무렵, 리계순이 차분하게 미소 지으며 속삭였다.

"로그아웃월드."

그러자 놀랍게도 우리의 공격성은 그대로 사라져버렸다. 우리는 이 잠깐의 순간에 모든 시스템을 이해했다.

"이게 '열려라 참깨' 같은 주문인가요? 로그아웃월드만 외치면 나는 순한 양이 되나요?"

"우리들의 관계는 손오공과 삼장법사와 비슷합니다. 오직 내 목소리의 음성패턴으로 로그아웃월드를 외칠 때만 우리 학생 두뇌의 AI 시스템이 반응하게 세팅되어 있으니까요."

우리는 침대에 주저앉았다.

"왜 내가 강력하게 당신을 죽이고 싶을까요?"

"우리 학생의 대뇌에 이식된 AI가 아직 미성숙하니까요. 우리 학생이 느끼는 극도의 긴장감을 이식된 AI가 위기감으로 잘못 인지한 거죠. 하지만 AI는 훌륭한 호신기구가 될 수도 있어요. 당신이 위기에 처하면 그 위기에 가장 적합한 방식으로 당신의 이성과 감정을 끌어내죠. 물론 조절이 안 되면……"

"당신이 로그아웃월드를 외쳐주나요?"

우리는 눈을 가늘게 뜨고 리계순을 바라보았다.

"아니요, 나는 늘 당신을 지켜볼 수 없어요. 단련하지 않으면 당신은 쉽게 살인마가 될 겁니다."

우리는 큰 눈으로 빤히 리계순을 바라보았다.

"이식 전에도 똑같이 말했나요?"

"네, 아직 말하지 않은 부분들도 이미 말했어요. 선택은 우리 학생의 몫이었죠. 다만 그 순간의 기억이 사라지리라고 예상은 했어요. 인간과 AI 체계가 공존하기 위해서는 인간이었던 순간의 마지막 기억들이 삭제되거든요. 이유는 확실히 몰라요. 거부반응을 최소한으로 줄이려는 대뇌의 선택적 기억상실일 거라 짐작합니다. 대신 언젠가 그 순간의 기억 조각들이 슬그머니 떠오를 수도 있고요. 그러면 이식 전에 나 리계순과 우리 학생이 함께 보낸 시간이 떠오를 수도 있어요."

우리는 리계순을 믿어야 하나, 라고 잠시 생각했다. 하지만 믿지 않아도 어쩔 수가 없었다.

회복 시기에 리계순은 매번 우리에게 식사를 가져다주었다. 우리는 그때마다 파편처럼 떠오르는 순간들을 리계순에 물었다.

"너털박사는 정말 바보 같은 아이디어였어요. 여기는 디즈니랜드가 아니잖아요."

"그런가요? 너털박사는 제 아버지를 모델로 했어요."

"북한 사람 같지 않아요."

"그런가요? 제가 태어나기 전에 탈북한 사람이에요. 별 볼일 없는 과학자가 백두혈통의 핏줄을 임신시켰으니 북조선에서 살아남기 힘들었겠죠. 어쨌든 나는 어머니가 보여준 사진으로 그 남자를 본 것이 전부죠. 그 사진을 기초로 해서 만든 홀로그램이에요. 약간 유전자를 조작하는 것 같은 재미가 있었답니다."

"굳이 그런 관광 상품을 만들어야 해요?"

리계순은 미소를 지었다.

"너털박사는 아무에게나 나타나지 않아요. 우리가 바라는 표적을 유인하기 위해서만 나타나죠."

리계순은 보안검색대를 통과하는 순간, 방문객에 대한 조사가 이뤄진다고 말했다. 신분증에 있는 신원기록이 모두 이곳으로 전송되기 때문이었다. 그리고 자율주행차가 파주 국제도시의 맨틀에 들어오는 순간, 휴대폰이 먹통이 되는 게 전부가 아니었다. 먹통이 되는 동시에 빠르게 휴대폰에 대한 디지털 포렌식이 이루어진다는 사실도 알려주었다.

"우리 학생은 최적의 대상이었어요. 여러 모로. 심지어 우리의 2차 실험과도 관계가 깊죠. 대한민국 어디에도 적응하기 힘들고, 대한민국에서 사라져도 아무도 관심이 없죠."

"사람을 인공지능으로 만들기 위해 파주 국제도시 전체가 협조하네요."

"네, 이곳 연구소의 외관은 초라해 보이지만 많은 국제 대기업들의 투자를 받고 있습니다. 다른 기업들이 눈치를 보느라 진행하지 못하는 일을 우리가 대신하죠. 특히 AI쪽 연구에 특화되어 있죠. 파주 국제도시는 은밀하게 이곳을 돕고 있고요. 대놓고 이 평화의 도시에서 위험한 기술을 연구한다는 말을 할 수는 없으니까."

"무엇을 위해서요?"

"인류 평화를 위해서라고 간단히 말해두죠. 복잡한 아이러니들이 얽혀있긴 하지만, 뼈대만 추리면 상당히 고상해지죠. 세계 범죄 척결."

"어떻게 북한과 미국처럼 다른 나라가 손을 잡아요?"

리계순이 옅은 눈썹 한쪽을 치켜올렸다.

"그렇게 다르지 않아요. 둘 다 인공지능 과학에 매력을 느끼죠. 사실 우리 학생은 아직 잘 모르겠지만 공산주의나 자본주의나 큰 틀에서는 비슷해요. 공산주의는 이데올로기로 인민을 세뇌된 기계로 만들고, 자본주의는 은행계좌로 국민을 자발적 노예로 길들이죠. 다들 추상적인 것으로, 인간을 눈먼 존재로 만든답니다. 결국 뜻이 통하면 쿨하게 연합할 수 있죠."

며칠 후, 우리는 또 다른 기억 하나를 떠올렸다. 삼나무 숲속을 뛰어다니는 우리 또래의 아이들이었다. 우리가 그 아이들에 대해 묻자 리계순은 다소 주저하는 눈치를 보였다. 리계순의 입술을 보던 우리가 먼저 말문을 뗐다.

"지금 할 말은 거짓말이죠?"

"놀랍구나. 내가 거짓말을 할 거를 어찌 알았을까?"

리계순의 입에서 당황한 듯 평안도 사투리 억양이 튀어나왔다.

우리는 말로 표현할 수는 없었다. 다만 우리는 재빠르게 리계순의 표정과 눈빛, 입술의 떨림과 숨소리를 조합해서 결과를 도출했다. 우리 본인도 당황스러웠다. 타인을 그렇게 분석적으로 바라보고 결론 내린 적이 지금껏 한 번도 없어서였다.

"말해요. 뭐든지 받아들일 수 있어요."

우리는 두 손을 자신의 무릎 위에 올려놓았다.

"회사의 보안 규정에 어긋나지만 말해드리죠. 당신이 첫 번째 실험대상은 아니에요. 초기에 미국에 있는 AI 연구기업에서는 동아시아에서 버려진 신생아를 입양해 실험을 진행했어요. 그 아이들은 안타깝게도 모두 실패했죠. 실패의 결과…… 그 아이들은 영원히 인간과 AI 사이의 비무장지대에서 살아갑니다."

우리는 한숨을 내쉬었다.

"마치 여전히 먹통인 내 휴대폰 같은 거군요."

"걱정 말아요, 그 휴대폰은 살아날 거예요. 이곳에서 나가는 날 우리 학생은 다시 이 세상에 로그인 됩니다."

"원장님은 처음으로 보안 규정을 어기셨네요. 타인에게 프로젝트의 약

점을 말했으니."

리계순은 엷은 미소를 지었다.

"글쎄요, 나는 어기지 않았어요. 인간이 아닌 범용형 인공지능 플랫폼에 객관적이면서 특별한 사실을 입력한 것뿐이니까."

리계순은 회색 병실 밖으로 나가려다 다시 뒤돌아서 말했다.

"아, 당신의 SNS는 우리가 관리하고 있어요. 한 달 후 당신은 약속된 조직과 접선하기로 했어요."

리계순이 말한 조직은 해킹을 전문으로 하는 가출패밀리 조직이었다. 우리가 로그아웃월드로 오기 전에 페이스오프 메시지로 연락을 주고받던 리더가 운영하는.

반년 동안 우리의 두뇌에 장착된 AI는 제 기능을 찾아갔다. 그 간에 우리에 대한 학습이 이어졌다. 우리는 고교과정 이상의 수학과 물리학 등을 배워야 했다. 평소의 그녀라면 쉽지 않았겠지만 우리는 빠른 속도로 습득했다.

"내가 이런 뛰어난 두뇌를 갖게 될 줄 몰랐어요."

리계순은 고개를 내저었다.

"당신만의 두뇌가 아니에요. 프로젝트에 따라 우리 학생과 이곳 연구소는 당신의 뇌를 쉐어합니다. 공유하고 새로운 가능성을 탐구하고⋯⋯ 진화시키죠."

"나는 슈퍼파워가 생기나요?"

리계순은 한쪽 눈썹을 찡그렸다.

"위기 돌파에 대한 집중력과 계산 능력이 어마어마하게 높아지겠죠.

하지만 하늘을 날거나 괴력을 발휘할 일은 없을 거예요. 대신 식탁 위에 냅킨 한 장으로 위기에서 벗어나는 방법을 찾아내겠죠. 혹은 화장품의 성분들을 조합해서 독약을 만드는 법도 찾아낼 수 있습니다."

모든 학습을 이해했지만 우리는 시 낭독만은 이해가 어려웠다.

우리는 전 세계의 유명 시들을 계속해서 낭독해야 했다. 파블로 네루다에서부터 랭보, 플로베르와 서정주나 한용운에 이르기까지. 수많은 시에는 사랑, 질투, 배신, 국가, 민족 같은 인간의 다양한 코드들이 녹아 있었다. 그 시를 암송하는 작업이 AI의 감정지수를 높여준다고 했지만, 그건 어디까지나 가설이었다. 인간이 아닌 컴퓨터칩이 과연 감수성을 분석할 뿐만 아니라 느낄 수 있는지 연구원들조차 확신할 수 없었다. 연구소가 확신할 수 없는 것은 또 있었다. 우리가 로그인월드에서 평범한 인간들과 섞여 살 수 있는지에 대해서도.

퇴소를 앞둔 어느 날 우리는 공포에 질려 잠에서 깨어났다. 누군가 옆에 웅크리고 앉아 있는 걸 생생하게 느꼈기 때문이었다. 하지만 우리의 옆에는 아무것도 존재하지 않았다.

우리는 막막한 허공을 향해 손을 뻗었다.

'혹시 내가 AI의 기시감을 느끼게 되는 걸까? 마치 살아 있는 유령이 내 옆에 있는 것처럼.'

우리는 다음 날 마지막 상담 전에 그 말을 리계순에게 할까 하다 그만두었다. 또다시 이곳에 반년 동안 갇혀 있고 싶지는 않아서였다.

우리는 마지막 상담 때 태연하게 리계순의 지시사항을 들었다. 리계순은 수술 전에 우리가 서명한 계약서의 내용을 일일이 설명했다.

"내가 잠적하면 어떻게 되나요?"

리계순은 고개를 내저었다.

"불가능해요. 우리 학생의 머릿속에 있는 그 '귀요미'가 정기적으로 내게 정보를 전송하고 있으니까요. 맘만 먹으면 쉽게 추적할 수 있죠."

리계순은 우리의 머릿속 AI에게 '귀요미'라는 익숙한 별명을 붙여주었다. 하지만 우리는 그럴 만큼 그 존재가 귀엽지는 않았다.

"스스로 로그아웃은 못하는 거예요?"

"불가능해요. 하지만 모르죠. 당신과 '귀요미'가 연합한다면 운명을 바꿀 수도 있겠죠."

우리는 만약 삶을 로그아웃 시킨다면…… 이라고 물으려다 그냥 침을 삼켰다.

파주 국제도시의 맨틀지대를 빠져나오자, 우리의 휴대폰이 다시 가동되었다. 우리는 SNS의 메시지와 인스타그램을 일일이 확인했다. 그리고 그녀 옆에 홀로그램처럼 느껴지는 존재에게 말했다.

"동구는 내가 여기 일을 돕는다고만 알고 있었나 봐. 알바생 정도?"

우리는 동구에게, 파주 국제도시에서의 일이 끝났다고 메시지를 보냈다. 그리고 이번에는 계속해서 메시지를 보내온 해킹 가출팸 리더에게 메시지를 보냈다.

"우리가 맨 처음 할 일은 가출팸 범죄조직의 실체를 보고하는 일. 이건 업무는 아니야. 그저 범용형 AI가 얼마나 빨리 낯선 환경을 파악하는지 알아보는 일이래."

우리는 퇴소 전 리계순에게 인간지능 연구에 가장 많은 투자를 하는 기업들의 정보를 들었다. 그들은 첨단산업 업체가 아닌 방위산업체들이었다. 리계순은 그리고 한 마디를 덧붙였다.

"우리 학생의 AI는 공격하기 위해서 만들어진 존재는 아니에요. 하지만 이 프로젝트에 투자한 기업들은 진짜 위기에 이르면 AI가 어떤 반응을 보일지 호기심이 많죠. 그런 면에서 범죄조직화 된 가출팸은 꽤 괜찮은 실험 장소였어요. 그곳의 아이들 중 AI에게 살해당한들 아무도 신경 쓰지 않을 테니까요."

"내가 살인마가 되어도 괜찮은 건가요?"

리계순은 아무 대답도 하지 않았다. 하지만 우리는 그 순간 리계순이 짓는 표정을 쉽게 읽을 수 있었다.

자율주행 차량 귀요미는 파주 국제도시의 검문소 앞에서 멈추었다. 우리는 문을 열고 밖으로 걸어 나오며 귓속말로 허공에 속삭였다.

"난 네가 귀엽지도 않고, 자율주행차 이름으로 부르는 것도 별로야. 내가 두 발로 걷는 자동차가 된 것 같아서. 하지만 아직 마음에 드는 별명도 생각이 안 나. 그래서 너를 잊어버리기로 했어. 그게 더 편하니까. 당분간 나는 그냥 우리야."

우리는 허공에 손을 내밀었다. 차가운 파주의 바람이 그녀와 악수했다. 우리는 앞으로 그녀의 두뇌 속 인공지능의 존재감을 인식할 때 이 파주의 바람을 떠올릴 것만 같았다.

Log in.

접속 이후 우리는 페이스오프 메시지로 가출팸의 리더에게 메시지를 보냈다. 우리는 늦어도 한 시간 안에 그곳까지 갈 수 있었다. 하지만 세 시간쯤 걸릴 거라고 메시지를 보냈다. 우리는 비어 있는 두 시간 동안 파주

와 서울 사이에서 앞날의 운명에 대해 고민해볼 참이었다.

원인불명의
질병으로 인한,
가려움증에 의한

이하늘

이하루

오랫동안 출판사에서 기획 작가로 활동하다
2018년 '제3회 한국과학문학상' 중단편 부분에
〈두 개의 바나나에 관하여〉가 가작을 수상하면서
자신의 글을 쓰기 시작했다.
2018년 샘터상 제40회 동화부문 가작 수상 〈워킹맘〉,
2019년 경남신문 신춘문예 시조부문 당선 〈바다에서 게를 뜯어내고〉,
2019년 KB 창작 동화제 우수상 수상 〈우당탕탕 날개들의 도서관〉 외
2020년 웹진 크로스로드(crossroads.apctp.org)에
SF 단편소설 〈난독의 시간〉을 발표했다.

비행선이었다. 바다를 점잖게 유영하는 대왕고래처럼 하얀 배를 드러 내고 하늘을 천천히 헤엄쳐 오는 물체는 거대한 비행선이 분명했다. 비행 선이 움직이는 길을 따라 황색 안개가 울렁거렸다. K9 구역에 비행선이 지나가는 경우는 드물었다. 윤은 거리에 나와 있던 대부분의 사람들과 마 찬가지로 비행선에서 눈을 떼지 못했다. 비행선에 낙인처럼 찍힌 글자가 눈에 들어왔다. 눈에 들어오지만 읽지 않는다. 읽지 않지만 무슨 말이 쓰 여 있는지 알고 있다. 수는 '흰수염고래단'이라고 불리는 저 비행선에 타 고 싶어 한다.

사람이었지만 사람이 아닌 것이 되어버리는 순간을 지나온 것들을 보 고 있자면 연민과 함께 역겨움이 밀려온다. 숨을 쉰다는 것, 그 단 한 동작 을 잃어버린 것으로 육체는 부끄러움을 잊어버리고 몸 안의 온갖 것들을 쏟아내고 무방비해진다. 조여진 나사가 풀어진 육체가 내보이는 것들은 대체로 추악하다. 그걸 보고 있자면 저절로 이런 생각이 든다. 편안한 죽음이란 없다. 윤이 '죽음처리반'의 일을 그만두지 못하는 이유다. 죽음에 가까워질수록 살고 싶어지지는 않았지만 살아있다는 것에 수긍은 갔다. 추악함을 내면에 갈무리하기 위해 몸에 힘을 주고 서 있는 것이 살아 있다는 것의 전부일지도 몰랐다.

윤은 시체를 바라봤다. 목에 감겨 있던 밧줄의 흔적이 벌어진 항문과 늘어진 혓바닥보다 먼저 눈에 들어왔다.

보고 갈 건가?

검시관이 물어왔다. 윤은 종종 검시 과정을 지켜봤다. 특별한 이유는 없었다. 죽음처리반의 정해진 일은 시체를 수거하고, 시체를 시체보관실로 옮기고, 시체가 남긴 흔적을 없애는 일이 전부다. 그러나 가끔 그것만으로는 부족하다는 생각이 들었다. 윤이 고개를 끄덕이자 검시관은 음악을 플레이시켰다.

브라더스(Brothers)의 〈고우 투 헬(Go To Hell)〉이 해부대에 부딪혔다. 칼날 같은 목청이었다. 검시관이 시체의 배를 가를 때마다 이 노래를 틀어놓는 이유를 모르겠다. 언젠가 이 노래를 좋아하냐고 묻는 말에 검시관은 피식거리는 웃음으로 대답을 대신했다. 그 웃음은 도저히 좋아한다는 의미로는 해석할 수 없는 것이었다. 그럼에도 검시관은 이 음악이 없으면 칼을 잡을 수 없는 사람처럼 볼륨을 최대로 높인 후에야 검시를 시작하곤 했다.

윤은 하얀 라텍스 장갑이 점점 빨개지는 것을 지켜봤다. 장갑은 피가 묻을수록 검시관의 손에 숨처럼 달라붙었다. 너덜너덜해진 팔뚝 살 사이로 드러난 뼈를 바라보며 혀를 차는 검시관의 중얼거림도 들었다.

쯧. 고집하고는.

어쩐지 검시관의 말투가 평소와 달랐다.

아는 사람입니까?

뭐. 그렇지.

검시관의 얼굴을 보자 새로운 허벅지살을 얻는 것은 불가능하다는 것을 깨달았다. 자리를 털고 나가려는데 검시관이 기다렸다 밥이나 같이 먹자고 했다. 밥을 먹을 기분이 아니었지만 고개를 끄덕였다. 그래야 할 것 같았다. 윤은 검시관이 남다른 손길로 시체의 배를 봉합하고 '원인불명의 질병으로 인한, 가려움증에 의한 자살'이라는 보고서를 작성할 때까지 기다릴 수밖에 없었다. 밥을 먹다 얼굴들이 불쑥불쑥 고개를 내민다고 검시관은 투덜거렸다. 검시관의 빈 술잔을 열 번 넘게 채워주고 나서야 집으로 발을 옮겨놓을 수 있었다.

K9 구역에서는 종종 오래된 것들이 발견되곤 했다. 이를테면 책 같은 것이나 지우개, 연필, 비디오테이프와 그 테이프를 넣고 볼 수 있는 기계 같은 것. 지금은 사용하지 않는 구시대의 유물들. 윤은 그런 것들을 주워 집으로 돌아가는 일이 잦았다. 수가 좋아하기 때문이다. 수는 그런 것들이 아날로그적인 것이라고 했다. 윤에게는 낯선 단어였다. 인공 생식의 시대로 접어들면서 모든 자치 정부가 금지한 말들 중 하나임이 분명했다. 지금은 사어가 된 말을 수가 어디서 들어 알고 있는지 신기했다. 설명을 요구하는 윤에게 수는 잠시 생각하더니 귀찮은 것이라고 말해주었다. 귀찮은 것이라고 말하는 수의 얼굴은 지는 해를 바라보라 볼 때의 표정과 비

숫했다. 윤은 아날로그라는 단어의 어감이 무척 듣기 좋아 고개를 끄덕이고 말았다.

아날로그적인 것들은 대개 상처투성이었다. 책에는 밑줄과 낙서가 가득했다. 수는 책을 읽는 것만큼이나 낙서를 읽는 것에 열중했다. 때로는 밑줄이 쳐진 문장만 읽기도 했다. 지우개로 연필 자국을 모두 지울 때도 있었고, 그러지 않고 그대로 남겨둘 때도 있었다. 그 기준이 무엇인지는 알 수 없었고, 물어보지도 않았다. 윤은 그저 수가 지금 세상에서는 아무도 만들거나 거들떠보지 않는 종이책을 손에 들고 시간을 소모하는 것을 미세한 감동을 느끼며 지켜볼 뿐이었다.

왔어?

윤은 수가 책을 읽고 있길 바랐다. 책을 읽고 있는 그녀를 보면 섹스가 하고 싶어졌다. 섹스는 수가 가르쳐준 욕망이었다. 그전에는 그런 욕망이 자신에게 있는지도 몰랐다. 섹스를 하지 않았다는 것은 아니다. 그러나 한 사람을 향해 지그시 쏠리는 열망은 없었다. 수를 만나고 나서야 누군가를 향한 갈증으로 더듬더듬 손을 뻗고야 마는 것, 그것이 욕망이라는 것을 알았다. 윤은 그렇게 이해했다.

이 시대의 아이들은 남녀 간의 섹스로 태어나지 않게 된 지 오래였다. 종족보존이란 위대한 사명은 개인에서 정부 시스템으로 넘어가 적정한 인구수가 유지되고 있었다. 그렇게 태어난 아이들은 지정된 추첨의 방식으로, 지원하는 가정에 배분됐다. 그 시스템 안에서 진정한 욕망은 거세되었는지도 모른다.

어쩌면 정부가 실수를 하고 있는 건 아닐까?

이하루

정부를 향한 질문은 용납되지 않았다. 수는 질문을 가진 사람이 힘을 얻는다고 말했다.

뭘 보고 있는 거야?

전단지.

전단지는 비정기적으로 지상에 뿌려졌다. 의심할 여지없이 흰수염고래단이 출처였다.

뭐라고 쓰여 있는데?

윤의 무관심한 목소리가 갑자기 들려온 사이렌에 묻혔다. 정부의 보급품 방송을 알리는 소리였다. 동시에 도시의 건물과 상공 여기저기에 홀로그램이 나타났다. 방독면을 착용한 여자가 홀로그램 속에서 웃는다. 손에는 마스카라가 들려 있었다.

보세요. 방독면 속에서도 선명한 이 칼라 마스카라의 위력을. 당신의 아름다움을 포기하지 마세요.

마스카라를 칠한 방독면 속 여자의 속눈썹이 유혹하듯이 팔랑거리고 붉은 입술이 그리는 곡선은 유려했지만 기괴해 보였다.

차라리 방독면을 주지.

윤은 홀로그램에서 시선을 돌리며 중얼거렸다. 방독면이 지급된 지 오래였다. 사용한 지 십 년이 넘은 방독면을 착용하는 사람들도 많았다. 그러나 정부의 방독면 교체는 원활히 이루어지지 않았다. 반면 미용 관련 물품들은 황색 안개가 짙어질수록 정부의 배급품에 자주 등장했다. 마치 안개가 가져다주는 가장 치명적인 피해가 안개 속에서 희미하게 보이는 사람의 윤곽이나, 생기 넘치는 혈색이라도 되는 것처럼.

전단지 때문일 거야.

수가 중얼거렸다.

뭐가?

배급품 말이야. 새 전단지가 나타날 때마다 특별 배급품을 지급하잖아.

아는 것이 과연 힘일까? 윤은 생각했다.

우연이겠지.

수는 바닥에 던져놓은 책처럼 무방비한 모습으로 소파에 누워 있었다. 드레스 아래 드러난 허벅지가 보였다. 상처 자국이 너무 선명해 시선을 돌릴 수밖에 없었다.

이번엔 시야.

시라니……. 모든 창작활동은 허락받은 자만이 가능했다. 숨길 수 없는 혐오의 시선이 전단지로 향한 윤의 눈에 드러났다. 그러거나 말거나 수는 전단지의 내용을 읽어나갔다.

거실에서 목을 맨 소설가의 피부
뱀의 허물처럼 껍질을 깠다.
죽기 전에 바람이라도 쐬려 했는지
창문을 열어 놓는데
벗겨진 피부가 살점에 붙어
너덜너덜 바람을 쐰다.
얼마나 긁어댔는지
군데군데 드러난 뼈에
손톱자국 선명하다.
생(生)도 그렇게 긁어내려 한 것인지

이하루

잘 긁어 낸 것인지 물을 수가 없다.

목줄을 풀어주자

발이 땅에 닿았다.

시를 읽는 수의 목소리는 음악 같았다.

대단해.

대체 뭐가 대단하다는 것인지 잠시 알 수 없었다.

대단하지?

수는 윤에게도 물어왔다.

응.

윤은 그렇다고 대답해 주었다. 대단하다는 것. 보통의 사람들이 경험하지 못한 어떤 지점, 대다수가 넘지 못하는 선을 기어이 넘는다는 것. 그것은 징글맞은 것이었고, 윤을 주눅 들게 만드는 것이었지만 수에게 드러내고 싶지는 않았다. 수가 웃었다.

살려는 사람이 있으면 죽으려는 사람도 있겠지.

검시관도 술에 취해 그렇게 말하며 웃었었다. 그 말을 듣자 살아남는다는 것이 수치가 되고 슬픔이 될 수 있다는 것을 알게 된 그날의 감각이 기억났다. 온몸의 털이 일어서며 스스로를 경멸하게 되던 순간. 윤은 외치고 싶었다. 강한 자가 아니라 약한 자가, 겁쟁이가 살아남는다는 것을. 강한 자가 되고 싶지 않았다. 강한 자에게는 변명이 필요 없다. 윤은 수많은 변명을 가지고 있었다. 되새겨보면 그저 살고 싶었다는 변명. 사람이었지만 사람이 아닌 것이 되어버리는 순간을 지나올 자신이 없었다는 것. 윤은 수에게 말하지 않은 것들이 있었다. 수 역시 그렇다는 것을 알고 있었다. 홀로그램이 꺼졌다.

K9 구역의 자치 정부가 제일 먼저 인육의 거래를 허용했다. 사람들이 이미 너무 쉽게, 너무 많이 죽어나간 후였다. 인육의 거래에는 많은 조건이 붙었다. 산 사람의 인육은 거래할 수 없다, 인육의 거래를 위해 살해된 자의 인육은 거래할 수 없다 등등. 조건은 수없이 많았지만 정부가 말하는 바는 하나였다. 원인불명의 가려움증을 치료할 약은 인육밖에는 없다는 것.

수는 팔뚝을 긁으며 인상을 찡그렸다.

이길 수 없는 싸움이야. 어리석어.

수의 중얼거림에는 연민이 묻어 있었다. 뉴스의 어느 부분에 연민을 느낄 부분이 존재하는지 윤은 이해할 수 없었다. 이해할 수 없는 것은 때때로 불퉁한 마음을 일으켜 반론하고 싶게 만들었다.

왜 이길 수 없다고 단정하지?

수는 윤을 말끔한 눈으로 가만히 바라봤다. 수는 가끔 그렇게 바라볼 때가 있었다. 마치 윤의 모든 것을 안다는 듯이. 적어도 윤이 바닥 깊이 숨겨 놓고 들여다보지 않는 비밀을 이미 알고 있다는 듯이.

살려고 그러는 거야.

수의 대답은 엉뚱했지만 윤은 알아들을 수 있었다.

사람도 살려고 그러는 거야.

수는 고개를 끄덕여 주었다. 수는 살려고 바둥대는 모든 것에 경의를 표하는 사람 같았다. 그럴 때면 윤은 비밀을 털어놓아도 될 것 같은 기분을 느끼곤 했다.

이하루

하지만 나의 싸움은 다른 거야.

수의 손은 말을 하면서도 끊임없이 어딘가를 긁고 있었다. 수의 간지러움이 단순한 피부 알레르기가 아니라는 것을 두 사람은 이미 알고 있었다. 윤이 검시관에게서 얻어 온 누군가의 허벅지살이 냉동실에서 단단해지고 있다는 것도. 그러나 그것에 대해 두 사람은 이야기를 나누지 않았다. 어느 날 퇴근을 한 후 냉동실의 문을 열었을 때 허벅지살이 사라져 있기를 윤은 바랄 뿐이었다.

K9 구역에 비행선이 자주 출몰하기 시작했다.

그건 생각해보면 이상한 일이었다. 인육이 필요한 사람도, 죽어가는 사람도 '원인불명의 질병에 의한 가려움증'을 겪는 사람들이라니. '원인불명의 질병에 의한 가려움증'에 죽어가는 사람들이 '원인불명의 질병에 의한 가려움증'으로 죽은 사람들을 먹었다. '원인불명의 질병에 의한 가려움증'에서 살아난 사람들의 수는 '원인불명의 질병에 의한 가려움증'에 의해 죽어간 사람의 수와 비슷했다. 처음에는 그랬다.

어느 순간을 기점으로 '원인불명의 질병에 의한 가려움증'이 급속하게 번져갔다. 병에 걸린 사람들은 오래 가려워하며 죽음을 향해 한발 한발 다가갔지만 쉽게 죽지는 않았다. 뼈가 드러날 때까지 긁을 정도가 되어야 겨우 죽을 수 있었다. 죽을 수 있었지만 그때까지 버티는 사람은 드물었다. 대부분의 사람들은 죽기 훨씬 전에 인육을 먹었다. 가려움증이 시작되자마자 인육을 먹고, 나중에는 가려움이 없어도 예방이라는 명목으로 인육을 먹는 사람들이 생겨났다.

이쯤 되면 공급이 달려야 정상이었다. 그러나 인육 가게의 공급이 중

단되는 경우는 없었다. 원활한 공급에도 질병자의 수가 줄어들지도 않았다. 병에 걸리는 사람, 인육을 먹는 사람도, 사망자도 늘어만 갔다. 오직 생존자의 수치만 낮아졌다.

윤은 K9 구역 7-5지구로 향했다. 죽음처리반의 노란색 냉동차는 도로 위에서 너무 눈에 띄었다. 시선이 달라붙는 느낌을 영 지울 수 없었다. 검시를 마친 시체를 싣고 간다는 것을 끊임없이 자각하게 만드는 시선들. 그리고 소리. 운전석 뒤에 달린 냉동 컨테이너에는 다섯 구의 시체가 누워 있었다. 그것들은 종종 살아 있는 것처럼 소음을 냈다. 도로의 안전 턱을 넘을 때 잠시 허공에 떴다 떨어지는 소리는 생각보다 컸다. 좌회전을 할 때나 우회전을 할 때 우르르 한쪽으로 치우치면서 컨테이너 벽에 부딪히는 소리를 듣고 있자면 조용히 좀 하라고 소리치는 기분이 들기도 했다.

조심해.

검시관은 그렇게 말했다. 그 말 때문인지 운전하는 내내 신경이 곤두섰다. 백미러를 통해 보이는 뒤쫓아 오는 모든 차량들에 시체 강탈자가 탑승해 있을 것 같았다.

망할 정부. 망할 시체 강탈자 새끼들.

윤은 속에서 올라오는 말을 내뱉었다. 정부가 인육의 거래를 허가한 배경에는 모든 죽음을 죽음처리반을 통해 통제할 수 있다는 자기 암시적 믿음이 있었음을 안다. K9 구역에서는 누군가 죽게 되면 반드시 죽음처리반을 부르도록 법제화되어 있었다. 인육 거래의 허가 후, 죽음처리반이 수거한 시체는 검시 과정을 거쳐 다시 죽음처리반의 손에 넘겨졌다. 공판장으로 가 경매에 넘기는 일이 죽음처리반의 일에 추가됐다. 경매에서 낙찰된 돈은 모두 세금이 되었다. 경매 가격은 치솟았고 정부는 배를 두둑이 채울 수 있는 한 만족해했다.

시체 강탈자가 나타나기 시작한 것은 인육 거래가 허가된 지 채 한 달도 되기 전이었다. 자신들을 현대판 로빈 후드라고 생각하는 시체 강탈자들은 죽음처리반의 차량을 덮쳐 시체를 빼돌렸다. 빼돌린 시체를 '원인불명의 질병에 의한 가려움증'에 시달리는 가난한 환자들에게 제공한다는데 사실인지 아닌지 알 수 없었다.

경매장은 손짓으로 이루어진 세상이다. 태어나면서부터 손으로 말하는 것을 배운 사람들처럼 사람들은 끊임없이 손을 움직였다. 그 현란한 손의 언어를 보고 있자니 현기증이 일어났다. 윤은 잠시 자리를 피해 있기로 했다. 경매가 끝나는 동안 담배나 피울 요량이었다.

경매장 밖은 인육을 파는 가게가 줄을 이어 서 있었다. 문을 닫은 집은 없었고, 가게 안은 손님들로 북적였다. 죽음처리반에 접수된 죽음을 넘어선 공급. 그것이 의미하는 바는 한 가지였다. 정부도 알고 있을 것이다.

냉동실에 넣어 둔 허벅지살이 떠올랐다. 수는 어떻게 견디고 있을까. 며칠 전 수는 윤에게 날카로운 돌멩이를 주워와 달라는 부탁을 했다. 그녀의 손에는 가려움증을 완화해주기 개발된 도구가 들려 있었다. 잭이라고 불리는 작은 주걱 모양의 도구는 피부를 긁기 위한 거였다. 특수섬유로 만들어져 피부에 닿아도 상처를 만들지 않는다고 했지만 믿을 건 못됐다.

예쁜 돌멩이를 찾아볼게.

고마워.

냉장고 돌아가는 소리가 우렁찼다.

예쁜 돌멩이라니……. 미친놈.

반쯤 타들어간 담배를 씹어던지고 돌아설 때였다.

아저씨.

갑자기 들려온 아이의 목소리보다 아이가 붙잡은 옷깃에 더욱 놀랐다. 아이의 여윈 손을 확인하고 나서야 경계태세를 풀 수 있었다.

왜?

아저씨, 우리 아버지가 죽었어요. 안 사실래요? 다리 한쪽은 없지만 아직 죽은 지 얼마 안 돼서 싱싱해요.

비행선에 타고 싶어.

수가 말했다. 잭의 끝을 세워 가려운 곳을 찍어내면서. 냉동실의 허벅지 살은 너무 단단해져서 먹으려면 며칠을 해동해야 할 것 같았다. 듣고 싶지 않았던 말이었지만 기다리고 있던 말이기도 했다. 윤은 말없이 고개를 끄덕였다.

다음 날 휴직계를 냈다. 죽음처리반의 밴을 반납하고 중고차 시장에 갔다. 제법 튼튼해 보이는 SUV를 구입했다. 소문에 의하면 흰수염고래단은 L-2 지구를 향하고 있다고 했다. L-2 지구는 K-9 지구에서 아주 멀지는 않았지만 가깝지도 않은 거리였다. 수의 상태를 고려해 쉬엄쉬엄 달리면 2박 3일쯤 걸릴 것이라 예상됐다. 사막 하나도 지나야 했다.

아이스박스 하나에 음식을 가득 담았다. 마실 것과 과일이 주였고 나머지는 간단한 요깃거리였다. 잠시 고민하다 냉동실 문을 열었다. 수가 자고 있다는 것을 확인하고 허벅지 살 한 덩어리를 꺼내 아이스박스에 옮겼다. 드라이아이스를 꽉 채워 모습을 숨겼다.

준비한 것들을 차에 옮긴 것뿐인데 방이 텅 빈 것처럼 보였다. 다시는 돌아오지 못할 사람처럼 방을 둘러보았다. 무언가 울컥하고 넘어오는 것이 있었다. 수가 가지런히 정리해놓은 바닥의 책 무더기에 눈이 갔다. 버려졌던 흔적을 쭈글쭈글한 얼굴로 가지고 있는 책은 수의 애정에도 펴지지 않았다. 수를 담요로 감싸 안고 일어섰다.

가는 거야?

잠이 덜 깬 목소리로 웅얼거리는 수의 시선이 창밖에 닿았다. 밖은 어두웠다. 수는 어둠에 자신을 숨기는 것이 당연한 것처럼 담요 속으로 더욱 파고들었다. 담요 위에 어둠을 덮어 수를 가린 채 차로 옮겼다.

왼쪽으로는 빽빽한 대나무 숲이, 오른쪽으로는 바다가 펼쳐진 도로를 달렸다. 숲의 어둠과 바다의 어둠은 서로의 힘을 자랑하듯 구불구불한 2차선 도로를 침범했다. 헤드라이트의 불빛은 어둠을 잠시 흔들리게 했지만 그뿐이었다. 불빛이 지나간 자리의 어둠은 더욱 깊어졌고, 그건 촛불 하나를 들고 검은 동물의 입속으로 걸어 들어가는 기분을 느끼게 만들었다. 길의 내장은 길었다.

새벽은 갑자기 찾아왔다. 바다는 깊이 참았던 숨을 터트리듯 갑자기 밝아왔다. 윤과 수를 태운 차는 준비도 없이 세상 밖으로 토해졌다. 누군가에 의해 느닷없이 투명망토가 벗겨진 벌거벗은 남자처럼 윤은 당황스러웠다. 순리라고 부르는 자연의 섭리가 실은 자연의 폭력이라는 생각을 했다. 밤보다 낮은 더 폭력적이었다. 숨을 곳도 주지 않고 깨어있으라고 종용하고 있었다. 윤은 갓길에 차를 세웠다. 폭력에 오래 노출된 사람이 손만 올려도 움찔거리는 것처럼 수가 깨어났다. 햇빛이 수의 이마에 닿아 있었다.

비행선은?

윤은 고개를 가로저었다. 고개를 끄덕이면서도 수의 시선은 하늘에 고정되었다. 구름 낀 밤하늘에서 보이지 않는 별을 찾는 아이 같았다.

내일쯤이면 보일 거야.

내일…….

수의 입에서 나오는 내일은 까마득하게 멀게 들렸다. 고대 벽화의 알려지지 않은 문자를 읽어 내려가는 고고학자의 손가락 사이에서 아득해지는 글자 같은 내일.

간단하게 아침을 때우자 발작처럼 가려움이 수를 덮쳤다. 더듬거리는 수의 손에 집에서부터 챙겨온 잭을 쥐여주고 윤은 숲으로 향했다. 수가 내지르는 소리가 숲에서도 들렸다. 키 큰 나무를 빠르게 타고 올라 나뭇잎을 흔들었다. 비명이 잦아들고서도 한참 동안 윤은 차에 돌아가지 않았다. 돌멩이를 몇 개 주워 주머니에 넣었다.

생각했던 것과 달리 사막은 서서히 시작되지 않았다. 누군가 경계선을 그어놓은 것처럼 갑자기 튀어나왔다. 그러니까 사막인 줄 모르고 사막에 접어들 리는 없었다. 확실하게 사막을 목적으로 한 사람이 도달하여, 마음을 다잡고 되돌아가거나 지나갈 수 있는 곳이었다. 다른 사막은 어떤지 모르겠지만 눈앞의 사막은 그랬다. 수와 나의 사막이었다.

주유소는 아슬아슬하게 그 사막에서 비켜난 곳에 있었다. 조그만 편의

점과 함께 운영되는 셀프주유소였다. 윤은 기름을 채우고 수를 화장실로 데리고 갔다. 화장실에 아무도 없는 것을 확인하고 밖에서 기다렸다. 회색 벽돌 틈에 연둣빛 부리를 내민 풀 한 포기가 눈에 들어왔다. 작고 하얀 꽃을 피운 풀이었다. 사막에 들어서면 보기 힘든. 윤은 주머니에서 담배를 꺼내 불을 붙였다. 한 모금 길게 들이마시고 하늘을 쳐다봤다. 어제까지만 해도 보이지 않던 비행선이 저 멀리 구름 사이를 지나가는 것이 보였다. 바람에 재가 날렸고, 풀이 흔들렸고, 담배 끝이 빨개졌다. 시뻘겋게 달아오른 담배를 하얀 꽃에 갖다 댔다. 꽃은 타들어가더니 금방 떨어졌다. 꽃을 붙잡지 못한 줄기는 목 잘린 시체 같은 모습으로 마구 흔들렸다. 줄기를 쥐고 뿌리를 당겼지만 줄기만 중간에서 끊겼다. 뿌리는 벽 틈에 숨어 벽과 남은 줄기를 꽉 쥐고 놓치지 않았다. 징그러웠다.

뭐 해?

어느새 수가 나와 있었다. 수의 말끔한 눈에 윤은 손에 들고 있던 돌멩이를 다시 바지 속으로 집어넣었다. 수를 부축해 차에 옮겨 태우고 주유소를 빠져나오는데 편의점 직원의 시선이 느껴졌다. 백미러로 누군가와 통화를 하는 직원의 모습이 보였다.

사막은 공고하게 다져진 씨족공동체였다. 사막에 속한 권속들과 그렇지 않은 것들을 철저하게 구분했다. 그들은 유대감을 가지고 있었고, 서로를 철저하게 숨겨주었다. 언뜻 아무것도 살지 않는 것처럼 고요했지만 모래 속에는 독을 품은 눈들이 깜박였다. 새로 유입된 낯선 자들을 감시하는 눈들이 어디를 가나 따라다녔다.

여자를 내놔.

그 역시 사막의 보호를 받지 못하는 침입자에 불과했다. 모습을 감출 수 없었고 소리를 죽이지 못했다. 윤은 그가 몰고 온 픽업트럭을 지평선 저편에서부터 쭉 지켜보고 있었다. 모포를 덮고 겨우 잠든 수를 위해 피워놓은 모닥불에 나무 하나를 더 던져 넣었다.

어차피 죽을 여자잖아. 여자를 내놔.

편의점 직원이었다. 어디서 구했는지 들고 있는 총의 총구와 목소리 모두 떨렸다. 픽업트럭 조수석에는 어린 남자아이가 앉아 있었다. 무심한 시선으로 얼굴을 긁고 있는 아이.

아이가 아픈가 보지?

어차피 죽으러 가는 거잖아. 나……난 알고 있어. 흰수염고래단에서 태어난 사람들은 이 빌어먹을 병에 걸려도 절대 사람을 먹지 않는다는 걸. 그게 뭐야? 그게 뭐냐고! 우리 애는, 우리 애는……나……난 돈이 없어……. ……를 살 돈이…….

아, 수는 흰수염고래단에서 태어났구나.

끊임없이 주절거리는 남자는 그 주절거림으로 인해 위협적으로 보이지 않았다. 총을 들고 있었지만 그 총은 위협용이라기보다는 호신용 같았다. 무엇보다 자신의 아이 앞에서 사람을 죽이고, 그 죽인 사람의 육체를 아이에게 먹으라고 강요할 수 있는 용기는 없어 보였다. 윤의 아버지 같은 사람이 아니었다. 그렇다면 아이는? 아이는 자신과 같은 괴물이 아닐까? 윤의 시선은 아이에게서 떨어지지 않았다. 등 뒤로 수가 잠에서 깼다는 것을 알 수 있었다. 윤은 일어나려는 수를 제지했다.

다른 고기를 줄게.

다른 고기는 필요 없어! 난 그 여자가 필요해!

이하루

남자는 자신의 공포에 잡아먹히는 중이었다. 윤은 순간 살기를 느꼈다. 겁쟁이가! 살아남는 것 외엔 아무것도 보지 못하는 겁쟁이가! 윤은 알수 있었다. 남자는 자신과 마찬가지로 살아남기 위해 최선을 다한 자였다. 한때, 그저 살고 싶다는 욕구에 버리지 말아야 할 것을 버린 자였다. 그런 자에게, 그런 자의 아들에게 수를 넘겨줄 수는 없었다.

네가 원하던 고기야.

윤은 일어나서 차 뒤로 돌아갔다. 남자의 총구가 따라왔다. 남자는 못 믿겠다는 눈으로 트렁크에서 아이스박스를 꺼내는 윤을 지켜봤다. 드라이아이스를 젖히자 비닐로 감싼 허벅지살이 보였다. 녹기 시작한 허벅지살에서 배어 나오기 시작한 붉은 피가 비닐에 고여 있었다. 윤은 허벅지살을 남자의 발치에 던졌다. 마른 모래가 일어섰다 가라앉았다. 남자는 수와 허벅지살을 번갈아 바라보고 묻는 듯한 시선을 던졌다. 아이의 시선도 허벅지살에 고정되어 있었다. 아이는 더 이상 긁지 않았다.

진짜지?

꺼져.

남자는 허둥지둥 허벅지살을 집어 들고 누군가에게 쫓기기라도 하는 것처럼 픽업트럭에 올랐다. 총도 모랫바닥에 버려둔 채였다. 자신 이외에는 아무것도 품어주지 않는 사막은 픽업트럭이 지나가는 길에 낙인처럼 모래바람을 일으켰다. 윤은 총을 집어 뒷좌석에 던져 넣었다.

남자가 떠난 뒤에는 침묵이 찾아왔다. 윤과 수는 서로의 시선에서 비껴가는 것을 선택한 사람처럼 등 너머를 바라보았다. 별이 많았다.

넌 왜 병에 걸리지 않지?

······.

때때로 네가 징그러워.

나도 네가 징그러워. 어떻게 그렇게 담담할 수 있지?

사랑해.

언제 어떻게 시작됐는지 모른다. 윤과 수의 몸이 얽혔다. 짓무른 수의 육체가 모래에 쓸렸다. 윤의 무릎에 모래가 박혀들었다. 마른 사막의 눈이 부릅떠졌다.

하루를 사막에서 머물렀다. 그러자고 한 사람도 없었고, 동의를 구하지도 않았지만 자연스러운 일이었다. 사막을, 하늘을 끊임없이 바라보았고, 아무것도 바라보지 않았다. 수는 오래간만에 기운이 넘치는 모습이었다. 손에서 놓지 않던 잭 대신 윤의 손을 잡았다. 손금이 수의 손길 안에서 하나씩 길을 만들었다가 길을 잃어버렸다. 종종 두 사람은 바다에 떠 있는 해초 같았다. 풀어졌다 얽히고, 몽롱해졌다가 명징해졌다. 모래가 그들 아래에서, 때로는 그들 위에서 서걱거렸다.

윤은 그늘을 만들었다. 모래를 쌓다가 무너뜨리는 수. 먹다 남은 사과를 사막에 던지는 수. 까무룩 잠이 들었다 깨는 수. 그 모든 수 위에. 노을이 번지기 시작할 무렵에는 주머니에서 돌멩이를 꺼냈다. 돌멩이를 받아든 수는 아름다운 선물이라고 말했다. 작고, 둥글둥글한 하얀색의 조약돌이었다. 날카로운 돌이었는지도 모른다. 윤은 기뻤고, 가져온 생수는 모자라지 않았다.

그리고 별은 떠야 할 시간에 떴다. 윤과 수도 그랬다.

비행선은 L-2 지구의 하늘에 이틀을 머물렀다. 윤은 L-2 지구로 향하는 고속도로 갓길에 세워둔 차 안에서 흰수염고래단의 비행선이 L-2 지구에 나타났다 떠나가는 모습을 지켜보았다. 조수석의 수는 더 이상 숨을 쉬지 않았다.

L-2 지구를 눈앞에 두고 잠든 수가, 다음 날 깨어나지 않았을 때 윤은 웃었다. 수는 진정한 승리자였다. 스스로 목을 매고 죽은 소설가조차 수보다 영광의 자리에 앉을 수는 없었다. 흰수염고래단의 비행선을 따라잡지 못한 것이 결과적으로 그렇게 만들었다. 마지막 밤, 수는 많이 약해져 있었다. 마지막 노래를 부르듯 비밀을 털어놓았다.

그곳에 가면 아프지 않게 죽을 수 있어. 그들이 그렇게 해줄 거야.

그 말은 수를 더욱 사랑하게 만들었지만 존경하게 만들지는 못했다. 고통이 깨진 이빨 사이로 터져 나온 후에도 삶과 죽음 어떤 것에도 욕심 내지 않고 묵묵히 버텨내는 수는 특별했다. 국가의 무성생식 인구 정책에 반발해 하늘로 올라가 버린 흰수염고래단에서 자연 생식으로 태어났다는 수는 작정이라도 한 듯 지난 이야기들을 풀어놓았다. 왜 흰수염고래단을 떠났는지. 자살은 인정되지 않지만 교리에 맞는 안락사는 인정되는 그들의 종교에 대해서도. 그 얘기를 듣는 동안 왜 자신의 한쪽 기둥이 무너져 내리는 기분을 느꼈는지 윤은 깊게 생각하지 않았다. 밤이 길었다.

어디선가 발정기에 접어든 고양이의 울음소리가 들렸다. 죽음처리반의 노란색 밴이 사이렌을 울리며 달려갔다. 핸드폰에는 죽음처리반에서 온 연락이 가득했다. 윤은 담배에 불을 붙였다. 이제 돌아갈 때였다.

수를 어떻게 해야 할까.

윤은 수를 숲에 묻기로 했다. K-9 지구로 돌아가는 길에 잠시 길을 헤맸다. 우연히 발견한 숲이 마음에 들었다. 키 큰 활엽수들과 침엽수들이 사이좋게 어깨를 맞대고 있는 숲이었다. 삽이 없어 손으로 땅을 팠다. 생각보다 땅이 촉촉했지만 쉽게 속을 드러내지는 않았다. 넓적한 돌을 찾아 삽 대신 사용했다. 두 시간 정도 파고 나서야 겨우 수를 눕힐 정도의 공간을 마련할 수 있었다. 깊게 파지는 못했다. 겨우 수를 눕히고 주변의 흙을 다 모아 덮으면 겨우 발목 부근까지 오는 봉분이 만들어질 정도였다. 중간에 더 깊게 파야 하나 하는 생각이 들었지만 그만두었다. 숲 여기저기서 사람의 인기척을 느끼기 시작한 무렵이었다. 몰랐지만 이 숲에 주인들이 있었던 모양이다. 일부러 찾아보지 않아도 노숙자 무리라는 것을 알 수 있었다. 찐득한 기다림의 시선. 윤은 바지 뒷주머니 꽂아 두었던 권총을 꺼내 옆에 두었다. 성급히 다가오려는 발자국들을 묶어두는 효과가 있었다.

흙을 다 덮고 봉분을 단단히 두드리는 데 다시 한 시간이 걸렸다. 윤은 수의 무덤에 눕다시피 몸을 기대고 시간을 보냈다. 총은 허벅지에 올려둔 채였다. 해가 뉘엿뉘엿 질 무렵에야 몸을 일으켰다.

숲을 빠져나오기 전 마지막으로 무덤을 바라보았다. 모습을 드러낸 사람들이 무덤으로 다가가고 있었다. 윤은 총이라도 쏴볼까 하다가 그만두었다. 서로 밀치며 무덤을 파헤치는 사람들을 내버려 두고 차로 향했다.

사람이었다.

아빠는
오늘도 힘을 얻습니다
당신

강병융

소설가, 류블랴나 대학교 아시아학과 교수
1975년 대한민국 서울에서 태어났다.
2013년 슬로베니아 류블랴나에 정착했다.
소설 〈손가락이 간질간질〉, 에세이 〈도시를 걷는 문장들〉 등을 썼다.

길을 좋아합니다

아내가 챙겨준 소소하지만 정갈한 식사를 먹고 오후 강의를 위해 집을 다시 나섭니다. 아내가 웃으며 손을 흔듭니다. 아내의 미소가 따사로운 햇볕과 오버랩이 됩니다. 기분이 아주 좋아집니다.

봄날의 햇볕이 주변을 더 환하게 만듭니다. 따뜻한 기운이 제게 직접 스며드는 느낌마저 듭니다. 유난히 따뜻해서 특별한 느낌까지 풍기는 봄볕을 고스란히 품은 오래된 이 아파트 단지를 좋아합니다. 오래되어서 편안함이 느껴지는 조용한 이 아파트 단지를 좋아합니다. 저희 가족이 꽤 긴 시간 살아왔고, 여기서 행복했고, 지금도 행복해서 더욱 좋아합니다. 1988년에 건설된 이 단지는 아파트 건물 사이의 간격이 꽤 넓습니다. 그 사이는 푸름으로 채워져 있습니다. 보고 있으면, 눈이 편해질 정도로 나무들과 잔디들이 많습니다. 아름드리나무들을 보면서 걸으면 참 행복합니다. 하루 일과를 마치고, 아내와 손을 잡고 걸으면 더없이 행복한 길입니다. 일을 하러 가는 발걸음마저 가볍게 만들어주는 신기한 길이기도 합니다. 나무들 사이로 난 오솔길에 시멘트나 콘크리트 대신 흙이 깔려 있는 것도 마음에 듭니다. 나뭇가지들이 규칙 없이 흩날리는 것이 좋습니다. 푸릇푸릇한 잔디들을 보면서, 흙을 밟으며 걷고 있으면 정말 특별한 사람이 된 기분이 듭니다. 걸음걸음마다 들리는 땅을 밟는 소리가 마음을 편하게 합니다. 잔디들 사이사이에 보이는 노란 꽃들도 입 꼬리를 올라가게 합니다. 오래 전에 만든 아파트라 건물이 높지도 않습니다. 높지 않은 건물들, 그리고 건물 간격이 넓은 단지에선 높고 푸른 하늘도 잘 보입니다.

오늘은 하늘이 더없이 높고 밝은 날입니다. 구름도 한 점 없네요. 아파트 건물 외벽은 빨간 벽돌로 되어 있습니다. 그래서인지 세련되게 고풍스러운 느낌이 들기도 합니다. 벽돌 하나하나를 쌓아 정성스럽게 만들었을 것 같은 건물입니다. 유럽에는, 특히 동유럽에는 빨간 벽돌로 된 집들이 많지요. 언젠가 그 이유가 너무 궁금해서 슬로베니아 친구에게 진지하게 물어본 적이 있습니다. 류블랴나도 그렇고, 프라하도 그렇고 빨간 벽돌로 된 집이 많은 이유가 뭔지, 빨간 지붕이 많은 이유가 뭔지 아냐고 묻자, 친구는 대수롭지 않다는 얼굴로 이렇게 대답했습니다. 빨간 벽돌이 가장 구하기 쉽고 쌌거든. 빨간 돌이 아주 흔했거든. 그래서 싸고 흔한 벽돌로 만든 집들이 많은 것뿐이야.

흔한 것들이 모여 아름다움이 되는 것, 그것이 행복한 일상 같습니다. 흔한 빨간 벽돌로 만든 집들이 하나 둘씩 모여 아름다운 도시를 만든 것

강병융

처럼.

아파트 단지 입구에는 작은 상가가 하나 있습니다. 작은 상가 건물에는 작은 슈퍼마켓과 작은 열쇠 가게, 작은 도서관 그리고 작은 과일 가게가 있습니다. 그것이 전부입니다. 저는 작은 과일 가게의 단골입니다. 과일을 파는 분은 보스니아(Bosnia)에서 오셨는데, 인상이 참 좋습니다. 제게 늘 먼저 인사를 건네십니다. 슬로베니아에 사는 사람들이 대부분 그렇긴 하죠. 엘리베이터에서 만나도, 길에서 만나도, 잘 모르는 사람이라도 인사를 먼저 건네곤 합니다. 처음에는 그게 참 어색했는데, 이제는 제가 먼저 인사를 할 정도로 익숙해졌습니다. 과일 가게 아저씨의 인사는 항상 달콤한 과일 향과 함께 전해집니다. 작은 가게의 진열대에는 늘 다양한 종류의 과일이 싱싱한 상태로 진열되어 있습니다. 과일의 맛도 좋습니다. 이상하리만치 당도가 높습니다. 어느 날은 아내와 그 가게에서 산 귤을 먹다가 한국 귤의 달콤한 맛과 너무 비슷해 고향이 그리워졌고, 결국 눈물까지 흘린 적도 있습니다. 어느 가을에는 한국산 배 맛이 나는 서양 배를 사먹은 적도 있습니다. 진짜 한국산은 아니었지만, 맛은 정말 한국적이었어요. 배의 맛을 본 딸은 한국의 추석이 생각난다고 했었죠. 맛과 함께 그리움을 파는 과일 가게입니다.

제가 작은 과일 가게에 단골이 된 진짜 이유는 꼭 하나씩 더 주는 '덤' 때문입니다. 덤은 정이니까요. 계절에 따라 귤 혹은 사과 아니면 감을 한 개씩 더 건네면서 환한 미소와 함께 꼭 딸에게 갖다주라고 말하는 친절을 거부할 수 있는 아빠는 없습니다. 환하게 웃으면서 이건 선생님이 드시면 안 돼요! 선생님 따님 주세요! 그렇게 말하며 과일을 건네는데, 그 눈빛에 진심이 느껴집니다. 덤으로 받은 과일 속에 정이 보입니다. 오늘도 웃으며 손을 흔드시는 아저씨, 저도 함께 웃으며 인사를 건넵니다. 단골 과일 가게를 지나 상가 건물을 통과해 단지를 빠져나오면, 강이 보입니다.

보이는 강은 천천히 흐릅니다. 오늘도 늘 그렇듯 천천히 흐르네요. 이 강에서 한 번도 큰 물결을 본 적이 없습니다. 너무나도 천천히 흘러 비현실적으로 보일 때도 있습니다. 강이 멈춰버린 것 같은, 강을 찍은 사진을 보고 있는 것 같은 착각이 들기도 합니다. 가끔 물결을 만드는 사람들이 보이긴 합니다. 그들은 작은 보트를 타고 강을 따라 유유히 어디론가 가곤합니다. 노가 만드는 물길을 따라 강으로 퍼지는 물결을 본 적이 있습니다.

오늘은 오리들이 줄지어 어딘가로 가네요. 사람들은 더운 날에는 더워서 보이지 않고, 추운 날에는 추워 보이지 않습니다. 하지만 새들은 다릅니다. 겨울에도 가끔씩 보입니다. 동물들이 더 한결같습니다. 환경에 따라 삶의 방식을 빠르게 바꾸는 인간들과는 다르지요. 온화한 날이면 노를 저으며 물살을 가르는 사람들과 함께 유람선도 볼 수 있는데, 오늘은 없네요.

한 나라의 수도를 가로지르는 강이지만, 서울의 한강처럼 넓고 길진 않습니다. '류블랴니차(Ljubljanica)'라는 이름의 이 강은 작고 평화롭습니다. '류블랴나'라는 도시에 있는 작은 강이라는 뜻이지요. '류블랴나'라는 도시의 이름 안에는 '사랑'이라는 의미가 들어있습니다. 그러니 이 강의 이름에는 작고 사랑스럽다는 뜻이 담겨있다고 할 수 있죠. 강의 운명이 이름을 따른 것인지, 운명에 걸맞게 강의 이름을 지은 것인지 모르겠습니다.

강병융

류블랴니차에서 평화로움이 느껴지는 것은 단지 물의 잔잔함 때문만은 아닙니다. 주변 환경 때문이기도 하지요. 강변을 걷는 사람들의 발걸음, 표정이 평화롭습니다. 강 주변에서 빠른 걸음으로 걷는 사람을 본 적이 없습니다. 강가에서 화를 내는 사람들도 본 적이 없고요. 심지어 자전거들도 느리게 움직입니다.

오늘도 평소와 크게 다르지 않습니다. 정적인 분위기는 마음의 안정감을 줍니다. 강변을 따라 드문드문 보이는 카페나 식당들도 역시 평화롭습니다. 다닥다닥 붙어 있지 않고, 서로에게 무심한 것 같지만, 서로를 존중하며, 서로 방해하지 않는 태도가 느껴집니다.

그것이 평화로움이지요.

지속적으로 유지되는 그런 평화로움을 존중합니다.

적당한 거리와 충분한 존중이 주는 안정적인 온화함이 느껴집니다.

이 작고 사랑스럽고 평화로운 강 너머로 성(城)이 보입니다. 성은 시내 중앙에 위치한 언덕 위에서 도시 전체를 내려다보고 있습니다. 내려다보고 있지만, 거만함은 느껴지지 않습니다. 오히려 다정함이 느껴집니다. 마음씨 좋은 할머니의 따뜻한 시선과도 같습니다. 성은 손을 흔들듯이 깃발을 휘날리며 모두에게 인사를 하고 있습니다. 깃발 역시 평화롭고 사랑스럽게 펄럭입니다. 마치 프로그래밍이 된 것처럼 일정한 모양으로, 일정한 시간을 두고 너풀너풀 움직입니다. "너는 변한다 하여도 나는 변하지 않을 거야."라고 말하고 있는 것 같아요.

성을 보며, 강변을 따라 걷다보면, 작은 카페들이 보입니다. 그러고 보니, 정말 큰 카페는 없네요. 그 중에 '노스탈기아(Nostalgia)'라는 이름의 카페가 있는데, 상호에 맞게 올드한 느낌이 풍깁니다. 사람이 인위적으로 만든 '레트로(retro)'가 아닌, 시간이 자연스럽게 만든 '올드(old)'함이 느껴지는 곳입니다. 카페 안에는 어디서 구했는지 알 수 없는, 한눈에 봐도 작동이 불가능할 것 같은 오래된 주크박스가 있습니다. 카페 앞에 내놓은 오래된 의자들은 너무 편해 보입니다. 하지만 담배도 피우지 않는 짧은 머리의 중년에게는 왠지 어울리지 않는 그런 의자입니다. 바람결에 흩날리는 백발을 가진 할아버지가 앉아 담배를 피우면서, 맥주를 마시고 있어야 할 것 같은 느낌이 듭니다. 맥주가 아니라면, 위스키도 좋겠네요.

이 '노스탈기아'를 지날 때 들을 수 있는 음악은 재즈입니다. 그 앞을 지나며 들었던 재즈 속에서 고향을 떠올리곤 했습니다. 가을 오후에 흘러나오던 스탠리 조던 트리오(Stanley Jordan Trio)의 〈어텀 리브스(Autumn Leaves)〉를 들으며 아내와 함께 걸었던 광화문의 돌담길과 낙엽들을 떠올렸고, 여름에 들었던 스탄 게츠(Stan Getz)와 주앙 질베르토(Joao Gilberto)의 보사노바 곡 〈이빠네마에서 온 소녀(The Girl From Ipanema)〉는 압구정의 유명한 백화점에서 먹었던 곱게 간 얼음과 진하게 단 단팥이 잘 어우러진 팥빙수를 생각나게 했습니다. 재즈가 고향을 더 그립게 합니다.

제 고향은 서울입니다. 서울에서 태어나 젊은 시절을 서울에서 보냈습니다. 거기서 공부를 했고, 아내를 만나 결혼을 했습니다. 딸이 태어난 곳도 역시 서울입니다. 카페에서 흘러나온 음악을 들으며, 바로 그 서울이 그리워했던 것입니다. 그런데, 생각해보면, 참 이상한 일이죠. 슬로베니아에 있는 '향수(鄕愁)'라는 이름의 카페에서 슬로베니아 노래가 아닌, 아메리카의 노래가 흘러나온다는 것도 이상하고, 그 앞을 거의 매일 지나던 한국인이 그 노래들을 들으면서 한국을 떠올린 것도 이상한 것 같고, 심지어 그 뒤로도 그곳을 지날 때마다 서울에 관한 향수에 빠졌다는 사실이 어딘지 모르게 이상하지 않으세요?

하지만 사실입니다. 그리움의 이유를 찾는 일은 어리석은 일입니다. 그리움은 그냥 그리움이니까요. 바람이 그냥 바람이듯이. 문득 불어와서 시원함을 주고 쓱 떠나는 바람처럼 그리움은 예고 없이 찾아와 새로운 감정을 마음속에 툭 던져놓고 가버리죠. 그렇게 느꼈던 감정은 오래 가는 법입니다.

오늘은 냇 킹 콜(Nat King Cole)의 〈내가 사랑에 빠졌을 때(When I Fall in Love)〉가 들립니다. 천천히 흘러나와 바닥에 싹 깔리는 그윽한 냇 킹 콜의 목소리가 매력적입니다. 이 봄에 어울리는 음악입니다. 다시 서울이 생각나네요. 언젠가 도서관 창밖으로 흩날리던 꽃잎들이 떠오릅니다. 냇 킹 콜의 저음이 제 뒤를 따라오다가 조용히 사라집니다. 바람이 기척 없이 사라지는 것처럼.

그렇게 향수를 불러일으키는 카페를 지나 건널목 하나를 건넌 뒤, 좌측 방향으로 걷다보면 학교가 나옵니다. 제가 근무하는 곳이죠. 오늘은 오후에 2학년들을 위한 〈한국문학개론 2〉 수업이 있는 날입니다. 저는 이 학교에서 한국 문학과 한국 문화를 주로 가르칩니다.

더 구체적으로 말하자면, 저는 슬로베니아 국립 류블랴나 대학교 인문대학 아시아학과 소속의 교수입니다. 아시아학과에는 한국학, 일본학, 중국학 전공이 있는데, 거기에 저는 한국학을 전공하는 학생들에게 문학과 문화에 관련된 과목들을 가르치고, 그들의 논문을 지도합니다.

가르치러 학교에 가는 길은 항상 행복합니다. 오늘도 예외가 아닙니다. 제가 가르치는 모든 것들이 소중합니다. 그 안에 담긴 '한국'도 중요하고, '문학'도 중요하고, '문화'도 중요합니다. 하지만 무엇보다도 그것을 배우고자 하는 '존재'들이 가장 중요합니다. 그 중요한 존재들과 같은 공간에서 의견을 주고받으며, 살아있는 표정들을 볼 수 있는 것이 좋습니다. 웃음소리와 한숨 소리가 공기를 통해 전해지는 그 순간을 사랑합니다. 그 분위기를 몸으로 느낄 때가 너무 좋습니다.

학교에 가는 길도 아름답지만, 그 길의 끝에서 만날 사람들을 생각하면 언제나 즐거울 수밖에 없습니다. 그래서 저는 학교 가는 길을 참 좋아합니다.

학교를 좋아합니다

제가 소속된 류블랴나 대학교는 이름에서 알 수 있듯, 슬로베니아 수도 류블랴나에 위치한 대학입니다. 슬로베니아에서 제일 크고, 좋은 대학이기도 하고요. 맞습니다. 저 같이 부족한 사람이 이런 곳에서 일할 수 있는 것은 정말 행운입니다. 어쩌면 기적이라고 하는 편이 나을지도 몰라요.

21세기 초, 갑자기 한국의 음악, 영화, 드라마가 유럽에서 인기를 얻으면서 이 대학에서도 한국학에 관심을 갖기 시작했습니다. 덕분에 제게 기회가 왔던 것이죠. 한국 사람들이 슬로베니아가 어디인지도 모르던 시절에 저는 원서를 준비해서 이 대학의 문을 두드렸습니다. 그게 벌써 10년이 넘었습니다.

유럽의 많은 대학들처럼 류블랴나 대학교는 캠퍼스가 존재하지 않습니다. 대학이 울타리 안에 있지 않아요. 도시 곳곳에 단과대학 별로 건물이 따로 있습니다. 시내 중심에 몇 개의 단과대학들이 있고, 류블랴나 북쪽에 또 몇 개의 대학들, 서쪽에 또 몇 개가 흩어져 있습니다. 제가 일하고 있는 인문대학 맞은편에는 건축대학이 있습니다. 그러니 전공 별로 묶어 둔 것도 아닙니다. 한국 대학들과는 참 다르죠. 하지만 다르면서도 또 같습니다. 캠퍼스가 없어도 사람과 사람이 만나 이야기하고, 지식을 나누고, 무언가를 함께 만들 수 있습니다. 큰 울타리가 없어도 연대할 수 있고, 커다란 연대를 하지 않더라도 작은 연대들이 모여 힘을 낼 수도 있거든요. 소속감을 만드는 것은 물리적인 울타리가 아니까요.

제가 일하고 있는 인문대학의 건물 '아슈케르츠 대로(Aškerčeva cesta)'에 있는데, 아슈케르츠(Aškerc)는 슬로베니아를 대표하는 시인 중 한 명이자 가톨릭 사제였다고 합니다. 한 나라의 대표 시인의 이름을 딴 거리에 있는 대학이라는 사실이 낭만적이지 않은가요? 종교인이었다고 하니 더 신성해지는 기분도 들고요. 그래서인지 오늘도 저는 대학 건물 앞에서 다시 한 번 더 성스러워지는 기분입니다. 그리고 다시 한 번 뭔가를 다짐하게 됩니다. 우리나라로 비유하자면, '한용운로'에 매일 출근하는 문학 선생의 마음이 이와 비슷하지 않을까요?

류블랴나대학교 인문대학은 긴 역사를 가졌지만, 건물의 역사는 길지 않습니다. 인문대학의 건물은 20세기 후반에 새로 지어진 파란색의 특색 없는 현대식 건물입니다. 건물 앞에는 슬로베니아에서 흔히 볼 수 있는 자전거 거치대가 있습니다. 학생들이 자전거를 많이 이용하기 때문에 다른 건물에 비해 더 긴 거치대가 더 많이 설치되어 있죠. 어느 때와 같이 오늘도 거의 빈자리가 없네요. 학생들도, 교직원들도 자전거를 타고 출퇴근을 하는 일이 흔합니다. 집에서 학교는 멀지 않아 주로 걸어 다니지만, 저도 자전거를 자주 타는 편입니다. 자전거를 타면 세상을 볼 수 있거든요. 걷는 것보다 많이 볼 수 있고, 차에서 보는 것보다 자세히 볼 수 있습니다. 저는 그런 적당함이 좋아요.

학교 건물 앞에는 학생들이 앉아 이야기를 나누거나 담배를 피울 수 있는 벤치들도 있습니다. 늘 그렇듯 담배를 피우는 학생들이 많이 보이네요. 벤치에 앉아, 혹은 그 앞에 서서 수다를 떨고, 담배를 피우고 있는 학생들을 보고 있으면, 기분이 좋아집니다. 젊어지는 느낌이 들기도 하고요. 젊은이들이 재갈거리는 소리도 듣기 좋지만, 귀엽게 혹은 진지하게 뻐끔거리며 담배를 피우는 모습들도 사랑스럽습니다. 담배를 피우면서 제게 먼저 손을 흔들어 인사하는 학생들을 보면, 미소가 지어집니다. 처음에는 교수에게 웃으며 손을 흔드는 학생들의 모습이 싫었습니다. 더 정확히 말하자면, 이해가 되지 않았죠. 교수와 함께 담배를 피우는 학생들을 보고 어색했습니다. 하지만, 그런 모습이 한국 사람들이 생각하는 것처럼, 예의에 어긋한 행동이 아니라는 것을 깨달았지요. '억지로 숙이는 고개'가 '진짜 반가움을 담아 흔드는 손'보다 나을 리 없잖아요. '술자리에서 몰래 욕을 하는 것'보다는 '함께 담배를 피우며 의견을 교환하는 것'이 더 옳다는 사실을 깨닫는 데, 그리 오랜 시간이 걸리지 않았습니다. 오늘도 몇몇 학

강병융

생들이 제게 환히 웃으며 크게 손을 흔듭니다. 역시 한 손에는 담배를 쥐고 있군요. 웃음과 손도, 담배도 다 좋아 보입니다. 저도 웃으며 함께 손을 흔듭니다. 웃음과 반가움을 전합니다.

파란 건물 안으로 들어가면, 제게 한결같이 인사를 건네는 사람이 또 한 명 있습니다. '마야(Maja) 아주머니'입니다. 인문대학 건물 관리인 중에 한 분이신데, 경비실에 앉아 늘 웃으며 교직원들과 학생들에게 친절을 나눠주시는 분입니다.

아주머니는 기회가 될 때마다 제게 늘 세 가지를 말씀하십니다. 첫째, 식사를 했는지 묻고, 둘째, 가족들은 잘 지내는지 묻고, 셋째, 일은 너무 많이 하면 안 된다고 하시죠. 영어를 충분히 잘하시지만, 제겐 언제나 슬로베니아어로 묻고 대답하십니다. 저 역시 그게 좋습니다. 슬로베니아에 사니까 슬로베니아 사람들과 슬로베니아어로 이야기를 나누고 싶습니다. 힘들고 답답하지만 그게 좋습니다. 상대의 언어를 배운다는 것은 상대의 마음을 이해할 준비가 되어 있다는 것이라고 생각해요. 누군가와 소통하고 싶다면, 마음을 우선 열어야겠죠. 첫걸음은 상대의 언어를 이해하는 것이고요. 잘하지 못해도 괜찮습니다. 소통의 열쇠는 언어 실력이 아닙니다. 마음가짐입니다. 모국어로 대화하면서도 서로 통하지 않는 경우가 많잖아요.

사실 아주머니가 제게 늘 건네는 세 가지 말씀은 슬로베니아인들에게 딱히 일상적인 내용은 아닙니다. 언젠가 아주머니가 한국 사람들은 서로 인사를 어떻게 주고받는지 궁금하다 하셨습니다. 그때, 제가 주로 밥을 잘 챙겨 먹었냐고 묻는다고 대답한 후로 항상 그렇게 물으십니다. 그리고 학교에 찾아온 제 딸을 보신 후, 늘 아내와 딸의 안부를 궁금해하십니다. 가족들이 힘들다고 하면 언제든 고향에 돌아가야 한다고 하시면서 말입니다. 가족보다 소중한 직장은 없다고 하셨습니다. 하지만 제 생각엔 아내와 딸은 저보다 슬로베니아를 더 좋아합니다. 언젠가 딸이 행복은 장소가 만드는 것이 아니라 사람이 만드는 것이라고 말했습니다. 그리고 슬로베니아 친구들이 많은 자신은 슬로베니아에서 충분히 행복하다고 덧붙였지요. 아내는 그 말을 듣고, 우리는 여기서 충분히 행복하니 '간헐적' 향수병에 시달리는 당신이나 한국에 가라고 했습니다. 농담이었지만, 감사했습니다. 뭉클하기까지 했습니다. 딸과 아내는 제 직장 때문에 이곳에서 살기 시작했습니다. 하지만 저만큼, 혹은 저보다 더 많이 이곳을 사랑하고 있으니 참 고마운 일입니다. 참 다행입니다. 함께 살며, 함께 행복할 수 있는 가정은 생각보다 세상에 많지 않습니다. 가족에게 중요한 것은 규모가 아닌 깊이입니다. 구성원이 많은 가족이 더 행복한 것이 아니고, 돈이 많은 가족이 행복한 것도 아니죠. 서로 깊이 이해하고 있는 가족이야말로 행복한 가족일 겁니다. 그래서 저는 행복합니다.

마야 아주머니는 제가 일을 많이 하는 전형적인 한국인이라고 생각하시는데, 그건 작은 사건 때문입니다. 저는 보통의 한국 사람들과 달리 게으르고, 최대한 할 일을 미루는 편입니다. 그러니 아주머니가 착각하고 계신 거죠. 슬로베니아에 온 지 얼마 되지 않았을 무렵, 주말에 연구실에서 밤 열 시가 넘도록 책을 읽고 있었던 적이 있습니다. 정말, '일'이 아닌 독서였습니다. 물론, 문학을 전공하는 제게는 독서도 '일'일 수도 있지만요. 아주머니가 하루의 마지막 순찰을 도시다가 저를 보신 거죠. 그리고 이렇게 말씀하셨습니다. 그렇게 일하면 죽는다면서 하루에 여덟 시간 이상 일하는 것은 모두에게 나쁘다고 화를 내셨어요. 주말에 직장에 오는 것 자

강병융

체가 잘못된 것이라고. 제가 그냥 소설을 읽고 있는 것이라고 하자, 아주머니는 소설은 집에 가서 편한 소파에 앉아 읽는 것이라고 하셨죠. 그리고 그 후로는 저만 보면, 일 좀 적당히 하라고 하십니다. 맞습니다. 일은 적당히 하는 것이 좋고, 소설은 편한 자세로 읽는 것이 가장 재미있지요.

저는 10년 간 마야 아주머니가 인상을 쓰는 것을 단 한 번도 본 적이 없습니다. 어쩌면, 저렇게 한결같을 수 있는지 미스터리할 지경입니다. 웃음의 마스크 같은 것을 쓰고 계신 느낌입니다. 어느 날, 선배 교수에게 마야 아주머니의 친절 미스터리에 대해 물어봤더니, 15년 전 즈음 마야 아주머니의 남편분이 세상을 먼저 떠난 후부터 변하셨다고 하더군요. 그 때부터 온화해지셨다고 합니다. 그전에는 목소리도 무지 컸고, 누군가에게 먼저 인사를 건네는 법이 없어 인문대의 '불친절(Ms Unkindness)'로 통했다고 하더군요. 저는 마야 아주머니의 불친절을 도무지 상상할 수 없습니다. 하지만, 상실의 아픔으로 사람이 변할 수 있다는 것은 조금 이해가 됩니다. 마야 아주머니는 오늘도 '불친절'과 거리가 먼 모습으로 제게 인사를 합니다. 저는 여느 때처럼, 방금 집에서 점심 식사를 하고 오는 길이며, 딸과 아내도 잘 있고, 오늘은 문학 수업만 하고 퇴근할 생각이라고 답합니다. 아주머니의 흐뭇한 미소를 보며 저는 계단을 오릅니다.

저의 연구실은 505호입니다. 슬로베니아 사람들은 제 연구실이 5층에 있다고 합니다. 하지만 한국식으로 보자면, 6층입니다. 유럽의 많은 나라에서는 1층을 0층이라고 말하니까요. 처음에는 그게 정말 혼란스러웠습니다. 1층에서 만나자고 했는데, 2층에서 기다린 적도 많습니다. 1층으로 오라고 했는데, 저 혼자 0층에 간 적도 있었죠. 엘리베이터를 탈 때마다 0을 눌러야 하는 상황에서 1층을 눌러 실제로 2층에서 내리는 일도 많았어요. 저는 이렇게 간단한 것을 적응하는 데도 시간이 꽤 걸립니다. 하지만 이제는 0부터 시작하는 건물에 이제 적응했습니다. 0부터 시작하는 것이 더 좋은 것 같아요. 뭔가 근본적인 것부터 시작하는 느낌이 들기도 하고요.

인문대학 건물이 6층이니까 제 연구실 505호는 가장 높은 층인 한국식 6층에 있는 것이죠. 6층까지 올라가는 승강기가 있지만, 저는 언제나 계단을 이용합니다. 제가 계단을 오르내리는 것을 보고, 사람들은 건강을 위해 운동을 한다고 생각하지만, 사실 그건 아닙니다. 그저 사람들을 보고 싶을 뿐입니다. 걸어 오르면서 학생들을 볼 수 있거든요. 걸어 내려오는 길에 동료들을 만나 안부를 주고받을 수도 있습니다. 분주하게 움직이는 사람들, 다양한 사람들의 다채로운 표정을 보고 싶은 겁니다. 그것들을 보고 있으면 그렇게 좋을 수가 없습니다. 사람들은 이상하리만치 엘리베이터 안에선 다양한 표정을 보여주지 않습니다. 형식적인 인사를 대충 주고받은 뒤, 다들 표정을 잃은 사람들처럼 서로에게 눈길 한 번 주지 않습니다. 아주 친한 사람을 만났을 때나 웃음을 짓지요. 그런데, 계단에서 만난 사람들은 표정에는 생동감이 넘쳐납니다. 저는 그런 생동감을 좋아하는 사람입니다. 오늘도 계단을 오르면서 살아 있음을 느낍니다. 한 걸음 한 걸음 오르면서 제가 움직이고, 또 다른 사람들이 움직이는 것도 느끼면서 마음이 한결 가벼워집니다. 제게 인사를 하는 학생들 혹은 서로 인사를 하는 사람들, 계단에 쭈그리고 앉아 통화를 하고 있는 학생들, 서로 대화를 나누는 사람들을 보고 있으면 살아 있는 것 같습니다. 다양한 언어들을 들으면 행복해집니다. 공기 중을 떠도는 크고 작은 목소리, 이 나

강병융

라, 저 나라의 언어들은 저를 금세 들뜨게 합니다. 그 안에 들어있을 의견들, 이념들, 사연들을 생각하면 한결 더 들뜹니다. 그렇게 살아 있는 사람들을 보면서, 사람들에 대해 생각하면서 계단을 오르다 보면, 금방 6층에 도착합니다. 다리가 아플 겨를도 없습니다.

6층 동편 복도 끝에서 두 번째 방이 제 연구실입니다. 작은 연구실을 동료 두 명과 함께 사용합니다. 야콥(Jakob)은 중국 고전문학을 전공하는 교수이고, 사라(Sara)는 일본 문학과 번역을 가르치는 교수입니다. 아시아 학과에서 문학을 전공하는 세 연구자가 함께 연구실을 쓰는 것이죠. 한국에서는 있을 수 없는 일이겠지만, 슬로베니아에서는 이렇게 교수 서너 명, 많을 때는 다섯 명이 연구실을 공유합니다. 세 명이 한 방을 쓰고 있는 저는 운이 꽤 좋은 편이라고 할 수 있죠. 처음에는 한국 교수들처럼 방을 혼자 쓰며, 제 일을 도와줄 조교까지 있으면 정말 좋겠다는 생각도 했었죠. 하지만 지금은 다릅니다. 다른 연구자들과 연구실을 함께 쓰는 것은 여러모로 시너지를 낼 수 있습니다. 또, 제가 누군가의 도움을 받을 만큼 대단한 일을 하고 있는 것도 아니니 조교가 있는 것도 이상합니다. 특히, 제 경우에는 중국과 일본 문학을 전공한 교수들에게 많은 것을 배웁니다.

얼마 전, 사라와는 소설가 김사량(金史良)에 대해 꽤 긴 대화를 나눈 적이 있습니다. 사라는 조선에서 태어나 일본에서 등단을 한 뒤, 데뷔작으로 아쿠타가와(芥川)상 후보까지 오른 작가 김사량에 대해 관심이 많았습니다. 특히, 〈빛 속으로(光の中に)〉에서 읽은 문장들은 자신이 읽었던 일본어 소설 중 손에 꼽을 수 있을 만큼 탁월하게 아름다웠다고 했습니다. 그러면서 제게 북한으로 간 김사량이 한국어로 발표했던 작품에 대해 물었고, 저는 김사량이 북한에서 겪었던 비극적 삶과 문학의 변화에 대해 꽤 긴

시간 설명했습니다. 사라는 나중에 한국어와 일본어로 쓴 김사량 문학을 유럽에 어떻게 번역하고, 소개하는 것이 좋을지에 관한 이야기를 더 깊이 해보고 싶다고 했습니다. 가능하다면, 공동연구도 해보면 좋을 것 같다고 했습니다. 사라는 긍정적인 성격으로 밝고 적극적인 사람입니다. 먼저 묻고, 의견을 듣고 나누는 것을 좋아하는 학자입니다. 긍정성과 적극성은 학자가 가져야 할 가장 중요한 덕목 중 하나인데, 저는 한국에서 그런 면모를 갖춘 학자를 만난 적이 거의 없습니다. 그런 면에서 사라는 제게 새로운 학자의 유형을 보여준 친구입니다. 사라의 톤 높은 목소리는 사람들을 즐겁게 합니다.

반면, 야콥은 조용한 편입니다. 한국식으로 말하자면, 속정이 깊은 사람이라고 할 수 있을 것 같습니다. 야콥은 중국과 대만에서도 주목하는 세계적인 고전문학 연구자입니다. 그는 50대 초반에 이룬 성과라고 할 수 없을 만큼 어마어마하게 좋은 연구들을 많이 했다고 합니다. 이 나라에서 최고의 권위를 자랑하는 슬로베니아 학술원에서 매년 선정하는 '최고의 학자'에 최근 3년 연속 뽑히기도 했습니다. 하지만 그런 배경을 모르고 본 야콥은 그냥 좀 말수가 적은 중년 아저씨입니다. 털털하고 잘 웃지만, 먼저 이야기를 하진 않는 편입니다. 야콥은 저를 늘 '강병융 선생님'이라고 또박또박 부릅니다. 저를 부를 때, 성과 이름까지 다 포함해서 말하고, 심지어 그 뒤에는 한국어로 '선생님'까지 붙입니다. 다른 동료들이 '강 교수 (Professor Kang)' 혹은 제 이름의 마지막 자를 따서 그냥 '융(Yoong)'이라고 부르는 것과는 정말 대조적입니다. 저는 그의 또박또박한 발음이 참 듣기 좋습니다. 언젠가 야콥에게 그렇게 풀 네임으로 다 부르지 않아도 된다고 했지만, 본인은 존중의 의미를 담고 싶다고 했고, 제가 불편하면 멈추겠지만, 저만 괜찮다면 본인은 그렇게 부르고 싶다고 했습니다. 제 이름을 또 박또박 부르면서 상대방에 대해 더 깊게 생각하게 된다고 했습니다. 야콥은 다른 동료 교수들에게도 꼭 존칭을 사용했습니다. 슬로베니아에서는 정말 흔치 않은 일입니다. 하지만 그의 존대가 저를 불편하게 한 적은 없습니다. 항상 예의를 지켜주는 모습이 더 좋아보였던 것이 사실입니다. 나에 대한 상대방의 존중이 느껴질 때, 나의 자존감을 높아지기 마련입니다. 연구실 밖에서 배우기 어려운 것들을 이 작은 연구실 안에서 배웁니다. 야콥의 중저음은 마음을 차분하게 만들고 정신을 맑게 합니다.

오늘은 그런 야콥의 존칭을 들을 수 없을 것 같네요. 연구실에서 그가 보이지 않습니다. 연구실 문을 열자, 사라가 환하게 웃습니다. 간단히 인사를 나누고 제 자리에 앉습니다. 사라가 메일을 쓰는지 경쾌하고 빠르게 자판을 두드리는 소리가 들립니다. 저 역시 자리에 앉아 컴퓨터를 켭니다. 창을 통해 따뜻한 봄날이 연구실 안까지 느껴집니다. 포근한 빛이 연구실에 소복이 쌓여 있는 것이 느껴집니다. 타이핑 소리가 잠시 사라지고, 사라의 목소리가 들립니다. "봄철의 곰이 생각나지?" 저는 씨익 웃을 수밖에 없습니다. 사라는 그렇게 제가 딱 알 만한 비유들만 골라서 할 줄 압니다. 저는 웃으며, "무라카미 하루키(村上春樹)!《노루웨이노모리(ノルウェイの森)》!" 사라는 뒤도 돌아보지 않고, 빙고를 외치며 하던 일을 계속합니다.

그렇습니다. 저는 봄철의 곰만큼 이 공간이 좋습니다. 봄날 학교에서 만난 사람들이 좋습니다.

학생들을 좋아합니다

'한국문학개론(Uvod v korejsko književnost) 2'가 오늘 제가 가르칠 과목입니다. 한국 문학의 전반적인 내용에 대해 이야기를 나누는 시간입니다. '한국문학개론 1'은 지난 학기에 이미 가르쳤고, 이번 학기에 수업을 듣는 학생들은 한국학을 전공하는 학생들 중에 이미 '한국문학개론 1'을 이수한 학생들입니다. 타전공 학생들이 있긴 한데, 모두들 한국어 실력이 중급 이상이면서 '한국문학개론 1'을 이미 수강한 학생입니다. 그 중 90%이상의 수강생이 한국학을 전공하는 2학년 학생들입니다. 항상 모든 학생들이 차별 없이 대하려고 노력하지만, 개인적으로 2학년 2학기 학생들이 가장 편하긴 합니다. 학생들 앞에서 마음이 편해진다는 뜻입니다. 한국어도 제법 해서 한국어로 대화도 나눌 수 있고, 신입생들에게 느껴지는 어수선함이 없어서 좋습니다. 차분하게 학교생활을 즐기고 있는 것이 느껴지는 학년입니다. 3학년들처럼 졸업논문이나 취업, 진학이나 유학에 대한 고민이 덜 보여서 가르치는 제 입장에서도 편하고 더 좋습니다.

지난 학기에는 한국문학사를 전반적으로 훑었고, 이번 학기에는 한국 현대문학사를 대표할 만한 작가들을 선정해 이야기를 나누고 있습니다. 중고등학교 때 한국 문학을 배운 학생들이 아니고, 심지어 대학 입학 전에는 한국어를 읽지도 못했던 학생들도 많습니다. 또, 과목명처럼 '개론'이니만큼 깊이 있는 강의는 쉽지 않습니다. 다만, 최대한 학생들의 의견과 생각을 이해하고 공유하려는 편입니다. 문학을 통해 문화를 배우고, 문화를 통해 문학을 배우는 과정이 모두에게 즐겁길 바라며 수업을 진행합니다.

강병융

문학은 그런 것이라고 생각합니다. 작품을 통해 생각을 공유하는 것, 바로 그것에 충실하려고 노력합니다. 문학에 대해 이해할 수 있는 가장 좋은 방법은 작품을 읽는 것이죠. 그래서 저는 학생들이 한국 문학 작품을 한 편이라도 처음부터 끝까지 읽고, 그것에 대해 생각하길 권합니다.

1학기 수업의 하이라이트는 '시조 쓰기'라고 할 수 있을 것 같습니다. 시조의 역사를 얘기하고, 고어로 쓰인 시조 대신, 주로 현대 시조들을 소개합니다. 아무래도 현대 시조가 아직은 한국어가 서툰 학생들이 이해하기 쉽기 때문입니다. 학생들이 스스로 이해할 수 있는 아름다운 시조를 소개하려고 노력합니다. 지난 학기에는 이호우 시인의 〈개화〉를 소개했습니다. 시조는 천천히 두 번씩 읽어줍니다. 그랬더니 학생들은 꽃이 피는 순간이 눈앞에 보이는 것 같다면서 꼭 번역을 해보고 싶다고 했더군요.

꽃이 피네 한 잎 한 잎 한 하늘이 열리고 있네.
마침내 남은 한 잎이 마지막 떨고 있는 고비
바람도 햇볕도 숨을 죽이네 나도 아려 눈을 감네.

낭독을 했습니다. 처음 읽었을 때는 학생들의 반응이 썩 좋지 않았습니다. 하지만 두 번째 읽었을 때는 학생들도 저도, 아무도 시키지 않았지만 마지막 순간에 함께 눈을 지그시 감았습니다. 그리고 몇몇은 '한 잎', '한 잎'을 반복했습니다. 우리는 함께 꽃이 피는 순간을 상상하고 있었겠지요.

저는 이것을 문학적 교감이라고 믿습니다. 같이 읽고, 같이 느끼는 것! 하지만 시조 감상을 좋아하던 학생들도 막상 시조를 직접 써보라고 하면,

표정이 갑자기 어두워집니다. 자신들의 한국어 실력으로는 어림없는 일이라고 생각하기 때문입니다. 하지만, 서너 명이 한 팀이 되어 써보라고 하면 제법 즐겁게 시조 쓰기를 해냅니다. 자작 시조를 읽어보라고 하면 또박또박 한국 시조처럼 읽습니다. 운율의 힘을 알고 있는 것이죠. 소재도 다양합니다. 한국 아이돌에 관한 시조는 매 학기 빼놓지 않고 나옵니다. 슬로베니아 자연도 주요 소재 중 하나입니다. 심지어 한국의 '아재 개그'에 관한 시조를 쓴 학생들도 있었습니다. 저는 슬로베니아 학생들이 시조를 쓰는 모습을 보면서, 그들이 쓴 시조를 들으면서, 또 그들의 시조를 다시 읽으면서 문학적 교감을 합니다. 가르치면서 배울 수 있는 순간입니다. 지난 학기에는 한 팀이 귀여운 방식으로 시조 쓰기의 어려움을 토로한 적도 있습니다.

> 선생님 이런 거 어려운 거 그만 시키세요.
> 선생님 이런 거 우리는 아직 잘 못해요.
> 선생님 이런 거 자꾸 시키면 도망갈 거예요.

다행스럽게도 아무도 도망가진 않았습니다. 학생들의 시조를 읽은 뒤, 칭찬을 잔뜩 했더니 앞으로도 계속 써봐야겠다고 하더군요. 학생들이 웃었습니다. 저도 물론 웃었죠. 저는 더는 시키지 않을 테니 도망만은 가지 말아달라고 애원했습니다. 또 학생들이 웃었습니다. 저도 함께 웃었고요. 그 교감이 문학적이어도 좋고, 그냥 웃음에서 그쳐도 좋습니다. 그 매개가 '문학'이라는 사실에, 또 한국어라는 사실에 감동을 하면서 그 순간을 즐깁니다. 그리고 웃음을 함께 나눌 수 있다는 사실이 고맙고, 또 행복합니다.

강병융

이번 학기에는 매주 단편 소설을 한 편씩 읽고 이야기를 나누고 있습니다. 지난주에 김승옥의 〈무진기행〉을 읽어오라고 했는데, 얼마나 많은 학생들이 읽었을지 모르겠습니다. 한국 단편소설 중에 슬로베니아어로는 번역된 작품은 없습니다. 하지만 영어로 번역된 작품들을 꽤 있습니다. 단편선집들도 있고요.

강의를 듣는 학생들은 매주 한 작품씩 영어로 읽고 있습니다. 한국문학을 다루고 있지만, 수업에 주로 사용하는 언어는 영어입니다. 제가 슬로베니아어에 능통하지 못해 슬로베니아어로 강의를 하는 것은 불가능한 일입니다. 한국어로 수업을 하는 것은 학생들에게 큰 부담이 되고요. 서로의 모국어가 같았다면, 좋았겠지만 그렇지 않은 경우, 영어로 수업을 하는 것도 나쁘지 않다고 생각합니다. 학생들과 영어로 대화를 나누면 공평해지는 느낌이 듭니다. 사람들은 언어를 제대로 구사하지 못하면, 쉽게 어린아이 취급을 하곤 합니다. 하지만 발음이 서툴고, 표현이 부족할 뿐이지 사고의 깊이는 모국어를 쓸 때와 변함이 없음에도 그것을 간과하는 것이죠. 그런 까닭에 저 역시 저도 모르게 학생들이 한국어로 이야기할 때는 그들을 어린이 다루듯이 합니다. 제가 어설픈 슬로베니아어로 말을 할 때, 학생들도 그런 느낌을 받겠지요. 반면, 서로 영어로 소통하면 '언어의 중간 지대' 같은 곳에서 만나는 느낌입니다. 모국어에 비해 표현은 투박해질 수밖에 없지만, 영어는 제게도, 학생들에게도 외국어인 까닭에 언어적 우위를 점하는 쪽이 없습니다. 그래서 더 솔직하고 직설적으로 의견을 주고받을 수 있습니다. 저는 그것이 좋습니다. 말로 상대를 지배하는 것은 싫습니다. 언어로 상대방보다 우위에 서고 싶진 않습니다. 아니 그 무엇으로도 상대방, 특히 학생들보다 우위에 서고 싶진 않습니다.

오늘은 열아홉 명의 학생이 앉아 있네요. 한국학 전공 학생이 스무 명이고, 이 수업을 듣기 위해 다른 학과에서 온 학생이 두 명이니 대부분 참여한 셈입니다.

제가 김승옥의 〈무진기행〉을 다 읽었냐고 물으니 대부분 고개를 끄덕입니다. 사실 이 작품은 〈해리포터〉와 비슷한 것 같다고 말하자, 몇 명이 피식 웃습니다. 〈무진기행〉의 '윤희중'이 '해리(Harry)'다, '무진'이 바로 '호그와트(Hogwarts)'라고 할 수 있지 않냐고 하자, 학생들은 영 이해할 수 없다는 표정으로 저를 빤히 봤습니다. 해리가 호그와트에 가서 마법을 배우고, 업그레이드가 된 것처럼 윤희중은 무진에 가서 인생을 깨닫고, 업그레이드가 된 것 아니냐고 했더니, 몇 명은 고개를 끄덕이며 알겠다는 표정으로 웃습니다. 몇 명은 어이가 없다는 듯 한숨을 쉬기도 합니다. 몇 명은 여전히 고개를 갸우뚱거립니다. 이미 배운 것처럼 소설이라는 것은 "떠나서 깨닫고 돌아오는 과정"을 기록하는 것이라고 했더니 한숨은 사라지고, 갸우뚱했던 고개들도 서서히 원래 자리로 돌아옵니다. 〈무진기행〉도 〈해리포터〉도 그 과정을 그린 소설이다. 결국, 소설은 여기서나 저기서나 다 소설일 뿐이다. 소설은 소통의 예술이라 그 소통을 위해선 보편성이 필수적이다. 〈무진기행〉을 통해 소설의 보편성을 느꼈는지 모르겠다고 묻자, 학생들이 하나 둘씩 입을 열기 시작합니다. 제 시시껄렁한 이야기를 들은 학생들은 자신들이 읽었던 이반 찬카르(Ivan Cankar), 보리스 파호르(Boris Pahor)와 같은 슬로베니아 문학의 거장들을 거론하며 동의하기도 하고, 부연하기도 합니다. 물론, 반대하기도 하고요.

그렇게 김승옥을 통해 더 많은 소설 이야기가 펼쳐집니다. 학생들이 펼쳐놓은 새로운 이야기의 장이 김승옥의 이야기만큼이나 흥미롭고 다

강병융

채롭습니다. 그리고 아름답기까지 합니다. 저는 이런 분위기가 좋습니다. 이야기로 이야기를 하는 분위기, 문학 위에서 표현된 빛나는 감정을 느낄 수 있을 때, 보람이라는 것을 느낍니다. 그리고 반성도 합니다.

오늘도 가르치러 와서 배우고 가겠구나!

물론, 학생들은 저랑 이야기를 오래 하는 것을 좋아할 리 없겠지만, 미안하게도 저는 이렇게 함께 이야기하는 것이 너무 좋습니다. 무엇이 좋은지 뭐라고 꼬집어 말하기 어렵습니다. 이렇게 더불어 할 수 있는 것 자체가 너무 좋습니다. 얼마나 좋은지도 말하기 어렵습니다.

마치, 안개와 같다고나 할까요? 안개와 같이, 손으로 잡을 수 없으면서도 뚜렷이 존재합니다. 얼마나 많은지 가늠하기도 어렵죠. 직접 느껴봐야 안개가 무엇인 줄 알 수 있는 것처럼, 제가 수업 시간에 느끼는 그 좋음도 그 안에 존재할 때 비로소 느낄 수 있는 것입니다.

에스프레소를 좋아합니다

강의가 끝나면 커피가 생각납니다. 커피 향이 맴도는 공간에서 학생들이 했던 말들을 다시 떠올리는 것을 좋아합니다. 그리고 제가 강의실에서 했던 말들은 최대한 잊으려고 노력합니다. 커피와 함께 넘겨버리려고 합니다. 가르치러 가서 오늘은 또 무엇을 배웠는지 곱씹습니다.

저는 혼자 마시는 커피를 좋아합니다. 혼자 마시는 커피가 가장 맛있습니다.

오늘도 강의를 마치고, 연구실이 아닌 단골 카페에 향합니다. 급한 일이 없으면, 업무가 밀려있지 않으면, 항상 이 루틴을 따릅니다. 일상의 반복을 즐긴다는 것은 항상 행복하다는 뜻이니까요. 그렇습니다. 저는 행복한 일상의 루틴이 깨질까 두렵습니다. 따뜻한 오후, 추억이 담긴 산책, 만나면 반가운 얼굴들, 함께 이야기하고 생각을 나눌 수 있는 사람들 그리고 혼자 있는 향기로운 시간 같은 것들이 사라질지도 모른다는 생각을 하면 무척 두렵습니다.

인문대학 후문으로 나와 류블랴나차 강가 쪽으로 걷다보면, 시립 박물관이 만날 수 있습니다. 그 앞에서 오른쪽 좁은 골목길로 들어가면, 아주 작은 카페가 하나 있습니다. 너무 작아서 잘 눈에 띄지 않을지도 모릅니다. 하지만 커피 향이 너무 좋아서 그냥 지나치긴 쉽지 않습니다. 눈이 아닌 코로 발길을 멈추게 하는 곳입니다. 그곳이 제가 자주 찾는 카페, '베테르(Veter)'입니다. 슬로베니아어로 '바람(wind)'이라는 뜻인데, 이상하게 이 카페에 오면, '바람(wish)'이 떠오릅니다. 행복한 기분으로 커피를 즐길 수 있는, 아무런 변화의 바람(wind)이 없이 차분하고 행복한 이런 일상이 유지되는 곳이 바로 베테르입니다. 그리고 그것이 유지되길 원하는 것이 바로 제 바람(wish)입니다. 혼자 커피를 마시러 나가면서 아내에게 이렇게 말하곤 합니다. 바람 좀 피고 올게. 그러면 아내는 대수롭지 않다는 표정으로 바람이나 맞지 말고 다니라고 응수합니다. 카페 '바람'은 집에서도 멀지 않고, 학교에서도 멀지 않습니다. 그래서 바람처럼 오다가다 자주 들리는 곳입니다. 방학 때, 가끔 한국에 가면, 그리워지는 곳 중에 하나가 '바람'입니다.

커다란 나무문을 밀어 열고, 오늘도 작은 카페 안으로 들어갑니다. 종업원에게 인사를 건네고, 저는 늘 앉던 창가 구석 자리에 앉습니다. 이 카페에서 일하는 그 누구도 제게 주문을 받으러 오지 않습니다. 먼저 말을 걸기 전까지는 아무도 제게 말도 걸지 않습니다. 하지만 누군가는 제가 원하는 '브라질 산토스' 에스프레소를 갖다줍니다. 수년간 같은 자리에 앉아 같은 커피만 주문하고 마셨더니 카페 주인은 물론이고, 아르바이트생까지 다 제 취향을 압니다. 새로운 아르바이트생이 와도 예외 없이 같은 커피를 내려줍니다. 가끔은 다른 커피를 마시고 싶지 않냐고 묻는 사람도 있습니다. 그런데, 저는 다른 커피를 마시고 싶은 마음이 전혀 들지 않는 사람입니다. 그저 같은 커피를 마시면서, 마실 때마다 가본 적도 없는 브라질의 산토스(Santos) 항구를 상상하는 사람입니다. 왠지 따뜻한 바닷바람이 느껴집니다. 온화함을 담은 바닷바람이요. 그 바람을 상상하며, 과하지 않지만 충분히 매력적인 커피향을 음미합니다. 산미가 강하지 않고, 적당히 쓴맛을 즐깁니다. 무엇보다도 에스프레소의 깔끔한 뒷맛을 좋아합니다. 혀에서는 금세 사라지지만, 뇌에 오래 남아 맛의 기쁨을 느끼게 해주니 중독되지 않을 수가 없습니다. 다른 커피를 마실 이유가 사라집니다.

오늘 수업 시간에 한 학생이 이런 말을 했습니다. 〈무진기행〉의 여성 캐릭터 때문에 "너무 너무" 읽기가 힘들었답니다. 그 학생은 "너무(very)"라는 말을 두 번 반복하면서 미간을 강하게 찌푸렸습니다. 저는 김승옥도, 하인숙도 대변하지 않았습니다. 하인숙의 성별은 중요한 것이 아닐지도 모른다고 말하지 않았습니다. 윤희중의 '알터 에고(Alter ego)'가 하인숙일지도 모른다는 말도 하지 않았습니다. 윤희중이 자신의 또 다른 자아를 보고 무언가를 깨달았을지 모른다는 말도 하지 않았습니다. 윤희중이 하인숙이 될 수 있고, 그 반대여도 상관없는 이야기일지도 모른다는 제 생각은 표현하지 않았습니다. 혹시, 그 학생이 한 번 더 묻게 된다면, 그 때는 이런 이야기를 할지도 모르겠습니다. 저는 학생의 질문을 듣고, 대답 대신 고개를 끄덕였습니다. 생각이 흘러넘칠 때는 그냥 두는 것이 좋다고 믿습니다. 생각의 길은 물길이 아닙니다. 인위적으로 갑자기 바꿀 수 있는 것이 아니라고 생각합니다. 남에게 해를 끼치는 생각이 아니라면, 잠시 흘러가게 두어도 좋습니다. 그 학생을 생각하니 얇은 미소가 퍼집니다.

에스프레소의 매력적인 쓴맛이 목을 넘어가, 입안에 쓴맛 대신 깔끔함이 맴돌 즈음 '바람'에서 나왔습니다. 로마 시대 때부터 있었던 좁은 골목길을 천천히 걷습니다. 울퉁불퉁한 돌바닥을 걷는 재미가 있습니다. 집으로 가는 길, 강바람이 적당해 좋습니다.

커피를 한 잔 마신 후라 더 기분이 좋습니다. 여전히 류블랴니차 강은 흐르는 듯 마는 듯 고요합니다. 저 멀리 성 위에서 펄럭이는 깃발을 다시 보니 더 반갑습니다.

그렇습니다. 저는 한 잔의 커피를 좋아합니다. 에스프레소를 마시며 잠시 머물고 생각하는, 에스프레소 잔처럼 이 '작은' 시간을 즐깁니다.

딸이 문을 열고 저를 부르네요.

강병융

아빠!

아빠의 오늘

아빠는 정말 '오늘'을 좋아한다.

아빠는 오늘도 '오늘'과 함께 무균의 방에 있었다.

늘 그렇듯, 아빠는 오늘도 '오늘'로 여행을 떠났다.

아빠는 하루 종일 그 깨끗한 방에서 나오지 않았고, '오늘' 속에 머물렀다.

'오늘' 속에서 이제는 볼 수 없는 엄마를 만났을 것이고, 이제는 걸을 수 없는 낯익은 거리를 걸었을 것이다. 그토록 좋아했던, 매력 없는 학교 건물에 갔을 것이고, 학교에서 이제는 화면으로만 만날 수 있는 사람들을, 화상 회의에서나 볼 수 있는 동료들을 만나 밝게 웃었을 것이다. 건물 안, 계단을 오르내리며 좋아했을 것이 뻔하다. 이미 30년 전부터 할 수 없게 된 대면 강의를 했을 것이고, 학생들을 만나, 그들의 표정을 보며 분명히 행복해했을 것이다. 강의가 끝난 후 단골 카페에서 에스프레소를 마셨을 것이다. 더 이상 갈 수 없는 브라질을 상상하며 커피를 맛있게 마셨을 것이다. 그리고 집으로 돌아오면서 강바람에 행복을 느꼈을 것이다. 어쩌면 그 '오늘' 속에서 과거의 나를 만났을지도 모른다.

아빠에게 그 '오늘'을 선물한 것은 나였다.

'오늘'을 즐길 수 있는 무균의 방에서 아빠는 항상 행복해보였다.

아빠가 그 깨끗한 방에서 밖으로 나오지 않은 지가 벌써 10년이나 되었다.

10년 전, 2040년 엄마가 돌아가셨을 때, 아빠에게 우울증이 찾아왔다. 엄마는 인간은 환갑까지만 살면 그것으로 족한 줄 알아야 한다고 자주 말해왔고, 아빠는 그 말이 정말 듣기 싫다고 입버릇처럼 말했는데, 나는 그 둘이 그렇게 티격태격 하는 모습이 너무 귀여웠다. 그런데, 엄마는 정말 환갑이 되던 해에 세상을 떠났다. 엄마의 생일인 5월이 되기 전에 눈을 감았으니 환갑의 축하도 받지 못한 채 떠난 것이다.

봄이었다. 죽기 직전까지 건강했던 엄마는 거짓말처럼 아침에 눈을 뜨지 않았다. 지병도 없었고, 전염병 때문도 아니었다. 엄마는 평소에도 잘 때 거의 움직이지 않았기 때문에, 아빠는 세상을 떠난 엄마를 바로 알아채지 못했다. 새벽에 읽어나 서재에서 책을 읽던 습관 때문에 아빠는 엄마가 숨을 멈췄던 순간, 아무것도 하지 못했다며 꽤 오랜 기간 자책했다. 엄마가 세상과 작별하던 그 시간에 책이나 읽고 있었던 자신이 너무 싫다고 했다. 그리고 그 후로 서재의 책들을 다 버리고, 책을 읽지 않는 문학 선생이 되어버렸다.

엄마의 떠나는 길은 힘겹지 않았지만, 아빠의 남은 시간들은 그때부터 힘겨워지기 시작했다.

전염병 'Dπ(디파이)'가 세상을 바꾼 2020년부터 엄마, 아빠는 언제나 함께했다. 비유적인 의미의 '함께'가 아닌 정말 24시간을 함께 지냈다. 원

강병융

래 두 사람은 여느 부부들보다 가까운 사이였지만, 2020년 이후부터는 더 가까운 사이가 되어버린 것이다. 그러다 딱 20년 만에 엄마가 먼저 세상을 떠났다. 나이 예순에 세상을 떠난다는 것이 지금은 너무 생경한 일이지만, 아빠의 할아버지 시절까지만 해도 비교적 당연한 것이라고 했다. 하지만 아빠의 할아버지도 여든이 넘은 연세에 돌아가셨다는 것을 알게 되었을 때, 엄마의 죽음이 왠지 억울하게 느껴졌다.

디파이의 시대가 온 2020년 이후 세상은 많이 변했지만, 엄마와 아빠는 한결같았다. 우리 가족의 삶도 크게 변하지 않은 느낌이었다. 적어도 엄마가 세상을 떠나기 전까지는 그랬다. 아마도 아빠의 직업적 특성상 수입이 줄지 않았기 때문이었을지도 모른다.

엄마, 아빠 모두 만나는 사람이 원래 많지 않았다. 한국에서도 그랬고, 슬로베니아에서도 그랬다. 하지만 많지 않은 친구들을, 그 인연들을 소중하게 생각했다. 아빠는 작지만 소소한 행복을 누릴 줄 알아야 한다고 말한 하루키를 인용하며 행복론을 펼쳤고, 엄마는 이에 동의했다. 엄마, 아빠는 일상의 행복을 즐길 줄 알았다. 맛있는 과일을 먹으면서 도가 넘게 행복해했고, 이웃과의 진심어린 인사를 받고 하루 종일 즐겁게 보낼 줄 아는 사람들이었다. 디파이의 세상이 온 뒤, 두 사람은 아름다웠던 일상을 추억하며 행복을 유지했다. 그리고 새로운 일상에도 조금씩 적응하려 했다. 하지만 엄마가 죽은 뒤 모든 것이 변하기 시작했다.

감정의 기복이 심하지 않았고, 매사 긍정적이었던 아빠에게 엄마의 죽음 후에 찾아온 우울증은 체화되지 않은 외국어처럼 어색했다. 엄마가 있을 때, 잘하던 온라인 강의에도 염증을 느끼기 시작했다. 사람을 직접 보지 않고 하는 교육은 교육도 아니라며 한탄을 하기도 했다. 결국 아빠는 남들보다 빠르게 퇴직을 했다.

엄마가 갑자기 떠난 후 생긴 우울증임이 확실했지만, 아빠는 그걸 인정하지 않았다. 그걸 인정하면 스스로 더 힘들어질 수 있다는 사실을 알았던 것이다. 그냥 세상이 답답해서 점점 내적 그리고 외적 기운이 소멸되고 있는 것이며, 그건 그저 늙어가는 과정이라고 보면 된다고 말하곤 했다. 아빠는 언제나 쉬운 것을 어렵게 말하고, 어려운 것은 쉽게 설명해 줬는데, 그걸 스스로 자신의 '직업병'이라고 말했다. 아빠는 원래 자신의 직업에 걸맞게 잘 말하고, 잘 듣는 사람이었다. 적어도 엄마가 세상을 떠나기 전까지는 그랬다. 바뀐 세상에도 비교적 잘 적응하는 기성세대였다.

2020년, 세상이 바뀌었다.
디파이가 세상에 창궐했다.
그야말로 디파이는 창궐했다.

아주 세차게 일어났다.
걷잡을 수 없이 퍼졌다.

그해 크리스마스에 미국에서 최초로 디파이가 발견되었을 때, 이 전염병이 세상을 송두리째 바꿀 거라고 상상한 사람은 아무도 없었다. 2021년 1월부터 수많은 사람들이 죽어나갈 때도, 전염병이 전 세계로 뒤덮었을 때도 각국 지도자들은 몇 개월 안에 백신과 치료제를 만들 거라고들 떠들며, 조용히 기다려달라고 했다.

'잠시'라는 주관적인 시간 동안 정말 많은 사람들이 죽었다. 사람들은

강병융

기다림에 지쳐 죽어갔고, 죽으면서 해결책을 기다리는 사람들도 많았다. 사람들은 30년이라는 '잠시' 동안 기다렸다. 하지만 지금까지 근본적인 해결책은 나오지 않았다.

여전히 디파이는 살아 있다.
여전히 사람들은 죽어가고 있다.

면역의 '주변부(π, periphery)'부터 '절단(Disconnect)'한다는 뜻에서 지어진 병명인 '디파이'는 사람의 면역 체계를 제거하는 병이다. 과일의 껍질을 벗겨내듯, 면역력을 하나씩 벗겨냈다. 면역의 껍질이 다 벗겨진 사람은 더없이 초라한 존재가 되었다.

디파이는 인간 면역의 갑옷을 다 벗겨냈지만, 면역이 다 사라진 후에도 아무런 병이 걸리지 않으면, 그 사람은 죽지 않았다. 디파이는 사람들을 절대 직접 죽이지 않았다. 사람을 직접 죽이지 않는 병 때문에 많은 사람들이 죽어갔다. 디파이에 전염된 사람들은 갖고 있는 지병으로 혹은 면역 기능을 완전히 상실한 상태에서 다른 병에 걸려서 죽었다. 디파이로 파괴된 면역 체계를 뚫고 들어온 다른 병을 고치기 위해 병원을 찾았다가 또 다른 병에 전염이 되어 죽는 경우도 많았다. 디파이가 걸린 줄 모르고 면역 체계가 없는 상태에서, 감기와 같은 가벼운 병에 걸린 친구들을 만나 감기를 얻어 죽는 경우도 있었다. 감기를 전한 친구는 디파이를 걸려 또 죽었다. 디파이는 인간의 면역을 한 겹, 한 겹 벗겨내며, 삶에 침투했다.

그 병은 세상의 인간관계도 주변부부터 절단하기 시작했다. 사람들은 사람들을 만나는 일을 두려워하기 시작했다. 사람들은 공기가 떠도는 밖으로 나가기를 무서워했고, 혹은 두려움을 극복하기 위해 용기를 내어 밖에 나갔다고 영영 돌아오지 못하는 경우가 많았다. 결국, 대부분의 사람들은 가족을 제외한 모든 관계를 가상의 세상에서 유지해야 했다.

모든 장소는 점점 무균실화 되었다. 외출이 없는 세상, 무균실 같은 실내는 2020년 이후에 태어난 인류에게는 놀랄 일이 아니었지만, 그 전 세대들에게는 적응하기 힘겨운 현실이 아닐 수 없었다. 기존에 진리처럼 존재했던 것들이 하나 둘씩 사라지기 시작했다. 제일 먼저 대학이 물리적인 문을 닫았다. 교육은 필요했지만, 교육을 위해 사람들을 만날 이유는 없어졌다. 의대, 공대 등 몇몇 전공을 제외하곤 지상의 교실들을 다 폐쇄했다. 가상의 강의실이 문을 열기 시작했다.

대학에서 근무했던 아빠도 더 이상 학교에 갈 수 없었다. 갈 건물이 사라져버렸다. 여전히 교수였고, 강의를 했으며, 연구를 했고, 심지어 학술대회에 논문도 발표했지만, 학교에 갈 순 없었다. 학교가 사라진 뒤, 상점들이 지상에서 사라지기 시작했다. 거리는 고요해졌다.

"거리를 걷기도 했었지."라는 말은 문학적인 표현이 되어버렸다. 사람들은 그 말을 그런 일이 있었던 적이나 있나, 라는 의미로 사용했다. 그때까지도 아빠는 긍정적이었다. 긍정적인 척했을지도 모르겠다. 엄마가 있었기 때문이었는지도 모르겠다. 아빠는 곧 나아질 거라고 했다. 화면을 통해 학생들에게 디파이 이전 시대의 긍정성을 말했다. 물론, 그렇게 믿는 사람들은 아빠 말고도 많았다. 아빠가 일했던 파란색 건물이 영구적으로 철거된다는 소식을 듣고, 아빠는 눈물을 흘렸다. 자연스럽게 흘러가도록 두면 될 것을 강제로 지워버린다면서 슬퍼했다. 하지만 아빠의 눈물이 절

강병융

망을 의미하진 않았다. 그건 오롯이 슬픔이었다. 그리고 엄마의 위로로 아빠는 다시 긍정성을 찾았다.

2020년 이후에 태어난 사람들에게 디파이 이전 세상은 존재하지 않았다. 그래서 그들에게 그 이전 세상은 거리를 걷는 일처럼 전혀 중요한 것이 아니었다. 하지만 그 이전에 태어난 사람들은 두 부류로 나뉘기 시작했다. 아빠도 그 중 하나를 선택해야 했다. 아빠는 그 분류를 '사람을 만나본 사람'과 '그렇지 않은 사람'으로 구분하는 것 같다고 했다. 그렇게 디파이가 만든 새로운 세계에 빠르게 익숙해지는 사람들과 그것에 저항하는 사람들로 나뉘었다. 하지만 두 부류 모두에게 힘겨운 일이었다. 두 부류 모두에게 필요한 것들이 하나 둘씩 만들어지기 시작했다.

그 중 하나가 '오늘'이었다.

내가 선택한 날로 갈 수 있는 프로그램. 그 프로그램은 무균의 방에 설치되었다. 내가 되살리고 싶은 날을 다시 소환하는 프로그램이 '오늘'이다. 내가 정한 '오늘'을 살게 해주는 가상현실 프로그램. 깨끗하고 안전한 방에서 '오늘'을 즐길 수 있는 날이 온 것이다. 비대면의 세상에서 누릴 수 있는 대면의 세상. 진짜 만나지도 않았으면서, 진짜 만났다고 믿게 해주는 동시에, 영원히 진짜 만나는 것은 불가능하다는 사실을 일깨워주는 프로그램이 '오늘'이다.

나는 아빠를 위해 '오늘'을 선물했다.

예상대로 처음에 아빠는 그런 것은 없어도 괜찮다고 했다.

하지만 '오늘'의 방에 들어간 첫 날, 환하게 웃던 모습을 잊을 수가 없다.

나는 아빠에게 어떤 '오늘'에 다녀왔냐고 물었다. 결혼 기념일 혹은 엄마와 연애하던 시절, 어쩌면 내 생일과 같은 특별한 날을 기대하며 물었지만, 아빠의 대답은 의외였다. 그냥 흔한 '오늘'에 다녀왔다고 했다. 며칠인지 기억도 나지 않는 그런 날에 다녀왔다고 했다. 심지어 한국도 아닌, 슬로베니아의 어떤 '오늘'에 다녀왔다고 했다. 그 '오늘'에서 특별히 맛있는 것을 먹지도 않았고, 특별한 경험을 하지도 않았다면서 웃었다. 그 순간 아빠는 정말 행복해보였다.

그리고 그래서 더 좋았다고 했다. 그리고 웃었다.

일상의 행복을 느낄 수 있어서 더 좋았다고 했다. 그리고 또 웃었다.

2019년의 어느 평범한 봄날에 다녀왔다고 했다.

디파이가 세상을 지배하기 전, 어느 날에 다녀왔다고 했다.

새벽에 일어나 책을 읽고, 엄마와 함께 아침 식사를 하고, 내가 등교하는 것을 보고, 아빠의 직장인 대학에 잠시 갔다가 정오 무렵 다시 집에 와서 엄마와 점심 식사를 하고, 천천히 강변을 따라 걸어서 학교까지 가서, 사람들과 인사를 나누고, 연구실에서 동료를 만나 이야기를 좀 한 뒤, 문학 강의를 하고, 커피를 한 잔 마시며 하루를 돌아본 뒤, 집에 돌아왔다고 했다.

강병융

꼭 2019년이 아니어도 괜찮고, 2018년이어도 괜찮을 그런 날이 다녀 왔다고 했다.

봄이어도 좋고, 가을이어도 좋은 그런 일상을 다녀왔다고 했다.

나는 그런 아빠를 이해할 수 없었다.

수많은 오늘 중에 왜 그런 흔한 '오늘'을 선택했는지.

그리고 그 후로 10년 간 왜 같은 '오늘'을 반복하는지.

다만, 언젠가 아빠에게 꼭 묻고 싶다.

아빠에게 진짜 오늘은 언제인지?

혹, 진짜 오늘이 존재하기나 하는지?

가라앉게 글지령

김미령

김민정

2009년 '재외동포문학상' 소설부문 우수상 수상.
에세이 《엄마의 도쿄》《떡볶이가 뭐라고》, 공저 《소설 도쿄》,
번역서 《가나에 아줌마》《애매한 생활》《사람이 귀엽게 보이는 높이》
《오키나와에서 헌책방을 열었습니다》 등.
일본에서 번역 일을 하며 틈틈이 에세이와 소설을 쓰고 있다.

기자회견장이 소란스럽다. 액정들이 떠다닌다. 기자석에는 사람은 두어 명만 보일 뿐, 대부분의 기자들이 손바닥 사이즈의 분신 로봇을 대신 놓거나, 둥둥 떠다니는 액정 속에 존재할 뿐이다. 그럼에도 불구하고 웅성웅성 소란스럽다. 그렇다. 인간은 언제든 소란스러웠다. 그나마 다행인지도 모른다. 그런 소란스러움이 때로는 인류에게 아니 적어도 그녀에겐 도움이 되는 것 같았다. 50여 년 전처럼.

기자회견장은 인공숲 입구에 세워진 간이천막이었다. 버튼 하나면 건물이 생기는 세상은 아니다. 시간은 크게 단축되었지만 여전히 건물을 짓고 물건을 만들 때는 어딘가 사람 손이 필요하게 마련이었다. 하지만 이 간이천막은 버튼 하나면 단번에 부풀어 오른다. 2032년 대지진이 발생해 수많은 대피 시설이 필요했을 때, 대피소 대용으로 만들어진 것이다. 그 후 더 이상 개발을 하지 않았는지 여전히 그 시절 그 모습 그대로이다. 조금도 나아진 것이 없었다.

리는 이마의 땀을 천천히 닦았다. 손바닥으로 이마를 짚고, 팔꿈치를 테이블 위에 올렸다. 자신이 여든이 넘었다는 사실이 믿기지 않는다. 액정에 비친 저 여자가 과연 자신일까? 나이 먹는 게 서럽다는 사실을 꾸준히 들어온 터였다. 하지만 젊은 시절의 상상 따위는 나이를 먹은 후 온몸으로 느끼는 서러움에 비할 게 못 된다. 액정 저 편의 인공지능들과 인간 기자들, 그리고 이곳의 분신 로봇들이 리의 모든 동작을 확인하며 일제히 글을 써 내려갔다.

기자 자신이 직접 취재를 나오는 일은 극히 드문 시대다. 손바닥만 한 분신로봇이 또는 컴퓨터 속의 인공지능들이 충분히 기자 자신의 문체를 흉내낼 수 있는 시대였다. 어떤 인공지능을 소유했는지가 기자 자신의 자질과 직결되는 문제였다. 기자에게 적합한 인공지능, 그 최첨단은 〈Dπ9-2070 최신버전〉이다. 〈Dπ9〉은 1970년, 그러니까 지금으로부터 100년 전에 쓰여진 어느 소설가의 작품에 나오는 기자의 별칭이라고 한다. 2050년에 등장한 〈Dπ9〉은 이제 기자들의 필수품이 되었다. 그들은 직접 기사를 쓰기보다 〈Dπ9-2070 최신버전〉에게 학습을 시킨 후 기사를 완성시키도록 했다. 수습기자의 루틴은 사람들을 만나 인터뷰를 하고 체험 기사를 쓰거나 선배들을 따라 다니며 일을 배우는 것이 아니라, 아침마다 인공지능을 켜고 자신의 말투부터 익히게 하는 것이었다.

리는 자신이 한때 기자였던 시절을 떠올렸다. 50년 전이다.

2020년 리는 일본에서 기자생활 3년째를 맞이했다. 코로나19로 일본 정부는 도시봉쇄를 코앞에 두고 있었다. 도시를 봉쇄하면 누군가는 출근을 못해 수입을 잃게 된다. 누군가를 가게를 열지 못해 금세 빚덩이에 앉을 것이다. 출근을 하면 감염증에 걸릴 위험성이 커진다. 가게를 하는 사람들은 또 어떤가. 봉쇄를 해도, 봉쇄를 하지 않아도 누군가가 목숨의 갈림길에 서게 되고, 결국 위험을 무릅쓰게 되는 쪽은 가진 것 없는 이들이었다.

편집부 부장, 다카쿠라는 비혼인 리가 취재에 적격이라고 했다.

"아직 30대잖아. 젊은 사람은 괜찮대."

"애도 없는데, 휴교령 때문에 애 있는 사람들은 출근도 못한다고."

"근데, 한국인은 마늘을 먹으니까 괜찮은 거 아냐?"

리는 그렇게 취재로 내몰렸다.

리가 취재에서 만난 어느 대학생은 "우리는 누구나 감염자예요. 증상이 없을 뿐"이라고 했다. 리는 그럴지도 모른다고 생각했다. 동료 소마도 비슷한 소리를 했다. 우리는 그저 세 부류일 뿐이라고. 감염증에 걸린 자, 앞으로 걸릴지 모를 자, 걸렸지만 증세가 나타나지 않은 자뿐이라고 말했을 때, 리는 쉽게 대답하지 못했다. 어설프게 한 번 웃어주었을 뿐이다. 누군가는 감기에 지나지 않는다고 했다. 누군가는 어차피 어르신들은 툭하면 폐렴에 걸린다고도 했다. 오연성 폐렴으로 죽는 사람이 일 년에 몇 년인지 아느냐고 되물은 이도 있었다. 그럴 때마다 리는 눈썹을 살짝 찌푸렸다. 난감했다. 어차피 사람은 죽는데 그 이유가 코로나 19일 뿐인데 그게 뭐 그리 대단하냐는 사람들을 마주했을 때 리는 무슨 말을 해주면 좋을지 알 수 없었다. 게다가 그녀는 기자였다. 애써 인터뷰에 응해준 상대를 뭉개버릴 수도 없는 노릇이다. 어떤 부류로 나누든 사인이 무엇이든 이미 코로나는 너무 많은 사람들을 죽음으로 내몰았다.

2020 도쿄 올림픽 패럴림픽은 연기 되었다. 리가 기자가 될 수 있었던 이유는, 바로 올림픽을 앞두고 있었기 때문이다. 물론 그녀가 한국어와 일본어, 그리고 영어를 구사할 수 있다는 이유도 있었다. 여하튼 당시, 외국인이 일본 언론사의 기자가 되기는 흔한 일도 쉬운 일도 아니었다.

리는 한국에서 대학을 졸업한 후, 일자리를 찾지 못해 일본으로 거점을 옮겼다. 일본의 대학원에 진학한 후, 석사를 따면서 일본 내 한류회사에 몸을 담았다. 2070년 현재 한국이 전 세계의 엔터테인먼트 시장의 절반 이상을 차지하고 있다지만, 당시에도 한국의 아이돌은 전 세계적으로 인기였다. 리는 아이돌의 홈페이지며 팬사이트를 관리하는 일을 담당했다. 일본의 팬들은 얌전한 편이었다. 그럼에도 리가 팬사이트를 관리하는 것을 알게 된 극성스러운 팬들 중에는 리와 친해지려고 괜한 선물을 해오거나, 리가 아이돌 옆에 서 있다가 우연히 사진에 찍힌 것을 보고 칼날을 보내오기도 했다. 리는 직장 일보다 팬들의 극성스러움에 지쳐갔다. 그러다가 우연히 일본의 한 출판사 부장의 눈에 띄어 전직을 하게 되었다. 그녀는 자신이 운이 좋은 케이스라고 생각했다.

리는 잡지 편집부 소속이 되었다. 부장인 다카쿠라는 곧 올림픽이 열릴 것이고, 말할 것도 없이 올림픽 특집이 꾸려지게 될 테고, 그러면 리에게 할 일이 생길 거라고 했다. 다카쿠라는 영악한 사람이었고 리의 인간적인 면모보다 한류스타 붐과 올림픽 지면에 대한 기대 때문에, 성실하다는 리를 채용하기로 한 것이다.

왜 '리포즈의 숲 S1' 입구에서 기자회견을 하는 걸까?

리는 이런 장면을 한두 번 본 것이 아니다. 초기에는 공영방송에서 방영이 되고 시청률도 어마어마했다. 이제 식상한 프로그램이 되었지만 혹여 아는 사람들이라도 등장할까 눈을 떼지 못하는 시청자가 적지 않았다. 평생을 스타로 살아온 한 배우가 이 자리에 서기도 했고, 이제는 이름이 기억이 나지 않는 초등학교 동창이, 또는 왕따를 주도하거나 왕따를 당했던 아이가 주름이 잔뜩 생긴 얼굴로 등장하기도 했다. 가족들에게 자리를 빼앗겨 버린 대기업의 회장이, 길거리에서 오래 지내왔다는 노숙자가 마치 세상은 평등하다는 걸 증명이라도 하려는 듯 이 자리에 섰다. 남겨진 사람들은 리포즈의 숲에 입산하는 이들의 마지막 목소리에 귀를 기울인다. 삶의 저편에 무엇이 있는지가 궁금해서, 또는 첫사랑의 안위를 알 수 있을지도 모른다는 기대감 때문이다.

리포즈의 숲에 입산하기 전에 모든 이들이 기자회견을 했다. 아니 더 정확하게 말하면 그건 기자회견이 아니라, 단순히 주어진 하나의 마이크였다. 마지막으로 한마디를 부탁드립니다. 그런 질문은 주어지지 않았다.

"드디어 여기까지 오셨군요. 행복한 삶을 마무리하실 수 있게 되셨습니다. 축하드립니다. 지금 어떤 심정이십니까?"

마치 복권이라도 맞은 것처럼 사회자는 그렇게 물었다. 어쩌면 복권인지도 모른다. 적어도 3년은 리포즈의 숲에서 원하는 삶을 살 수 있게 된다. 입고 먹고 잠자는 것에 대한 고민이 사라지는 곳이다.

그들은 달아오른 얼굴로 "고맙다"고 답했다.

리는 그들이 유난히 흥분해 있다고 생각했다. 리의 동료였던 소마는 그들이 그 자리에 서기 직전에 흥분제와 안정제를 동시에 맞고 있다고 귀띔했다. 리는 절반은 믿었고, 절반은 믿지 않았다. 그런 소마도 벌써 5년 전에 리포즈의 숲에 입산했다. 소마는 "행복한 삶이라고요? 뭐 그럴 수도 있겠죠. 원하지도 않았는데 주어진 마지막 행운이랄까? 뭐 어쩔 수 없죠"
라는 말을 남기고 사라졌다. 그가 쓸쓸한 웃음을 지었는지 리는 떠오르지
않았다. 그러면 아마 쓸쓸하게 웃었을 것이다. 리포즈의 숲 저편에는 영원
한 생명을 얻은 수마가 아직 숨 쉬고 있을까?

기자회견까지는 30분이 남아 있었다.

"설마! 말도 안 돼!" 또는 "염병할" 또는 "만우절 농담치곤 심하군."

2025년 4월 1일, 티비를 보던 사람들은 입을 다물지 못하거나, 왼손
또는 오른손 손바닥을 어중간하게 펴고 자기도 모르는 사이 입에서 터져
나오는 외마디 비명을 꾹 막았다. 아니 누군가는 실제로 소리를 지르기도
했다.

새롭게 탄생한 총리는 역시나 여당 인물이었다. 그는 말했다.

"이렇게 긴급 기자회견을 열게 된 이유는, 그러니까, 의료 붕괴의 현실
앞에서 국민 여러분, 사회 구성원 모든 여러분께 부탁을 드리고자 함입니
다."

일본 역대 최연소 총리라는 그는 카메라 쪽을 슬쩍 곁눈질했다.

"사실 일본은 현재 가장 큰 국난에 처해 있습니다. 여러분도 아시다시
피, 일본은 고령자가 세계에서 가장 많은 나라입니다. 올해는 베이비붐 세
대가 모두 75세 이상이 되는 뜻 깊은 해입니다. 올해 일본의 75세 이상 고
령자는 2,179만 명으로 전체 인구의 18%를 차지합니다. 한편, 65세 이상
고령자는 3,657만 명으로 전체 인구의 30%를 넘어섰습니다. 그리하여,
저는 오늘, 친애하는 국민 여러분께 당부 말씀을 드립니다. 의료비 지원에
막대한 비용이 드는 바, 3개월 후부터 '가라아게 세'를 도입합니다. 한편,

고령자 여러분들을 위한 '노인세'도 도입을 검토 중입니다."

가, 가, 가라아게 세?

리가 근무하는 편집부 부원들 모두 이마를 찡그리고 헉 하고 뱉었다. 섹시한 국제 리더 3위에 꼽힌 그는 '가라아게 세'를 도입한다고 했다.

"설탕세도 아니고 기름 세네."

소마가 말했다.

'가라아게'란 닭튀김을 말하는 일본어다. 비만 인구가 증가하는 나라들 중에는 설탕이 많이 들어간 음식에 특별한 세금을 붙이는 곳도 있다고 하는데, 일본도 결국 칼을 빼들었다. 그것도 닭튀김에 특별세금을 붙이겠다는 것이다. 일본으로 건너온 한국인들 중에는 치킨 가게를 하는 사람들이 많았다. 결국 이 정책은 한 민족에 대한 도전처럼 느껴졌다. 치킨 한 조각에 앞으로 35%의 세금이 붙게 된다. 1년 후인 2026년에는 가라아게 자숙령, 3년 후인 2028년에는 가라아게 금지령까지 내려질지 모른다고 언론들은 앞다투어 보도했다.

〈서민 음식 치킨, 부유층의 전유물로〉

〈정부의 음모? 운동할 여유 있는 층만 치킨을 먹어라!〉

〈밀가루 판매량 폭증, 이젠 집에서 만든다!〉

〈치킨 맛있게 튀기는 법 10가지〉

그런 기사들이 리의 잡지를 메꾸기 시작했다. 리는 한국 치킨 만드는 법을 기사로 쓰기도 했다. 어떤 일본인들은 이제 해외에서밖에 치킨을 먹을 수 없게 되었다며, 부리나케 한국으로 달려가기도 했다. 하지만, 이 소동은 이렇게 끝나지 않았다.

'7월 1일, 전국 시위! 알립니다! 가라아게를 빼앗길 수 없다 전국 행진'

누군가가 SNS에 그렇게 적었다. 트위터에서도 페이스북에서도 라인과 카톡에서도 리트윗과 '좋아요'가 열풍이었다.

하지만 부가가치세를 높여도, 건강보험료를 높여도, 하다못해 연금을 낮춰도 늘상 조용하던 일본인들이 한낱 가라아게 때문에 밖으로 뛰쳐나오리라곤 아무도 생각하지 못했다. 리 역시 이번 소동 또한 조용히 지나갈 것이라 여겼다. 100명쯤 모이면 다행이라 생각했다. 다카쿠라 부장은 리에게 지시했다.

"리, 다녀와, 맡길게."

"왜 또 제가?"

"'치킨'하면 한국이잖아."

그는 실없게 웃었다. 리에도 따라 웃었다.

치킨하면 한국? 언제부터? 뭐든 일본에서 발생했고 일본 것이 최고라는 사람들이 이럴 때만 한국을 치켜세운다. 리는 굳이 따지지 않았다. 그저 일이 주어지는 것만으로 감사했다.

"요즘 한국과 사이가 안 좋아서 한류 취재가 줄었으니까. 네가 제일 한가해."라고 한 건 소마였다. 다카쿠라 부장과 비교하면 소마는 리의 신경을 건드리는 역할을 자처했다.

"나는 요즘 노인세 취재 때문에 바빠."

소마는 그렇게 말하며 컴퓨터 쪽으로 고쳐 앉았다.

7월 1일, 총리관저 앞에는 역시나 얼마 되지 않은 인원들이 모여, 머뭇머뭇 작은 소리로 "가라아게 세 결사 반대, 서민에게 가라아게를 먹을 권리를 달라"고 외쳤다. 빈자에 대한 차별이라고 부르짖는 이들도 있었다. 리가 세어보니 딱 89명이었다. 마침 그날은 화요일이었다. 그들은 그 자리를 뜨면서 약속했다. 다음 주 화요일에 또 봅시다. 그렇다. 이것이 그 유명한 '화요 데모'의 시작이었다.

매주 화요 데모에 대한 소식이 올라왔다. 리는 매주 현장을 찾아갔다. 첫 시위에 나온 89명 중 열 명이 고정 멤버가 되었다. 그들은 플래카드를 제공하고, 매주 새로운 문구도 제안했다. 하지만 한 달이 지나도록 이렇다 할 성과를 올리지 못하고 있었다.

"큰일이야. 이제 가게 문 닫게 생겼어."

2025년 4월 1일, 일본 최연소 총리의 가라아게 세 발표가 나온 날, 박하귀의 엄마, 윤정옥은 한숨을 내쉬었다.

윤정옥과 박하귀는 지난해 일본으로 건너왔다. 윤정옥은 일본에 오기까지 여러모로 고민을 많이 했다. 아들 박하귀를 한국에서 대학에 보낼 자신이 없었다. 일본으로 간다고 뾰족한 수가 생기는 것도 아니지만, 윤정옥의 여동생 윤미옥의 '성적 스트레스가 그나마 덜하다'는 말을 믿기로 했다. 윤정옥은 윤미옥과 치킨집을 열기로 하고 도쿄의 문을 두드렸다. 한일 관계는 싸늘했지만, 도쿄의 한인타운인 신오쿠보에는 늘 사람들이 넘쳐났다. 윤정옥와 윤미옥은 치킨에 세금을 부과한다는 뉴스에 털썩 주저앉고 싶은 심정이었다. 둘 다 이혼 후, 중고생을 키우는 입장이었다. 학비는 어쩌란 말인가? 무엇을 먹고 살아야 한단 말인가? 당장의 이 가게 월세는? 그러나 윤정옥과 윤미옥의 예상은 빗나갔다. 3개월 후 가라아게 세가 생기기 전에 치킨을 사두려는 사람들이 오후부터 몰려들기 시작했다.

한 마리요! 두 마리! 다섯 마리 주세요! 치킨이 급속도로 바닥이 났다.

윤정옥은 봄방학 내내 집에서 빈둥대던 박하귀의 엉덩이를 툭 찼다.

"이놈 새끼, 공부 안 할 거면, 슈퍼 가서 생닭이나 좀 사오거라."

"아아, 엄마 귀찮아."

"그럼 공부를 하든가! 빨리 안 갈 거면 닭으로 내리친다."

윤정옥은 딱딱하게 냉동된 닭으로 박하귀의 싸대기라도 날릴 듯한 포즈를 취했다. 그제서야 박하귀는 잽싸게 일어나, 윤정옥 왼손에 쥐어진 지폐를 낚아채 '코리안 치킨 히나츠(불의 여름)'을 나왔다.

큰 키의 박하귀가 길을 나서자 수많은 시선이 꽂힌다. 박하귀가 그런 시선들을 모르는 것은 아니었다. 그저 모른 척할 뿐이었다. 그는 여러 번 모 아이돌 그룹의 리더 같다는 소리를 들었다. 어릴 적부터 들어온 말에 그는 딱히 큰 감흥을 느끼지 않았다. 다만 자신이 그렇게 볼품이 없는 것은 아니라는 그 점 하나만은 제대로 알고 있었다.

박하귀는 윤정옥이 자주 가는 한인 마트에 들렀지만, 이미 닭이 떨어진 상태였다. 그는 그 맞은편에 있는 정육마트를 찾아갔다. 조각난 닭고기를 있는 대로 쓸어 담았다. 윤정옥은 토막 난 닭고기를 좋아하지 않았다.

"얘, 지금이야 치킨이라고 하지, 엄마가 어릴 때는 통닭이라고 했어. 통닭. 통으로 다 튀겨야 된다고. 그러니까 통으로 사서 내가 내 맘대로 잘라야지, 잘라진 부위를 사와봤자 의미가 없단 말이야."

그러면서 윤정옥은 통닭을 다리, 날개, 닭봉, 닭목, 가슴살로 나누어 튀겼다. 윤정옥에게는 통닭 한 마리를 자신이 분리하는 것이 하나의 의식이었다. 마치 속죄라도 하듯, 아니 그래야만 더 맛있어진다고 믿는 듯 윤정옥은 통닭을 선호했다. 박하귀는 어머니의 그런 면을 잘 알고 있었다. 박

김민정

하귀는 윤정옥을 보고 가끔 같은 반 김리사를 떠올렸다. 문장을 쓰다가 한 글자 틀렸을 뿐인데 지우개로 다 지우고 처음부터 다시 써야 한다고 주장하는 김리사를. 그런 의식이 그녀들에게 어떤 의미가 있는지 박하귀는 알 수가 없었다.

박하귀는 짧은 한숨을 내쉰 후, 토막난 닭고기를 사들고 '코리안 치킨 히나츠'로 향했다. 박하귀 앞에 '코리안 치킨 히나츠'의 간판이 들어온다. '히나츠라니' 하며 박하귀가 피식 웃었다. 박하귀는 그 단어가 거슬렸다. 박하귀의 이름 중 '하'는 여름을 의미했다. 윤정옥이 아들을 생각해서 지은 이름이라는데, 박하귀에겐 이 또한 도저히 이해할 수 없는 이름이었다. 윤정옥은 여름에 통닭을 튀기고 있으면 불 안에 들어가 있는 것 같다며, "야, 불여름, 어때? 어머, 네 이름에도 여름이 들어가잖아"하며 박하귀가 대답을 하기도 전에 냉큼 치킨집 이름을 정했다.

"엄마는, 불가마도 아니고……."

"짜식, 싱겁긴"

그렇게 말도 안 되는 단어로 윤정옥은 당당하게 간판을 만들었다.

박하귀가 '코리안 치킨 히나츠'의 문을 열고 들어가자 윤정옥과 윤미옥은 이제 오냐고 대충 던지고 박하귀 손에 들린 비닐봉투부터 냉큼 낚아챈다. 가게 안은 냉방을 켜고 있는데도 열기가 가득했다. 한국인, 일본인, 중국인, 베트남인 너나 할 것 없이 모두 치킨만을 기다리고 있다.

"아니, 이게 뭐야? 통닭이 아니잖아!"

"통닭은 벌써 다 나갔대."

"으이구, 그러니까 빨리 갔다 오라고 했지."

윤정옥이 혀를 끌끌 찬다. 박하귀는 콧방귀를 꼈다.

윤정옥과 윤미옥은 서둘러 닭을 양념하고 옷을 입히고 달궈진 기름 통 안에 넣었다. 윤정옥과 윤미옥의 통닭은 딱히 특징이 없는 것이 특징이었다. 치즈를 입힌 것도 아니었고 달콤한 양념을 뿌린 것도 아니었는데 그럼에도 불구하고, 그 특징 없는 무난함 때문에 단골도 많았다.

박하귀는 이렇게 바쁜 시간엔 누가 시킨 것도 아닌데 자연스럽게 계산대를 맡았다. 캐시리스 사회가 되었다고는 하지만 여전히 현금을 선호하는 사람들도 있어서, 박하귀는 오래된 레지를 열었다 닫았다 했다. 윤미옥에 따르면 이전에 분식점을 하던 사람들이 쓰던 것을 물려받았다고 한다. 박하귀의 이모 윤미옥에게는 중학생 딸과 아들이 있었지만, 아이들은 가게에 자주 오지 않았다. 대신 박하귀와 윤정옥은 월세를 아껴보고자 가게에 머무는 중이다. 처음엔 윤미옥과 함께 살았지만 윤정옥은 아무리 자매라도 하루 온종일 붙어 지내는 데는 한계가 있다며 가게로 거처를 옮겼고, 그 후 별 트러블 없이 자매는 사이좋게 지내고 있다.

"야, 박하귀!",

돈을 세던 박학귀의 이름을 부른 것은 김리사였다. 김리사는 최근에 한국에서 전학을 온 학생인데, 딱히 친할 것도 없었다. 그냥 같은 반의 동창이었을 뿐이다.

"장사 잘 되나 보네."

박하귀는 묵묵히 김리사의 눈만 멀뚱히 바라보았다.

김리사는 잔돈을 받고는 가게 문을 열고 나갔다. 그게 다였다. 박하귀도 김리사도 자신들이 총리 관저 앞에 설 날이 오리라고는 꿈에도 생각하지 못했다.

2070년의 에이미 리는, 15분 남은 기자회견 시간을 견디고 있었다. 물을 꿀꺽 들이켰다. 곧 2100년이 온다는데, 아직도 인간은 물을 마시고 밥을 먹어야 살 수 있는 존재이다. 인간의 목숨은 120세까지 늘었다. 그때까지 신체가 건강하고, 두뇌가 정상이어서 내내 일을 할 수 있거나 120세까지 먹고 살 만한 재산을 가졌거나, 아니면 돌봐줄 가족이 있는 한에서만 그 수명을 지속시킬 수 있었다. 혹시나 신체 건강이 망가지거나, 두뇌가 제대로 돌아가지 못하거나, 재산도 없고 돌봐줄 사람도 없다면 더 이상 속세에 있는 것이 허가되지 않았다. 그런 이들은 모두 리포즈의 숲에 총집합 되었다.

누군가는 그곳에 영생이 있다고 했다. 누군가는 120세까지 수행을 하다 가게 되어 다행이라고 했지만, 이곳에 입산하는 이들에게 주어지는 시간은 3년이다. 다만 그 3년 동안은 마치 천국에 온 것처럼 평화롭게 지낼 수 있다고 언론들은 보도했다. 이 모든 것이 노인세 덕분이라고 덧붙이면서. 이곳에 온 사람들은 3년 내에 복권에 당첨되어 남은 생을 살아갈 자본을 축적하거나, 돌봐줄 가족이나 후견인이 문득 나타나게 되는 경우에만 이곳에서 겨우 빠져나가거나 이곳에 더 오래 머물 수 있었다. 아무도 또는 아무것도 나타나지 않는다면 3년 후에 그들을 기다리는 것은 동등한 죽음이다.

흰색 옷을 입은 로봇이 다가왔다. 로봇 액정에는 안정제, 승인, 거부의 '안정제', '승인', '거부'의 글자가 뜬다. 리는 '승인'을 누른다. "정말로 승인하시겠습니까?" 로봇이 묻는다. 리는 이번에는 '거부' 문자를 눌렀다.

"오늘 총리 관저 앞에서는 '가라아게 세' 도입 반대 시위가 열렸습니다. 약 100여 명이 참석했습니다.”

윤정옥과 윤미옥은 가게 벽에 걸린 티비를 보고 있었다. ‘코리안 치킨 히나츠’ 안에는 그녀 둘, 그리고 골방에서 뒹구는 박하귀뿐이었다.

“아이고 적기도 하다.”

윤미옥이 먼저 입을 열었다.

“그러게, 다 먹고살 만한가. 그나마 어제까진 괜찮았는데.”

“언니, 우리가 한 일 년치는 번 거 같아. 지난 석 달 간. 근데 앞으로가 문제다. 이번 달 월세는 또 어쩌지. 근데 일본 사람들은 데모도 참 안 하지. 세금이 35%나 오른다는데.”

박하귀는 휴대폰으로 게임을 하며 듣기만 했다.

박하귀는 혹시나 해서 가라아게 세를 검색해본다. 그는 치킨집을 한다는 사실을 부끄럽게도 생각하지 않았지만 대단하게, 또는 훌륭하다고도 생각하지 않았다. 치킨집 아들이라고 불리는 게 마음에 들지 않았다. 간혹 친구들을 데리고 와서 치킨을 먹이기도 했지만, “어이, 치킨집 아들!”이라고 불리는 건 좀 불쾌했다. 치킨집이 미워서가 아니었다. 박하귀라는 하나의 인간이 아니라, 누군가의 아들, 그것도 엄마의 아들도 아니고, 치킨집이란 가게의 아들이라고 규정되는 것이 마음에 들지 않았다.

‘가라아게 세 도입은 서민들에게서 쉽게 얻을 수 있는 단백질 섭취를 빼앗는 언어도단의 행위’라고 적힌 SNS를 보다가 그는 풋 하고 뿜을 뻔했다. 서민들에게는 맛있는 가라아게를 먹을 권리와 자유가 있다는 글을 보고도 역시나 웃음이 먼저 나왔다. 그에게는 가라아게 세 도입이 그렇게 큰 문제라고는 여겨지지 않았다. 하지만 윤정옥과 윤미옥의 인상을 쓴 얼굴을 보고 있으면, 자신의 미래가 두렵기도 했다. 윤정옥은 지난 석 달 간

모은 돈을 박하귀의 대학 등록금으로 쓰겠다고 했지만, 만일 앞으로 삼 년 간 혹여 버틸 수 없게 된다면……. 박하귀는 등골이 서늘했다.

"매주 화요일 총리 관저 앞에서 가라아게 세 도입 반대 시위를 합니다."라는 글을 박하귀는 눈여겨봤다.

여름 방학 전날 종업식에서 김리사는 방학 자유 연구 숙제로 "가라아게 세 도입에 대한 조사를 해보겠다"고 흘렸다. 그리고 박하귀에게 "너희 가게는 좀 어때?"라고 대뜸 물었고 박하귀는 당황스러워서 "뭐, 그냥"이라고 얼버무렸다. 그리고 그날 오후, 종업식을 끝낸 김리사가 '코리안 치킨 히나츠'의 문에 달린 방울을 짤랑짤랑 울리며 나타났다. 윤정옥이 "어서오세요"라고 인사를 하자, 김리사는 "하귀 친구인데요"라고 미소를 지었고, 박하귀는 "치, 친구?" 하고 떨떠름한 표정을 보였다. 김리사는 아무렇지도 않은 듯 "아줌마, 아줌마는 시위에 안 가세요? 가라아게 협회 사람들 모두 참가한다던데" 하며 윤정옥의 심기를 건드렸다. 윤정옥은 시큰둥하게 "알고는 있는데 내가 일본인도 아니고, 거기까지 갔다가 한국인이라고 끼워주지도 않으면 어째." 하고 답했다. "이제 우린 숯불구이로 업종을 바꿀 거야"라며 슬쩍 미소를 보이기도 했다. 김리사는 "야, 박하귀, 너라도 가자!" 하고 박하귀를 끌어냈다.

7월 중순의 어느 화요일 밤, 그렇게 김리사와 박하귀는 가라아게 세 도입 반대 시위에 참여하기 위해 도쿄 치요다구의 총리 관저 앞으로 갔다. 해는 길어지고 그들의 그림자는 짧았다. 김리사와 박하귀는 300여명쯤 되는 시위대 안으로 들어갔다. 그들은 똑같이 "가라아게 세 도입 반대"를 외쳤다. 교복을 입은, 키가 훤칠하고 준수한 외모의 고교생은 누가 봐도 가장 눈에 뜨이는 존재였다. 그 두 사람을 누군가가 붙든다.

"안녕하세요? 종합주간지 《문예 사바쿠》의 리라고 합니다. 오늘은 어떤 경위로 참가하게 되셨나요?"

박하귀는 찔끔 뒤로 물러섰다.

김리사는 당돌하게 대답했다.

"저희는 고등학생인데, 두 가지 목적으로 참여하게 되었습니다. 첫째는 서민들의 먹거리를 지키기 위함이고, 둘째로는 음식에 이렇게 쉽게 세금을 부과하는 정부에 반대의견을 피력하기 위해서입니다. 오늘은 가라아게에, 내일은 피자에, 모레는 아이스크림에 그렇게 세금을 부과하기 시작하면 한도 끝도 없어지고, 다들 살아가기 힘들어집니다. 참,"

그리고 침을 꿀꺽 삼킨 김리사는 이렇게 덧붙였다.

"얘네 집이 가라아게 집 하거든요."

기자의 눈빛이 바뀐다. 그녀는 명함을 내밀며, 좀 찾아가봐도 되겠느냐고 했다.

에이미 리, 주간 《문예 사바쿠》 취재 기자. 그렇게 적혀 있었다.

"오늘 저는 총리 관저 앞에 나와 있습니다."

유튜브 방송을 하는 한 프리랜서 아나운서가 김리사와 박하귀 쪽으로 다가간다.

"고교생의 모습이 보이는군요. 제가 한번 가서 인터뷰 좀 해보겠습니다."

생중계 중이다.

-우와, 준수하게 생겼네.

-아이돌 리더랑 똑같이 생겼는데

-재, 머릿결 좀 봐.

김리사는 길게 쭉 뻗은 스트레이트 헤어를 고집하고 있었다.

"학교 이름을 군이 밝혀야 하나요? 저희는 그냥 도쿄 내의 고등학교에 다니고 있습니다."

김리사가 그렇게 말했지만, 이미 생중계를 보던 이들은 그들의 교복만으로 학교를 검색하기 시작했다.

-도쿄 한국학교래.

-뭐야? 조센징이야?'

-재들 북조선에서 왔어? 북조선에서 일본으로 입국이 돼?

-이 멍청이들, 한국학교라고! 그건 조선학교지! 재들은 남조선에서 온 거야.

김리사가 아무리 훌륭한 말을 꺼내어 낸들 이미 그들의 귀에 김리사의 메시지는 제대로 꽂히지 못했다. 김리사의 늘씬한 다리와 반짝이는 머릿결이 더 큰 화제가 되었다. 아니 그들의 시선은 김리사에게만 머무른 게 아니다. 김리사 옆에 비쭉대며 서 있는 박하귀에게로 옮겨갔다.

-진짜 잘생겼다.

-한국에서 온 사람들은 다 미남 미녀야.

곧 김리사와 박하귀의 동영상 오른쪽으로 어느새 '한국인이 되고 싶은 여성에게' '한국인은 왜 살이 찌지 않을까?' '한국 여성들이 절대 가르쳐주지 않는 미백의 비밀'등의 광고가 일렬로 뜨기 시작했다.

김리사와 박하귀는 그 동영상 하나로 하루아침에 스타가 되었다.

김리사와 박하귀에게 인터뷰를 요청하는 방송국들이 하나둘 늘기 시작했다. 김리사는 적극적이었지만 박하귀는 머뭇거리고 있었다. 그 머뭇거리는 박하귀에 대한 칭찬은 날로 고조되었고, 반대로 김리사에 대한 악평도 나날이 심해져갔다.

"정부가 어떠한 한 가지 음식에 과도한 세금을 물리면 그 음식점은 문을 닫게 됩니다. 여기 있는 박하귀 학생네 집은 신오쿠보에서 가라아게 전문점을 했는데, 지금은 파리가 날리고 있고, 그의 어머니는 통닭구이로 업종을 바꾸려고 고민 중입니다. 게다가 정부는 보조금조차 주지 않고 있습니다. 3년 후엔 가라아게가 금지가 된다고 합니다. 건강을 위해서라는 것은 알고 있습니다. 물론 고령자의 의료비 부족을 해결하고자 하는 의도인 것도 알고 있습니다. 그런데 왜 하나만 딱 집어서 금지를 시켜야 할까요? 상징적인 의도로 사용된 것도 이해할 수 있지만, 수입을 잃고 극단적인 선택을 하는 사람도 증가할 수 있습니다."

김리사의 그 발언은 한 전국 방송 네트워크를 통해 보도되었다.

-조센징 주제에!.

라고 누군가가 SNS에 써갈겼다. 그 발언은 트위터를 통해 수만 번 리트윗 되었다.

-선거권도 없으면서!

-우리가 조센징한테 끌려다닐 수는 없지.

-야, 근데 저 여자애 옆에 쟤는 누구냐?

사람들은 자기 의사를 피력하는 김리사에게 큰 관심을 가지지 않았다. 아니, 김리사의 의견에 조금도 관심을 두지 않았다. 다만, 그들은 언젠가 김리사가 수영복을 입고 잡지에 등장해주기만을 바랬다. 그랬다면 자신들이 김리사를 미워할 이유가 없다고 주장했다. 이미 김리사의 합성사진들이 인터넷을 통해 유포되기 시작했다. 김리사의 일본어가 수월하지 않

김민정

은 것을 귀엽다고 칭송하는 중년 남성들도 있었다.

다카쿠라 부장이 리를 설득하기 시작했다.

"지난번에 간단한 인터뷰 땄잖아. 요즘 쟤들이 인기야. 대중들이 원해. 같은 한국인인데 가서 좀 비벼봐."

리는 쫓겨나듯 사무실에서 나왔다. 박하귀 어머니가 한다는 '코리안 치킨 히나츠'로 향한다. 이미 그곳에는 수많은 취재진이 진을 치고 있었다. 박하귀는 요즘 코빼기도 볼 수 없다고 한다.

"쟤, 벌써 스카웃 됐대. 한류 소속사에."

"어머어머, 내 그럴 줄 알았어."

"아냐, 그 소속사가 일본 소속사라던데."

"그럼 이제 취재하려면 소속사 통해야 하는 거야?"

리는 취재진들의 이야기를 한 귀로 듣고 한 귀로 흘렸다. 리는 무작정 기다려보기로 했다.

"저녁은?"

S출판사의 야노가 물었다.

리는 됐다고 했다.

리는 취재진이 저녁을 먹으러 빠진 후 '코리안 치킨 히나츠'의 문을 두드렸다.

"저기요, 혹시……."

아무 반응이 없다.

"아무도 안 계세요?"

리가 문고리를 잡아당겼다. 수월하게 열린다. 대체 왜 취재진들은 문고리조차 한번 잡아당겨보지 못하고 밖에 진을 치고 있던 걸까. 일본스럽다고 리는 생각했다. 리는 문을 열고 들어가 자리를 잡았다. 조용하고 싸늘하다. 냉방은 연신 돌아가고 있었다.

리는 휴대폰을 꺼내어, 가게 내부를 찍기 시작했다. 한국의 치킨은 어떻게 다른지 왜 맛있는지 읽어봐도 도저히 알 수 없는 내용이었다.

닭이야 튀기면 다 맛있는 거 아닌가.

리는 그렇게 생각했다.

"튀김이란 음식은 뭘 튀겨도 맛있는 거야. 하다못해 구두 밑창을 튀겨줘도 좋다고 덥썩 물 사람이 한둘이 아니라고.

그렇게 말한 사람은 소마였던가.

누군가가 골방에서 얼굴만 빼꼼 내밀고 리를 본다. 리는 깜짝 놀랐다. 리의 놀라는 표정을 보고 상대방도 놀란 표정이다.

추리닝 차림의 그가 왼발부터 신발을 신는다. 신발을 신다가 고개를 든 그는, 다름 아닌 박하귀였다.

"어, 학생!"

리가 놀란 목소리로 말한다.

"어, 참, 지난번에 그……."

박하귀도 놀란 표정이다.

"어머니는?"

리가 묻는다.

"아니 근데 여길 어떻게?"

박하귀가 묻는다.

"어머니는 이모네 집으로 피신 갔어요. 여기 자꾸 취재진들이 몰려서요."

"어, 문이 열려 있던데. 근데 너는 왜 여기 있어?"

"이모네 집에 가서 사촌동생들 봐주는 것도 지겨워서요."

잠깐 취재 좀 할 수 있을까? 한국어로 하자. 우리 같은 한국 사람이잖아. 같은 한국 사람이잖아, 그치? 같은 한국 사람……

〈그는 누구인가? 훤칠한 키에 훤출한 외모, 가라아게 세금 반대 운동의 주역, 박 모 학생(16세)〉

기자: 가라아게 세 반대 운동을 하게 된 이유는 무엇인가?

박 모(16세, 이하 '박'): 저희 집이 한국 치킨 전문점인데 가라아게 세가 생기면 제 진학에 문제가 생길 수도 있고, 같은 반 김리사 양의 부추김도 있어서 참여하게 되었습니다.

기자: 요즘도 매주 화요일마다 시위에 참여하고 있나요?

박: 물론입니다.

기자: 왜 가라아게 세에 반대합니까?

박: 그럼 찬성하는 사람이 있을까요? 가라아게를 싫어하는 사람이 있을까요? 가라아게를 좋아하는 사람이라면 가라아게 하나당 35%나 세금을 붙이는 일에 찬성할 사람은 없을 겁니다.

기자: 원래 이런 시민활동에 관심이 있었나요?

박: 천만에요. 저는 저의 일상을 지키고 싶을 따름입니다.

기자: 김 모양과는 어떤 사이인가요?

박: 같은 반 친구일 뿐입니다.

기자: 듣자하니 서로 첫사랑이란 설도 있던데.

박: 저희는 정말 아무 사이도 아닙니다. 저는 현재 수험을 준비하고 있습니다.

기자: 가라아게는 자주 먹나요?

박: 아닙니다. 사실 세금이 이렇게 많이 붙은 후 저는 한 번도 먹어보지 못했습니다.

기자: 소문에 의하면 연예소속사와 계약을 했다던데 진실인가요?

박: 아, 네, 아직 조정 중입니다. 그건 저희 어머니께서 맡고 계셔서 저는 잘 모릅니다.

리는 《문예 사바쿠》에 짧은 인터뷰 기사를 실었다. 기사에는 박하귀의 전신 사진도 함께 실었다. 사진과 짧은 인터뷰의 두 페이지짜리 기사였는데, 그럼에도 불구하고 박하귀의 평범한 모습을 담았다며 여기저기로부터 호평을 받았다.

인터뷰의 답변은 사실 리가 멋대로 상상한 것들이다. 박하귀는 그날 "아, 네" "아, 뭐"라고밖에 대답하지 않았다. 리는 대신 기사를 써서 보여주고 그의 허락을 받는 형식으로 기사를 싣게 되었다. 기사에서는 빠졌지만 인터뷰 기사와 사진 촬영을 하는 대신, 그와 한 한 가지 약속은 가라아게 세 반대 운동 시위에 참여하거나 취재를 해달라는 일이었다.

반대 시위는 점점 활기를 띠고 있었다. 김리사의 얼굴을 한 번 보러, 또는 박하귀의 가슴에 꽃다발을 안기러 사람들이 조금씩 몰려들기 시작했고, 시위에 한 번 참여한 후에는 가라아게가 너무 먹고 싶어서 또는 이런 얼토당토않은 대책에 대한 실소와 분노 때문에 꾸준히 참여하는 이들이 증가하기 시작했다.

리는 매번 시위에 나갔다. 그러다 박하귀와 눈인사를 나눌 수 있게 되었고 시위가 끝나면 박하귀네 '코리안 치킨 히나츠'를 찾아가 세금 부과가 안 된 가라아게를 대접받기도 했다.

리에게는 가라아게 따윈 사실 아무래도 좋았다. 서른둘의 리에게 기름에 튀긴 음식은 건강상 미용상 좋을 게 없었다. 리는 가라아게 세가 50%가 되어도 좋을 거라고 생각했다. 사람의 건강을 해치는 음식에 그 정도 세금쯤 별거냐. 꼭 먹어야 한다면 그 정도 세금을 낼 수 있는 부유층, 즉 시간을 내서 운동을 할 수 있는 사람들만 먹어도 된다고 생각했다. 하지만 정말 부유층이 가라아게를 먹을지는 의심스러웠다.

이듬해에는 가라아게 자숙령이 내려졌다. 세금 35%를 유지한 채, 일 년에 12번, 즉 한 달에 한 번꼴로만 외부에서 구입이 가능했다. 집에서 만들어 먹기도 했는데, 너무 자주 만들어 먹다가는 공안의 눈에 들 가능성도 있었다. 그들은 튀김 냄새가 자주 나는 집만 용케도 찾아냈다. 그리고 회사로 통보를 했다. 출판사 영업부의 사토 노리코는 가라아게를 몹시 좋아했는데 외부에서 구입하기가 어려워진 후 집에서 자주 튀겼던 사실이 드러나면서, 월급의 일부를 몰수당했다.

"사토 노리코 님, 지난 주 일주일 동안 튀김을 5번 이상 튀긴 사실이 드러났습니다. 이번 달 월급의 소득세를 5% 인상합니다"

리는 등골이 서늘했지만, 자기 일이 아니니 신경 쓸 것 없다고 생각했다. 아니 대체 무엇을 할 수 있을까? 사토 노리코 대신 세금을 내줄 수도 없는 일이고, 닭을 튀겨줄 수도 없는 일 아닌가? 그런 까닭에, 어떤 무거움 때문에 리는 내내 가라아게 세 반대 및 가라아게 자숙령 반대 시위를 따라다녔다. 김리사와 박하귀는 어느새 운동의 심볼이 되었고, 가라아게 자숙령이 내려진 후, 시위에는 이제 천여 명 가까운 이들이 모이기 시작했다.

2028년 1월 1일, 젊고 섹시하여 가라아게 따위에 눈길도 주지 않을 것처럼 생긴 총리는 4개월 후, 일본에서 가라아게 금지령을 시행할 것이라고 발표했다. 그리하여 4월 1일, 시민들은 모두 가라아게 하나씩 가슴에 품고 총리 관저 앞에 몰렸다. 족히 1만 명은 될 규모였다. 총리 관저 앞에 다 모이지 못한 이들은 히비야 공원으로 몰려들었고, 히비야 일대부터 총리 관저 앞까지 인파가 가득했다. 저녁 8시, 하늘에 어둠이 완전히 내린 그 시각, 그들은 일제히 가슴팍에서 가라아게를 하나씩 꺼내들었다. 윤정옥과 윤미옥은 가라아게를 여행 가방에 가득 넣고 그 자리를 찾았다. 그들은 미처 가라아게를 준비하지 못한 이들에게 하나씩 건넸다. 그리하여, 그 자리에 모인 사람들은 모두 가라아게를 한 손에 들고 소리 높이 외쳤다.

"가라아게에게 자유를! 시민들에게 권리를!"

그건 2028년의 만우절다운 한 장면이었다. 리는 문정옥 앞에 선 김리사와 박하귀의 모습을 연신 카메라에 담았다. 전 세계가 이 날, 이 시위를 보도했다.

"일본에서 설마 이런 일이 일어나리라곤. 세상에서 가장 날씬한 사람들이 사는 나라 아닙니까?"

어느 외신은 그렇게 보도했다.

"가라아게, 저도 하나 먹어보겠습니다."

입 안에 같이 가라아게를 넣고, 엄지손가락을 치켜세우며 야유를 보낸 어느 나라 앵커도 있었다.

　　　　　　　　김민정

총리와 사이가 좋다는 미국의 대통령은 그날 피자 파티를 벌이며, 백악관 직원들에게 통닭 튀김을 열 마리 선사했다는 믿지 못할 뉴스도 등장했다.

일본은 이미 세계의 웃음거리가 되어 있었다.

하지만, 꼭 그런 것만도 아니었다. 일본은 진심으로 국민들의 건강을 생각하는 나라고 치켜세우는 이웃 나라 언론들도 있었다. 일본의 보수파들은 나이가 들면 가라아게는 최악의 음식이라며, 그걸 지키지 못하는 고령자들 때문에 일본이 이 모양 이 꼴이 되었다며 노인의 존재 자체가 공해라고 지껄이기도 했다.

여전히 김리사와 박하귀가 한국에서 왔다는 사실에 치를 떠는 이들도 있었다. 그들은 왜 우리가 조센징들에게 휘둘려야 하느냐고 입을 모았다. 가라아게는 일본에서 최초로 개발한 음식인데 조센징 때문에 더럽혀지게 되었다고 말하는 자도 있었다. 어떻게 무엇이 더럽혀졌는지는 아무도 설명하지 않았다. 그들은 한국인이어서 주목을 받았고, 외모가 출중한 젊은이인 까닭에 더욱 화제가 되었으며, 반대로 한국인이어서 또 외모가 반듯해서 수많은 욕설을 감당해야 했다. 김리사의 경우엔 첫 방송이 나간 이후, 곧장 학교를 바꿨다. 그녀는 한국학교에서 외국인학교로 전학을 갔다. 박하귀의 경우에는 한국학교를 끝까지 고집했다. 그는 이미 유명인이었다.

김리사도 박하귀도 함께 가라아게를 치켜들었다. 바로 그때였다. 가라아게를 한 입 덥썩 베어문 한 남자가 가라아게가 빠진 꼬치를 박하귀에게 들이댔다. 리는 그 순간을 놓치지 않았다.

"아, 새끼!"

박하귀는 한국어로 소리쳤다.

김리사가 남자의 손을 낚아챘다. 박하귀는 남자의 가슴팍을 밀었고, 남자는 휘청대다 뒤로 스르르 무너지듯 쓰러졌다. 물론 그 모든 순간들이 리의 카메라에 잡혔다. 그때였다. 허걱, 윽, 엄마야, 야! 뭐하는 거야? 박하귀가 리의 오른쪽 어깨를 밀었다. 리는 카메라를 한 손에 든 채 뒤로 넘어졌다. 그녀의 입에서 나온 말이 "엄마야"였는지, "윽"이었는지, "허걱"이었는지 그녀는 알 수 없었다. 박하귀의 손에 밀려 왼쪽 엉덩방아를 찧은 리는 "아이씨"를 내뱉았다. 그리고 그 순간 리의 무릎 위로 김리사의 머리가 떨어졌다. 김리사는 눈을 감고 있었다. 누군가는 입 안에 가라아게를 우물거리며 소리를 질렀고, 누군가의 입 안에서 가라아게가 툭 튀어나왔으며, 저편에서는 가라아게 그 이상의 것들을 토해내는 자도 있었다. 리의 무릎이 흥건하다. 리는 아까부터 계속 비명을 지르고 있었다.

사이렌 소리가 들려왔다.

"한국에서 온 유학생 두 명이 괴한에게 피해를 입었습니다. 현장 나와주세요."

"도쿄 총리 관저 앞입니다."

애들 살려! 겨우 이런 걸로 죽일 셈이냐! 조센징은 저리 꺼져! 일본 만세! 조센징 아웃! 우리가 한다! 애들 살리라니까! 사이렌 소리가 티비 밖으로도 흐른다.

"죄송합니다. 현장에 나가 있는 기자 목소리가 들리지 않아 물의를 빚은 점 사과드립니다. 여덟 시 25분경 총리 관저 앞에서 열린 가라아게 금지령 반대 대규모 집회에서 이 집회의 심볼로 유명한 두 명의 한국인 유학생이 괴한의 칼에 찔려 구급차에 실려갔다는 소식입니다. 자세한 내용은 입수되는 대로 바로 보도하겠습니다. 오늘 게스트로 나오신 사회학자 김만우 교수, 그리고 정치학자 나카무라 사토시 교수, 이 일이 왜 발생했다고 보십니까?"

"일본에서는 오래 전부터 한국인 차별이 있었습니다. 재일동포에 대한 차별에 이어서 한류가 유행을 한 후로는 한국에 대한 반감을 가진 이들이 있었는데 그런 이들의 소행이 아닐까 싶습니다. 게다가 저 두 학생은 지난 3년 전 가라아게 세 반대 시위부터 시작해 지금까지 싸워왔으니, 이런 사태를 미리 예감했을지도 모릅니다."

김만우 교수는 그렇게 말했다.

"일본에 혐한이 있는 것은 사실이지만, 그럼에도 불구하고 목소리를 너무 크게 낸 것이 문제가 아닐까 싶습니다. 자기책임이란 말이 괜히 있는 게 아닙니다. 정부의 정책은, 건강한 고령자를 증가시켜, 삶을 풍요롭게 만들자는 데 있습니다. 건강한 삶은 우리 모두의 목표가 아닙니까? 그런데 그런 정책을 반대하는 젊은이들을 언론에서는 구세주처럼 내세우고 있지만, 실은 어른들의 장난에 속아 넘어간 어리석은……."

리는 거기서 티비 버튼을 껐다.

리는 김리사, 박하귀와 함께 병실로 실려왔다. 다행히 리는 그냥 피를 뒤집어썼을 뿐이다. 엉덩이가 조금 쓰라리다. 박하귀도 오른쪽 팔에 상처를 입었다고 한다. 칼은 박하귀의 오른팔을 지나, 김리사의 허벅지에 꽂혔다. 범인은 금세 그 자리를 떴다. 꼬치로 박하귀를 찌른 남자만 붙잡혔다. 그는 자신을 차별주의자라고 인정하지 않았다. 일본은 일본인의 손에 의해서 바뀌어야 한다고 소리쳤다. 진범이 사라진 상황에서 꼬치남의 과거들이 하나 둘 파헤쳐졌다. 학창시절엔 공부를 잘했다는 둥, 어쩌다가 비정규직이 되었다는 둥, 일본을 구하려는 애국 모임에 가담했다는 둥이다. 리는 그런 꼬치남의 과거 따위 아무 흥미도 느끼지 못했다.

김리사와 박하귀가 퇴원하는 날, 젊고 섹시한 총리는 이렇게 선언했다.

"살신성인의 정신으로 가라아게를 지켜낸 두 유학생에게 찬사를 보냅니다. 여러분의 뜨거운 성원에 따라 가라아게 금지령은 선포하지 않기로 하겠습니다. 가라아게 세도 재검토해보겠습니다."

그리하여, 그 가라아게 자유를 외친 날로부터 한 달이 지나, 다시 닭을 튀기는 냄새들이 여기저기서 흘러나오기 시작했다.

가라아게 해프닝이 벌어진 3년 간 리는 색다른 경험을 했다. 결과적으로 일본의 가라아게 금지령을 막은 당사자가 한국에서 온 두 유학생이었다는 것. 리는 어쩌면 자신도 사회를 바꿀 수 있을지 모르겠다고 조금씩 믿기 시작했다.

그리하여, 어느 일요일 아침 커피를 내리고 토스트를 구우며, 일본 국적을 취득해야겠다고 마음먹었고, 그 다음 날인 월요일 회사의 법무팀과 일본 국적을 따기 위한 조건에 대해 상의를 했으며, 보름이 지난 후 그녀는 수많은 서류들을 가지고 입국 관리국으로 가서, 일본 국적을 신청했다. 그녀에게는 든든한 직장이 있었고 충분한 월급이 있었고 범죄 기록도 없었다. 입국관리국 면접관은 "가라아게……"라고 중얼거리고는 자신도 가라아게를 좋아한다고 했다. 리는 일본 국적 취득 요청서에 '가라아게 금지령을 제지한 두 명의 유학생을 보고 일본 사회에 이바지하고 싶어서 국적 취득을 요청한다'는 글을 1000여 자로 적어 냈다. 면접관은 그런 그녀에

김민정

게 후했고, 그녀는 1년 후 일본 국적을 취득했다.

그리고 리는 곧장, 이전에 취재에서 만난 최대 야당의 한 의원의 비서를 찾아갔다. 무작정 일을 하고 싶다고 했고, 거기서 새로운 스타트를 끊었으며, 운 좋게 차기 선거에 출마할 수 있었다. 스타트치곤 꽤 좋은 조건이라고 생각했다. '가라아게 금지를 깨부순 여기자'로 소개가 되면서 리는 그럭저럭 표를 모을 수 있게 되었다. 2032년 리는 마흔 넷의 나이에 구의회 의원이 되었다. 그러나 누군가는 그녀를 조센징이라고 손가락질 했고, 어떤 이들은 그녀에게 이젠 외국인 의원이 사회를 바꿔야 할 때라고 등을 밀어주기도 했다. 리는 일본 국적을 취득했음에도 여전히 자신이 외국인으로, 또는 조센징으로 불린다는 사실에 내심 한숨을 짓기도 했다.

가라아게 세가 해프닝으로 끝난 뒷전에서 일본의 최연소 섹시 총리는 또 다른 정책을 교묘하게 실행 중이었다. 모두가 가라아게 세에 흥분해 정신을 놓고 지낼 때, 그는 고령자 세를 도입했다. 소마가 취재를 하던 안건이었다. 정확하게는 '고령생활을 위한 안정법'이다. 고령자 자신이 직접 세금을 부담하는 것이 아니라, 부모나 조부모가 있는 자녀들에게 소득에 따라 일정 금액이 부과되었다. 즉 부모나 조부모가 나이가 들었을 때 자식 본인이 모실 수 없는 상황이 생길 것에 대비해 미리 낸 세금으로 정부가 모시겠다는 의도의 세금이었다. 리는 부모나 조부모만 있는 사람이 세금을 내는 사실에 약간의 위화감을 느끼기도 했지만, 리의 조부모와 부모는 이미 사망한 탓에 리에게는 고령자 세를 낼 이유가 없었다. 그래서 부모나 조부모가 있는 사람들이 "세금이 너무 무겁다"고 말할 때마다, 직접 돌보시는 것보다는 그나마 정부에 맡기는 편이 훨씬 낫다며 독려했을 정도다. 하지만 덕분에 일본의 출산율은 더더욱 감소하게 되었다. 자식에게 세금을 물리다니! 아이에게 세금 부담을 주고 싶은 부모가 존재할 리 없었다.

2030년, 일본은 정년을 폐지했다. 누구나가 원하는 만큼 일하는 사회가 왔다. 아니 원하지 않아도 일해야 하는 사회가 온 것이다. 리는 그 당시엔 기자였고, 가라아게 금지령을 내내 취재한 이후에는 더 큰 스쿠프는 담당하지 못하고, 주로 한류에 관련된 기사를 썼다. 정년을 폐지해서 더 오래 일하게 되어서 나쁠 것도 없다고 생각했다. 소마가 "고령자 세가 다 어디로 가는지 알아? 후쿠시마야"라고 했을 때, 리는 후쿠시마 원전 사고를 수습하는 일부로 사용된다고 생각했을 뿐이다. 소마에 따르면 후쿠시마 원전 근처에 유리막으로 둘러싸인 어마어마한 규모의 도시가 세워지고 있다고 했다. 소마가 쓴 이 스쿠프는 그해 언론 대상을 받았다.

소마의 기사에 따르면, 원전사고 이후, 방사성 물질 제거 작업이 계속되고 있지만, 그래도 매일처럼 방사성 물질에 오염되는 그 장소에 정부가 고령자 세로 고령자를 위한 시설을 만들고 있다고 한다. 소마의 기사가 터지고, 이제 약간 나이가 든 총리는 "후쿠시마는 깨끗합니다. 방사성 물질은 모두 제거했습니다. 여러분은 안심하시고 생활하셔도 됩니다." 하고 반론했다. 그는 수많은 전문가들을 대동하고 나왔고, 그 전문가들은 모두 총리의 말에 고개만 끄덕였다.

'리포즈의 숲 F1(후쿠시마1)'은 2040년에 오픈했다. 정부는 정부 주최의 고령자 마을에 들어갈 수 있는 고령자를 노후 생계비가 부족한 사람, 돌볼 가족이 없는 사람, 육체적으로 병을 앓고 있는 사람, 치매증을 앓고 있는 사람으로 규정했다. 이 네 가지 중 하나를 갖춘 사람만이 정부가 만든 최고급 시설에 무료로 입소할 수 있다고 했다. 모두 고령자 세, 즉 '고

김민정

령생활을 위한 안정법' 덕분이라고 정부는 대대적으로 선전했다. 2040년 4월 1일 오픈을 앞두고 리의 가슴은 내내 두근거렸다. 리는 알고 있었다. 여전히 방사성 물질이 나온다는 사실도, 그곳에 간 고령자들이 결국 3년 밖에 살지 못한다는 사실도 말이다.

　정부는 국민 모두가 평안한 죽음을 맞이해야 한다며 2035년 안락사법을 통과시켰다. 당초에는 본인의 동의와 가족 또는 후견인의 동의가 있어야 했는데, 2038년 개정법이 통과하면서 가족의 동의 또는 본인의 동의만으로도 충분히 안락사를 시행할 수 있게 되었다. 후쿠시마로 가는 이들은 미리 이 안락사에 동의하고 들어가도록 되어 있다. 그렇게 착실하게 사회는 고령자를, 더 정확하게는 쓸모가 없어진 사람들을, 안락사로 몰아낼 수 있었다. 안락사가 아니라 존엄사라고 부르기도 했다. 인간으로서의 존엄을 지키기 위한 죽음이라고 이름 붙였다. 인간으로서의 존엄을 정부가 기업이 지켜줄 수 없는 사회가 미래에 떡하니 나타나리라곤 아무도 상상하지 않았을 것이다. 살아있는 이들의 존엄을 일절 존중하지 않는 존엄사에 얼마나 가치가 있을지는 제쳐두고, 그곳에 가게 된 이들은 3년간은 그곳에 머무를 수 있었다. 그나마 덕분에 고령자가 되어 갈 곳 없는 이들이 형무소라도 가보자고 범죄를 저지르는 일은 크게 줄었다며 언론들은 정부의 성과라고 대대적으로 선전했다. 그 3년 사이에 가족을 포함해 돌봐줄 사람이 나타나면 그곳에서 나올 수 있었다. 빈곤한 가정에서는 부모에게 3년만 그곳에 있어달라고 요청하기도 했다. 하지만 3년 후 부모를 찾으러 간 자식이 있는지는 알 수 없었다.

　2040년 4월 1일, 후쿠시마로 가는 고령자들의 뒷모습을 영상으로 보고 있을 때. 그녀의 눈앞에 액정이 나타났다. "전화를 받으시겠습니까?"

"네", "아니오." 그녀는 '네'를 눌렀다. 그녀 앞에 나타난 사람은 그녀가 속한 정당의 당대표였다.

"좀 늦었지만 홋카이도에서 한국까지 지하 터널을 뚫을 안이 급부상하고 있다네. 자네가 제격 아닌가?"

그리하여 리는 그해 국회의원 선거에 나갔다. 리는 당대표의 지반을 물려받는데 성공을 했고, 일본과 한국의 해저터널 건설에도 기여했다. 한반도는 이제 한국과 북한이란 단어가 아니라 한반도라고 불리고 있었다. 그러면서 부산-서울-평양-신의주를 잇는 철도가 생겼다. 바퀴도 없는 기차가 철도 위를 날아다닌다. 내내 반기를 들던 일본이 한국과 해저터널에 동의한 이유는 일본의 경제가 점점 뒤쳐지고 있기 때문이다. 한국은 너그럽게 승낙했다. 한일을 오가는 이들은 점점 늘어나고 한일이 하나의 커다란 경제의 주체가 되고 있었다. 또한 엔터테인먼트 산업이 크게 성장하면서, 한반도로 취업을 하는 일본인도 크게 증가했다. 그들은 반드시 한반도까지 출퇴근을 할 필요는 없었지만, 아무리 텔레워크가 가능하다 해도 한반도에 사는 편이 승진에 유리했다. 대부분의 일을 로봇이 맡은 사회에서 회장을 제외한 중역들은, 회사 부근에 거주하는 것이 회사에 대한 충성도로 평가되는 면이 없지 않았기 때문이다. 한일 해저터널 사업에서 리는 한일 간의 간극을 메꾸는 데 큰 공을 세웠고, 덕분에 평생을 정치가로 머무를 수 있었다. 그녀는 자신이 태어나 20대까지 살아온 나라와, 그 이후를 보낸 나라를 연결하는 터널을 만든다는 꿈같은 사업에 참여한 일에 무척 감사했다.

하지만 여당의 의도를 그녀가 전부 파악하고 있었던 것은 아니다. 해저터널이 생긴 후, 일본에서 신의주까지 단번에 달릴 수 있었다. 그리고

2046년 터널이 완공된 후 일본은 바로 신의주의 땅을 사들이기 시작했다. 정부의 힘을 입은 모 기업이 그곳에 거대 도시를 건설하기 시작했다. 후쿠시마에 수용하지 못한 고령자들을 신의주로 보낼 계획이라고 했다. 2040년에 세워진 후쿠시마의 리포즈의 숲은 방사성 물질 때문에 여러 사람들을 애먹였다. 무엇보다도 그곳에서 일할 사람을 찾기가 쉽지 않았다. 그리하여 2055년 일본은 고령자들의 최후의 거처를 신의주에 마련했다. 그들이 세운 도시, 또는 유리성은 넓은 초원과 닮았다고 했다. 푸른 들판이 그곳에 있다. 다만 유리성이어서 아무도 빠져나갈 수 없었다. 하지만 그 유리성 안에는 근사한 잠자리와 식당과 비슷한 나이의 고령자들이 있어서, 남은 여생을 누리기에 두려울 것이 없다고 했다. 의료진과 강사들이 있었고, 영화관이나 도서관도 마련되어 있었다. 누군가는 그곳을 천국이라고 불렀다. 후쿠시마와 비교하면 그렇게 느껴질지도 모른다. 언론에서는 잘 알려진 소설의 제목을 불러와 '노르웨이의 숲'이라고 부르기도 했다. 리도 그 소설을 읽었다. 숲을 방황하는 남자와 여자, 그들은 서로를 아끼면서도 끝까지 서로를 이해하지 못한다. 아무도 없는 숲, 하지만 외롭게 세상에서 고립된 숲, 그 숲으로 고령자들은 하나둘 쫓겨갔다. 유리로 둘러싸인 거대한 숲을 헤매는 사람들의 모습이 리의 머릿속을 스쳐 지나갔다. 리는 자신이 해저터널에 기여한 사실에 대해 웃어야 할지 울어야 할지 알 수 없었다. 그저 쓸쓸하게 웃었다.

"축하드립니다! 드디어 여기까지 오셨군요. 입산하시는 소감을 한 마디."

리는 침을 꿀꺽 삼켰다.

"제가 만든 해저터널을 타고 여기까지 왔습니다. 감개무량합니다."

죽기 위해 여기까지 온 사람의 입에서 나올 말인가.

리는 피식 웃었다.

리의 표정까지 인공지능 로봇들은 놓치지 않고 언어화한다.

'에이미 리 전 국회의원, 기자회견장에서 웃음'

'에이미 리 씨, 리포즈의 숲, 입산 기자회견장에서 비웃음'

'조센징 에이미 리, 드디어 마지막을 맞이한다'

그런 언어들이 액정들 사이사이로 떠다녔다. 결국 아무것도 바뀐 것은 없었다. 가라아게 금지령 이후에도 여전히 한국인들은 때때로 조센징이라고 멸시를 당했고, 리는 국회의원이 된 후에도 '반일분자'라 손가락질 당했다.

사회자는 리에게 이제 일어서라고 했고, 리의 주변에는 다섯 명의 사내가 몰려들었다. 조금 후 흰 가운을 입은 여자가 나타났다. 누가 사람이고 누가 안드로이드인지 구분할 수 없었다. 여자는 리를 보고 미소 지었다. 리는 누군가와 닮았다고 생각했다. 여자의 가슴에는 'KIM'이라고 적혀 있다.

리는 문득 과거에 만난 김리사를 떠올린다. 김리사는 그 후 갖은 고생을 했다고 한다. 결국 그녀는 스물에 누드 사진집을 출판했다. 일본 사회가 그녀에게 바란 것은 투사의 모습이 아니라, 옷을 벗은 여성의 나체였다. 김리사는 그 누드 사진집으로 3억 엔을 받았다고 하는데 그게 사실인지도 알 수는 없었다.

김리사는 박하귀와 비교해 훨씬 유능한 고교생이었다. 그녀는 말재주가 좋고 눈치도 빨랐다.

리는 그 시절 왜 자신이 박하귀에만 매달렸는지, 왜 김리사에게 더 중점을 두고 취재를 하지 않았는지 사실, 그 시절부터 의문을 가지고 있었다. 하지만 많은 이들이 박하귀를 원했고, 김리사에게 투사를 기대하는 이들은 드물었으며, 리는 김리사를 더 이상 귀찮게 또는 곤란한 상황에 처하지 않게 만들고 싶다고 자기합리화하며 박하귀에게만 매달렸다. 박하귀에게는 딱히 눈에 뜨이는 것이 없었다. 그는 키가 크고 웃으면 왼쪽 뺨에 생기는, 보조개가 귀엽고 말수가 적은 평범한 학생이었다. 별 것도 아닌 일에 웃음을 보이거나 농담 따먹기를 좋아하는 그저 그런 고교생 말이다. 언론은 김리사의 발언을 마치 박하귀 것처럼 꾸며서 쓰기도 했고, 김리사가 박하귀의 말을 대신 해준다고 믿는 이들도 적지 않았다.

리는 지금 자기 옆에 서 있는 그녀가 김리사이든 아니든 아무래도 괜찮다고 생각했다. 그녀는 "신의주 고령복지 마을에 오신 것을 환영합니다"라고 인사했다. 그리고 다섯의 사내들은 리의 팔을 쥐었고, 그녀는 "아프지는 않을 거예요"라며 리의 목 뒤에 칩을 하나 심었다.

"이걸로 여기서의 모든 행동을 저희가 확인할 수 있습니다. 치료도 이 칩 하나로 가능합니다."

일 년 전, 여든한 살의 리는 약한 치매증이 올 것이란 진단을 받았다. 정부는 건강하고 노후 자금이 풍부한 이들만 사회에 남겨두려고 했다. 리에게는 충분한 재력과 건강한 몸뚱이가 있었지만, 치매로 인해 B-판정을 받았다.

리는 일본에 무려 50년 이상을 살았는데도 최근에는 생각나지 일본어가 늘었다. 문득 의자에 앉아 있다가 한국 노래를 부르는 자신을 발견하기도 했다. 얼마 전에는 화상 미팅을 하다가 일본어가 생각나지 않아, 멋

쩍게 미팅을 종료하기도 했다.

B-, 그건 리포즈의 숲으로 가야 한다는 뜻이다. 리에게는 가족이 없었기 때문이다. 리는 자신의 재산을 소마의 자식들에게 물려주고 돌봐달라고 부탁할까 고민을 하기도 했다. 그러나 리포즈의 숲을 택했다.

리포즈의 숲의 문이 열린다. 유리가 살짝 흔들렸을 뿐이다. 어떤 기술일까? 마치 투명한 바람 사이를 가로지르는 느낌이다. 사내들은 유리 밖에서 기다렸고, 가운을 입은 KIM이 리를 안내했다.

"도망칠 생각은 마세요. 저희는 언제는 선생님을 찾아낼 수가 있습니다. 저 유리 사이사이에 카메라도 달려 있어요. 그리고 걱정하지 마세요. 혹시 선생님이 길을 잃으면 저희가 선생님을 찾아서 모실 수 있으니까요."

리는 생의 마지막 3년을 이곳에서 보냈다. 리는 점점 일본어를 잃어갔고 한국어를 되찾았다. 기억은 가물가물했다.

여든다섯의 리를 눈 앞에 둔, 리포즈의 숲 S1의 직원이 묻는다.

"좋아하는 색은 무엇인가요?"

"복숭아색."

아무래도 좋았다, 색상 따위.

"그럼 좋아하는 향은 무엇인가요?"

"무슨 향이 있지?"

"오렌지, 라벤더, 코코넛, 피치, 애플, 파인애플, 로즈, 라일락. 선생님이 기억하시는 모든 향기가 있습니다. 제가 추천하는 건 피치와 코코넛이죠. 사실 많은 분들이 좋아하십니다. 참 벚꽃을 보시는 것도 좋아요. 인생의

김민정

마무리가 참 아름다워질 거예요. 저희는 맞춤형으로 선생님만을 위한 기계를 제작하게 됩니다."

키가 큰 그 남자는 그렇게 말했다.

"제가 이전에 일본에 살았거든요. 선생님이 국회의원 당선 되셨을 때, 저도 한 표 넣었습니다. 저는 통합코리아가 생긴 후 돌아와서 의사로 일하고 있어요. 얼마 전 선생님 소식을 듣고 이곳으로 이동했습니다."

남자의 머리는 희끗희끗했다.

"그런데 왜 여기에 오시게 되었어요?"

리는 머뭇거렸다. 자신이 왜 여기에 있는지 리는 기억할 수 없었다. 리의 머릿속에는 그저 노래 한 곡이 흐르고 있을 뿐이었다. 리가 정말 그 노래를 부른 적이 있었는지, 도대체 누가 가르쳐 준 곡인지도 모를 곡이 흐르고 있었다.

남자는 리의 입에서 흘러나오는 작은 목소리에 귀를 기울였다.

캡슐형 침대다. 남자는 복숭아색으로 꾸며진 캡슐 안에 리를 눕혔다.

"선생님, 그럼 오렌지 향이 먼저 나오고, 그 다음에 코코넛 향을 느끼실 수 있을 거예요. 그리고 이것도요."

남자는 버튼을 눌렀다. 오렌지 향이 캡슐안을 가득 채우면서 캡슐 문이 닫혔다. 리는 눈을 감고 오렌지 향에 취해 있다.

'서울 사람들은 조금은 어려워서 어디까지 다가가야 할지 몰라.'

리는 음악에 맞춰 고개를 끄덕였다. 언제던가? 그래, 도쿄의 원룸에서 그녀는 이 노래를 들었다. 그 시절, 리는 도쿄의 사람들은 조금은 어려워서 어디까지 다가가야 할지 모른다고 밤하늘을 보며 생각했다. 그녀는

50년 이상 일본에 머물렀지만 여전히 알 수 없었다. 김리사와 박하귀와의 거리감도, 소마와의 거리감도, 일본인과도 한국인과도 어느 만큼의 거리감을 두고 살아야 했을까.

그녀의 손에서 힘이 쭉 빠진다. 한 방울 눈물이 귓볼을 타고 흐른다.

그녀는 캡슐 안에 탑승할 때 그의 가슴팍에 달린 명찰을 보았다.

'박하귀'.

그녀가 그의 이름을 읽었는지는 알 수 없다. 읽었다고 한들 그를 기억할지도 알 수 없었다. 다만 박하귀는 그녀의 캡슐을 정성껏 타월로 닦았다. 여전히 어딘가 사람의 손이 필요하게 마련이다. 2073년에도.

어머니를
이해하기 위하여

정현종

전혜진

라이트노벨《월하의 동사무소》로 데뷔한 이래,
《감겨진 눈 아래에》,《텅 빈 거품》등 여러 앤솔러지에 단편을 수록하고
《280일: 누가 임신을 아름답다 했던가 》와 같은 장편을 발표하며
SF와 스릴러 분야에서 활발하게 활동하고 있다.
만화《레이디 디텍티브》, 웹툰《펌잇(PermIT!!!)》등
소설과 만화와 웹툰을 넘나들며 활동하며,
최근에는 청소년문학과 에세이에도 관심을 보이고 있다.

7년만이었다. 나는 잠시 머뭇거리다가 벨을 눌렀다.

"……왔구나."

어머니는 나를 보고 잠시 놀란 표정을 짓다가, 얼른 들어오라 손짓했다. 나는 머뭇거렸다. 아버지의 집에서는 언제나 물에 잠긴 듯 숨이 막혀왔다. 나는 일부러 깊이 한 번 숨을 들이마시고 집 안으로 걸어들어갔다.

어머니는 오랜만에 보는 나를 낯설어하며 뻔하고 어색한 질문들을 건넸다. 무슨 일을 했던가, 어떤 곤란을 겪었던가, 무엇이 재미있었던가. 나는 어머니가 끓여준 밀국수를 몇 젓가락 먹다가 고개를 가로저었다.

"이런 이야기를 하자고 부른 거 아니잖아, 엄마. 본론부터 말해."

어머니가 서운해했지만, 나는 못 본 체하며 무심한 태도로 물었다.

"아직도 의식 없는 거야? 얼마나 안 좋은 건데?"

"그게…… 손상이 워낙 심해서 말이지. 너무 늦게 병원으로 옮겼으니 말이다."

　아버지가 쓰러진 것은 3주 전의 일이었다. 밤에 서재에서 연구를 하다가 의식을 잃은 것을 어머니가 아침에야 발견했다고 들었다.

　"말은 해? 설마 엄마도 기억 못 하는 건 아니지?"

　"얘는 무슨. 호흡기 없으면 숨도 못 쉬어."

　원래 지병인 당뇨도 있는데다, 연구에 몰두하다 보면 종종 혈당이 떨어지니 주의했어야 했는데, 누가 가져다주지 않으면 물 한 잔 알아서 찾아 마실 줄 모르던 이 남자는 그만 사람도 없는 한밤중에 발작을 일으키고 말았다.

　"병원에서 그러는데, 손상이 심하다더라. 그런데 네 아버지가 백업을 안 했잖니."

　"아직도 안 했다고?"

　"그래, 몇 번이나 백업 정도는 해두자고 빌었는데도 안 했다."

　"그런 걸 왜 빌어."

　나는 혀를 찼다. 더 듣지 않아도 알 것 같았다.

　아버지는 자신의 뇌에 유난히 자부심이 강했다. 가끔 아버지는 자신의 뇌가 아인슈타인의 뇌처럼 따로 보관될 가치가 있다고 말했는데, 그 말은 아마 농담이 아니었을 거다. 아버지의 대학원생들은 어떤 반응을 보였는지 모르지만, 나는 그때마다 떫은 표정으로 그 뻔뻔한 남자를 바라보았다. 그때마다 아버지는 화를 냈다. 딸이라고 하나 있는 게 나무토막처럼 뻣뻣하기만 하고, 봐줄 거라곤 요만큼도 없다고.

　자기 머리가 인간의 기술로 이해할 수 없는 신성불가침의 영역이라도 된 듯 착각하는 사람이니, 어지간해서야 그런 과학기술에 자기 머리를 맡

　　　　　　　　　　　전혜진

길 생각은 못 했겠지. 한심한 인간 같으니.

"복구는 글렀네. 다른 건?"

"자기가 가르치던 소설 같은 거 들으면 눈동자가 좀 움직인다더구나. 그래서 오디오북을 틀어놓았지."

"어떻게 할 거야."

"모르겠다…… 지금도 산소호흡기를 주렁주렁 달고 있거든. 병원에서는 복구 말고는 답이 없다는데, 백업해 둔 기억도 없는 상태로 복구를 해 버리면…… 살아 움직이기야 하겠지만 그게 네 아버지라고 할 수 있겠니?"

어머니가 말끝을 흐렸다. 그리고 곧 손으로 입을 막으며 고개를 숙였다.

"카트리지 바꿀 때가 되었다고 내가 몇 번이나 말을 했는데... 말만 하지 말고 병원에 모시고 갔어야 했는데, 내가……"

낮게 흐느끼는 소리가 거실에 울려퍼졌다. 우선 병원에 가봐야지. 의사 소견을 듣고 앞으로의 일을 결정해야겠지. 나는 어머니가 울음을 그치기를 하염없이 기다리며 생각했다.

◎

아버지는 연구자로는 뛰어난 사람이었다. 다들 자기 머리를 카피해서 AI에 넣고 병렬로 연구를 하는 시대에, 하다못해 후학들에게 도움을 주기 위해서라도 자기 머리를 백업할 생각을 안 하는 구시대적 인물인데도 정년이 지나도록 학교에 모시고 있을 만큼.

하지만 그는 폭군이었다. 그에게는 자상한 말도, 따뜻한 포옹도, 다정한 칭찬도 기대할 수 없었다. 우리가 서재 근처에만 얼씬거려도 연구에 방해가 된다 호통을 치면서, 엄마나 나를 불렀을 때 재깍 나타나지 않으면 자신을 무시한다며 길길이 날뛰곤 했다.

나는 맥주캔을 땄다. 달 기지 연구소는 3년마다 순회근무였다. 벌써 2년 반을 근무했으니, 내년 초에는 지구에 돌아와야 했다. 하루하루가 아까운 시간을 비워 2주 간의 휴가를 얻었지만, 다 시간낭비 같았다. 나는 문득 벽에 걸린 시계를 올려다보았다. 내가 어릴 때부터 그 자리에 있었던 아날로그 시계였다. 초침이 둥근 호를 그리며 움직이는 것이, 마치 내 생명이 깎여나가는 것 같아 조바심이 났다. 집에 오지 말 걸. 지구에 돌아오지 말 걸. 그 남자가 죽든 살든, 남은 평생 병원을 떠나지 못하는 신세가 되든, 그게 나와 무슨 상관이라고. 나는 손톱 끝을 물어뜯었다. 그때 방문이 열렸다.

"아니, 승옥아. 너 아직도 그 버릇 못 고쳤니."

"또 승옥이래. 노아라니까, 서노아. 재작년에 이름 바꾼 거 잊어버렸어?"

"넌 어떻게 아버지가 고민해서 지어준 이름을 그렇게 쉽게 바꾸고 그래."

"자기가 김승옥 연구한다고 자기 자식 이름을 생각 없이 승옥이라고 짓는 사람이 무슨 고민을 했다는 거야."

나는 어머니 손에 이끌려 거실로 나가며 투덜거렸다.

"넌 좀 좋게 생각해봐. 네 아버지에게 가장 중요한 것의 이름을 너한테 붙인 거라고 생각하면 좀 낫지 않니? 그리고 성은 대체 왜 바꿔? 왜 네가 서씨야? 넌 김씨지. 김해 김씨 김승옥. 넌 대체 애가 어쩌자고 그렇게 비뚫어졌어, 그래."

"외할머니 성인데 엄마가 왜 뭐라고 해."

"외할머니는, 그러면 외할머니 성씨는 어디 하늘에서 뚝 떨어졌디? 그것도 다 네 외할머니의 아버지, 할아버지에게서 물려받은 건데. 세상에 너만 혼자 똑똑한 줄 알고."

어머니는 그새 식탁에 커피도 끓여놓고, 사과도 깎아놓았다. 달의 뒤편에서 가장 부지런한 사람 중 한 명이던 나는, 졸지에 집에서 손가락 하나 까딱하지 않는 게으른 딸이 된 기분으로 식탁 앞에 앉았다.

"하고 싶은 말이 뭔데."

나는 물었다. 돈 문제일까. 아버지가 갑자기 쓰러지셔서 급전이 필요하다거나, 쓰러지신 다음에 알고 보니 집에 빚이 있었다거나, 너무 정신이 없어서 서류 처리를 제대로 하지 못했더니 뭔가 연체가 되었다거나, 아는 사람이 효험이 좋은 약이 있다고 해서 덥석 쓰다가 사기를 당했다거나. 하지만 그런 이야기는 없이 그저 나더러 빨리 와 달라는 것을 보면, 아마 돈 문제는 아니겠지. 다시는 아버지와 상종도 하지 않을 것이라며 집을 나가, 철이 든 이후로 한 번도 마음에 들어 본 적 없던 이름은 물론, 성까지 갈아치워 버린 딸을 굳이 불러들일 만한 이유라면…….

"대체 나한테 뭘 시키려고 부른 거야."

"승옥아."

"승옥이라고 부르지 말라니까."

"넌 어떻게 엄마가, 자기 자식을 평생 부른 이름을 두고 부르지 말라고 그래? 넌 어쩌면 그렇게 애가 못돼먹었니?"

어머니는 원망하는 듯 울먹이는 표정으로 나를 쳐다보기만 했다. 내가 일말의 죄책감을 가지기를 은근히 종용하는 표정이었다. 나는 고개를 돌렸다.

"엄마가 오라고 해서, 지구도 안 보이는 달의 뒤편에서 여기까지 왔어. 하루하루가 바쁜 상황에서 2주나 자리를 비워가면서. 근데 이렇게 아무 말도 안 할 것 같으면 왜 나를 불렀어? 설마 엄마 좀 달래달라고 부른 거야?"

"넌 이런 상황에 어쩌면 그렇게 매정해?"

"난 아버지가 어떻게 되든 말든 상관없어. 간병 같은 거 하라고 하면 바로 갈 거야. 전에 기억 나? 엄마 수술했을 때, 간병인도 안드로이드도 못 쓰게 했잖아. 그렇다고 아버지가 와서 엄마 물이라도 한 잔 떠다준 것도 아니고."

"그건 네 아버지가 세상 물정을 몰라서.……"

"대학 교수가 세상 물정을 모르면, 누가 알아."

"너 다니던 공과대하고는 다르지, 너희 아버지는 선비였잖니."

"선비는 무슨."

나는 사과를 와작와작 깨물어 먹으며 중얼거렸다.

"엄마, 엄마가 아버지 때문에 그 온갖 고생 다 하면서, 내 남편은 그래도 교수고 학자고 고상한 선비 같은 사람이다. 그렇게 생각하면서 견뎠던 건 이해해. 나도 어렸을 때는 사실은 저 사람이 우리 아버지가 아닐 거야, 어디선가 진짜 아버지가 나타나서 날 구해줄 거야, 그렇게 생각했으니까."

"넌 애가 무슨 말을 그렇게 해? 아니, 네 아버지가 네 아버지가 아니면!"

"그것 봐, 엄마도 아버지랑 똑같다. 어린애가 너무 무섭고 힘들어서 그런 상상하는 것까지 뭐라고 그래. 그런 상상 할 수도 있지. 이런 건 됐고, 하려던 말이나 해. 왜 내가 필요한 거야?"

어머니는 답답한 듯 가슴을 쳤다.

"엄마가 무슨 말 할지 대충 생각해봤어. 이렇게 되었으니 아버지와 화해하라고 할 거지? 자기 아버지한테 왜 그렇게 야박하게 구냐고 할 거지? 근데 먼저 야박하게 군 것도, 못되게 군 것도 아버지거든? 자식이 아버지가 기대하는 것과 다를 수도 있지. 자식의 재능이 아버지의 재능과 다를 수도 있고. 근데 그렇다고 아버지가 자식을 그렇게 미워해도 된다고 누가 그래? 막말로 내가 낳아 달라고 사정해서 태어난 것도 아니고."

"넌 부모 앞에서 그렇게 말해도 된다고 누가 그러디?"

"엄마한테 이런 말 하는 건 좀 미안하지. 힘들게 임신해서, 배 아파서 날 낳았으니까. 근데 아버지는 뭐야. 나이 먹으면 부모 마음을 이해한다는데, 난 아버지가 나한테 뭘 해줬는지 도무지 모르겠는데. 아버지가 말을 안 해서 그렇지 날 사랑했다는 말도 하지 마. 국문과 교수라고 말만 번드르르해서는. 자기 자식 똥기저귀 한 번 갈아준 적 없으면서. 사랑이라는 말이 아깝지."

"너는 정말 무슨 애가……"

"석 달에 한 번만 갈아 끼우면 되는 당뇨 카트리지도 못 갈아끼워서 발작이나 일으키는 사람을 무슨 수로 내가 감당해. 난 못 해. 차라리 목성에서 오징어를 잡아오라고 해."

어머니는 대답하지 않았다. 역시 오는 게 아니었다. 서기 2050년에, 이런 구시대적 가족 드라마를 연출하러 지구까지 돌아오다니. 달의 뒤편에서 지내는 동안, 나도 사람들이 말하는 감상에 젖어버린 모양이다. 흐릿한 안개처럼 사람을 유혹하는 그런 감상, 집은 물론 어머니의 품조차도 지긋지긋하기만 한 내게 남아 있을 것 같지 않은 향수가.

"아, 진짜."

나는 자리에서 일어났다. 그리고 내 방으로 걸어들어가 가방을 집어들었다. 칫솔 꺼내 놓은 것을 다시 가방에 밀어넣고, 나는 벗어놓은 양말을 다시 주워 신고 바로 현관으로 향했다.

뒤축을 구기며 신발을 꿰어 신는데, 어머니가 말했다.

"너보고 무슨 간병을 하라고 해. 그런 거 아냐. 준비를 좀 도와달라는 거지."

"무슨 준비."

"네 아버지 보낼 준비."

신발끈을 매던 내 손이 허공에서 헛손질을 했다.

고개를 돌려 어깨 너머를 돌아보았다. 어머니는 눈가가 젖은 채, 침통한 표정으로 나를 바라보고 있었다.

"……안락사 하자고?"

나는 물었다. 이건 좀 생각지도 못한 전개였다.

물론 나도, 아버지를 어떻게 해야 하나 고민하긴 했다. 그는 자신과 다른 나를 도깨비처럼 여겼고, 나는 그를 사랑하고 존경한 적이 없었지만, 그럼에도 나는 그의 유일한 자식이었다. 그가 따로 유언장을 남겨 자신의 운명을 결정해두지 않았다면 어머니와 더불어 빈사상태인 그의 생명과 재산을 처분할 결정할 권리를 법적으로 보장받은 사람.

백업한 기억이 있으면 뇌를 복구하거나, 그 기억을 업로드 하고 원래의 몸은 처분하면 된다. 자원은 한정되어 있고, 예전처럼 사람을 중환자실

전혜진

에서 기약 없이 살려둘 수 있는 낭만적인 시대가 아니다. 그러니 아버지처럼 기대여명도 길지 않은 사람은 차라리 안락사를 선택하는 게 맞긴 했다.

하지만 어머니가 먼저 이런 이야기를 꺼내다니.

"…… 아버지 소원대로긴 하네."

나는 중얼거렸다. 자기 머리에 자부심이 넘치다 못해, 학자가 머리가 잘못되면 사는 게 죽는 것만 못하다며 자기 머리에 이상이 생기면 안락사 하라고, 아니, 그 양반 표현을 빌면 '살처분'하라고 떠들어대던 사람이었다. 그게 허세든 진심이든, 그가 바라던 것이라면, 나로서는 일말의 가책도 느낄 이유가 없다.

하지만 어머니는 이전 시대의 사람이었다. 기적을 바라며 십 년 이십 년을 환자 수발에 바치는 사람을 지극한 사랑이니 정성이니 순애보니 하던 시절의 사람. 아니, 법적으로 안락사가 불가능했고, 사람의 머리를 백업할 수 없었던 시절의 사람. 그런 어머니가 먼저 안락사 이야기를 꺼내다니. 나는 머뭇거리다가 신발을 벗고 다시 안으로 들어왔다.

"정말 안락사 할 거야?"

다시 식탁 앞에 앉자마자 다짜고짜 물었다. 어머니가 고개를 저었다.

"안락사라니, 무슨 흉한 소리를 그렇게 해."

"그럼 어디로 보낸다고. 요양시설?"

"무진."

나는 뒤통수를 세게 맞은 것 같은 기분이 들었다.

"무진……이라니."

"무진 몰라? 네 아버지가 좋아하는 무진 말이다."

무진. 김승옥의 소설 〈무진기행〉에 나오는 곳. 바다도 변변치 않고 농사를 지을 만한 평야가 있는 것도 아닌, 아침마다 한 맺힌 여귀가 뿜어놓은 입김처럼 뿌연 안개 말고는 별다른 특징도 없다는 그럭저럭한 지역. 그리고 이 세상에 실재하지 않는, 그저 소설 속의 세계. 어머니는 왜 갑자기 무진의 이야기를 꺼내는 것일까.

"네 아버지가 가고 싶은 곳이 달리 있겠니. 평생 무진, 무진, 그놈의 무진만 한 줄 한 줄 뜯어보며 40년을 보냈는데."

어머니는 한숨을 푹 쉬며 식탁 건너편 자리에 앉았다.

"천국이든 극락이든 보내준대도 마다할 거다. 그놈의 무진 말고는 머릿속에 없는 사람이니."

문득 나는 웃었다.

"다행이네."

"뭐가."

"엄마가 아버지 간병한다고 할까 봐 걱정했거든."

나는 안심했다. 어머니가 자포자기하고 또 다른 지옥에 걸어들어가지 않아서. 언제나 다른 세계만 보고 있던 그 남편에게 순종하는 게 인생이려니 하고 주저앉지 않아서. 이렇게 마지막에 어이없이 아버지가 꺾여 버리자마자 돌아설 수 있는 사람이라서 다행이라고 생각했다. 그 방법이 안락사가 아니라 해도.

"…… 그런데 어떻게 무진에 보내겠다는 건데."

문득 나는, 내가 아버지의 운명을 결정할 수 있다고 한순간이나마 생각했던 것이 부끄럽게 느껴졌다. 그를 죽이든 살리든, 혹은 무슨 수를 쓰려는지는 몰라도 무진으로 보내든.

아버지가 쓰러지고 지난 3주 동안, 어머니는 무슨 생각을 했을까.

전혜진

어렸던 나는, 아버지에게서 나를 보호해주지 못하는 어머니를 미워했다. 하지만 아무리 어머니가 밉고 답답해도, 어렸던 나를 숨도 못 쉬게 닦달하고 괴롭힌 사람은 어머니가 아니라 그 사람이었다. 이제부터라도 어머니가 자유로워지겠다면, 협력하는 것이 사람의 도리였다.

"곱게 안락사 하는 것도 아까우니까 죽여버리자는 건 아니지?"

"너는 대체 왜 그렇게 생각하는 게 극단적인데?"

"아니면 됐어. 그 사람 때문에 엄마 인생 망칠까 봐 물어본 거야. 그럼 어떻게 무진에 보내겠다는 건데?"

"요즘은 업로드를 하잖니."

어머니가 조심스럽게 말했다. 나는 눈살을 찌푸렸다.

"마인드 업로딩은 의식이 있을 때 하는 거지. 백업도 없고 의식도 없는 사람은 해당 없어."

"그렇다고 뇌사상태인 건 아니잖니."

"잠깐, 엄마. 내 생각엔……"

"요즘 말이다, 다른 사람들과 교류하지 않고 단독 구역을 분양받아서 업로드하는 게 있어. 그러니까 괜찮지 않을까?"

"…… 그런 게 있었어?"

"아니, 너는 요즘 최신 기술이라는데 그런 것도 몰라. 공대 박사가."

나는 좀 억울했다. 국문학 박사면서도 가르치고 논문 쓰는 것 말고는 쓰레기 분리수거 하나 제 손으로 하지 못하는 사회 무능력자와 같이 살았으면서, 어머니는 어떻게 공대 박사는 뭐든지 다 알 거라고 생각하시는데.

"요즘은 말이야, 왜, 옛날 말로 아싸라고 했잖니? 남들하고 안 어울리고 혼자 노는 사람. 그런 사람을 다른 사람 우글우글한 데 마인드 업로딩

하면 오히려 힘들고 괴롭다잖니. 그런 사람들은 혼자 자기 서재에서 책이나 보고 있어야 행복한데 말이다. 너희 아버지처럼."

그런 사람은 애초에 마인드 업로딩 자체를 안 하려고 들겠지. 나는 눈살을 찌푸렸다.

"이왕 이렇게 된 거, 네 아버지를 그렇게 자기 혼자만 있는 공간으로 업로드해 주면 아버지도 행복하고, 나나 너도 네 아버지를 더 신경 쓸 필요가 없어서 좋지 않을까?"

틀린 말은 아니었다.

어차피 낡은 육체는 폐기하면 그만이다. 안락사는 의식을 남기지 않고, 마인드 업로딩은 기억과 의식만으로 그 다음의 삶을 이어간다는 것이 다를 뿐이다. 삶과 죽음의 경계는 흐릿해졌다. 공과대 교수들 중에는 죽어서도 마인드 업로드가 된 뒤에도 학회를 열고 랩을 열고 살아있는 대학원생들을 끌어다가 연구를 계속하는 이들도 있다. 몇 년 전에는 이미 죽어 업로드가 된 학자의 업적에 노벨상을 줄 수 있는지를 두고 논란이 일기도 했다.

하지만 국문과 교수는 노벨상을 두고 논란의 대상이 될 일도 없다. 보던 책만 넣어주고, 매년 문학상 수상작품집 몇 권만 추가해줘도 앞으로 수십 년은 심심하지 않을 것이다. 백업도 없이 망가진 뇌로 뭘 얼마나 할 수 있을지는 모르겠지만.

◎

마인드 업로드를 위해서는 많은 복잡한 절차를 거쳐야 했다. 절차는

진혜진

어머니가 이미 다 알아봐두셨고, 나는 따라다니며 생체 인증만 하면 되었지만, 그러는 데만도 내리 이틀이 꼬박 걸렸다.

"이 정도 갖고 벌써 지치면 어떡해."

어머니는 나를 끌고 다니며 한 소리 하셨다.

"옛날처럼 진짜로 장례 치르고 해봐. 얼마나 정신없는지 아니. 나중에는 우리 아버지는 왜 죽어서 나를 이 고생을 시키나 싶을 정도로 넋이 쏙 빠지고 그랬단다."

"외할아버지 말이야?"

"그래, 우리 아버지."

어머니가 손으로 부채질을 했다.

"그리고 원래는 하루면 될 일이었어. 네가 이름이고 성이고 다 바꿔 버려서, 구청 직원들까지 정신이 없었잖니. 아유, 내가 너 때문에 망신살이 뻗쳐서. 내가 오늘 처음 보는 구청 직원한테, 실례지만 따님이 남편의 친자가 맞느냐는 소리를 다 들어야 해?"

"엄마, 그건 그냥 절차야."

"절차면 그게 망신살이 아니디? 제 아버지랑 성이 같으면 그냥 넘어갈 수도 있는 것을, 네가 부득불 성까지 바꿔버려서 이 고생을 한다, 내가."

어머니가 한탄했다. 뭔가 반박하고 싶었지만, 나는 그저 입을 다물었다. 아까 구청 직원의 질문은 절차를 따른 것이었지만, 어머니에게는 상처를 건드리는 일이기도 했다.

아버지는 아들을 원했다. 하지만 그게 여의치 않자, 아버지는 딸인 내가 아버지의 뒤를 이은 무언가가 되기를 바랐다. 나는 유치원에 다닐 무렵부터 식탁에서 아버지에게 수시로 아버지와 자식, 2대에 걸친 작가나

평론가들의 이야기를 들었다. 자식이 훌륭하게 되어 그 부모를 빛내는 것이야말로 훌륭한 일이라는 말도 귀에 못이 박히도록 들었다. 나는 아버지의 뛰어난 머리를 물려받았으니, 당연히 그 기대에 부응해야 한다고 수시로 말했다. 처음에는 그런 아버지의 기대가 좋아서, 아버지에게 칭찬받는 게 좋아서 정말 열심히 했다. 하지만 내가 문학에는 요만큼의 재능도 없다는 것을 깨닫자마자, 아버지는 내게서 돌아섰다.

공부 잘하고, 수학 경시대회 같은 데서 두각을 나타내고, 과학 중학교에 선발되고. 나는 어디 가서 창피할 딸은 아니었다. 하지만 아버지는 달랐다. 아버지는 자신과 다른 방향에서 두각을 나타내는 나를 괴물 보듯이 했다. 내가 마치 어머니의 자궁 속에서 튀어나온 도깨비인 것처럼. 그랬다. 아버지는 내가 당신의 자식이 아닐지도 모른다고 끝없이 의심했다. 그리고 그 같잖은 의심을 근거삼아 나를 핍박하고, 어머니를 정신적으로 몰아세우곤 했다.

그렇게 의심스러우면 친자 검사라도 해보면 좋았을 텐데. 한번은 어머니를 윽박지르고 조롱하는 그의 꼴에 진저리가 나서, 가로막으며 소리쳤었다. 머리카락 뽑아줄 테니 정 의심스러우면 가서 검사를 하라고 그러자 아버지가 내게 했던 말을, 나는 잊을 수가 없다. 점잖은 체면에 그런 걸 어떻게 하느냐고. 그렇게 말하며 아버지는, 마치 자신이 나에 대한 생사여탈권이라도 갖고 있는 듯한 표정으로 나를 내려다보았다.

"꼴같잖은 사회적 체면과 어쩌고 때문에 엄마를 그렇게 들이 볶았으면서."

"뭐가 말이냐."

"아무것도 아니야."

나는 주머니에 손을 찔러넣으며 중얼거렸다.

"진짜 희한한 사람이었어. 자식이 공부를 잘하면 다행인 줄 알아야지. 자기 아버지가 문학자인데 딸은 과학자가 된 경우가 없는 줄 아나. 물리학자 피서영의 아버지는 피천득이었고, 최초의 프로그래머인 에이다 러브레이스의 아버지는 로드 바이런이었어. 우주항공공학자 서노아의 아버지는 그냥 바보 멍청이 꼴통이지."

"승옥이 너도 지 애비랑 똑같아. 입만 살아서는."

어머니가 혀를 찼다. 나는 억울했지만 그냥 입을 다물었다.

병원에 도착하자마자 나는 어머니와 함께 몇 가지 서류를 더 작성했다. 아버지의 신변을 정리하고 업로드를 준비할 시간으로, 어머니는 열흘을 적어넣었다. 열흘 동안 병원에서는 아버지의 뇌를 최대한 건강한 상태로 유지하여 업로드 준비를 한다. 업로드가 끝나면, 육체는 소멸 과정에 들어간다. 그 절차며 과정이며 뒤처리 같은 것은 병원에서 해결할 것이다. 떼어낼 장기가 있으면 떼어내고, 나머지는 깨끗이 소독해서 병원과 연계된 장의사에게 보내고, 유족이 원한다면 간단한 장례 절차도 진행해준다. 가끔은 업로드된 사람이 자기 장례식에 접속해서 산 자들에게 잔소리를 늘어놓는 일도 있다지만, 아마 아버지는 그렇게는 못 하겠지.

아버지는 중환자실에 누워 있었다. 원래 아버지는 국문학 교수치고는 키도 크고, 기골이 장대해 운동선수처럼 보이기도 했다. 하지만 지금 이 자리에 누워 있는 것은, 온갖 튜브가 몸에 꽂힌 채 잠들어 있는, 쪼그라든 몸뚱이뿐이었다. 그의 귀에는 이어폰이 꽂혀 있었는데, 아마 어머니 말씀대로 오디오북을 들려주는 모양이었다.

주치의는 어머니를 보고 알은 체를 하고, 딸이라는 말에 나와도 잠시 인사를 나누었다. 하지만 아버지를 업로드한다는 말에, 그는 나를 빤히 바라보았다.

"음, 이건 제가 그냥 드리는 말씀인데…… 혹시라도 이거 우리 병원에서 권한 건가요?"

"그건 왜요?"

"그게…… 병원에서 권한다고 꼭 다 하실 필요는 없어요. 혹시 설명을 잘 못 들으신 거면, 오늘 당일이니까 철회하실 수 있어요."

그는 아무래도 어머니가 말도 안 되는 사기에 놀아난다고 생각한 모양이었다.

"물론 저도 죽으면 마인드 업로딩을 할 거예요. 그러니까 백업이 평소에 되어 있으면요. 그런 사람들은 백업한 걸 업로드하고, 어떻게 죽었는지 알려주고, 약간의 재활과정을 거치면 다시 살아있을 때처럼 생각하고 연구하고 그 안에서 나름대로 살아갈 수 있어요. 하지만…… 지금 환자분은 백업을 전혀 안 하신 상태라서, 지금으로서는 그게 꼭 정답이 되는 게 아니에요. 그냥 편안하게 보내드리는 게 더 존엄을 지켜드리는 방법일 수도 있어요."

나는 대답하지 않았다. 어머니가 불쑥 나섰다.

"선생님, 사람이 말이에요, 머리가 제 기능을 다 해야만 하는 건 아니지 않아요?"

주치의가 어머니를 바라보았다. 어머니는 조금 혼란스러워하면서도 열심히 손짓발짓을 해가며 말했다.

"머리가 말이에요. 꼭 똑똑하고, 업적을 많이 남기고, 앞으로도 계속 연구하고. 그러는 사람만 업로드를 해야 하는 게 아니잖아요. 그냥 평범한

전혜진

사람들도, 뭔가 문제가 있었던 사람들도, 몸이 늙고 병들고 죽었어도 계속 이 세상과 연결될 수 있으니까 업로드를 하는 거잖아요. 그래서 권리라고들 하잖아요. 조금이라도 더 자기가 원하는 낙원에서 살고 싶어서, 생전에 자기가 업로드 될 공간을 미리 꾸며놓고."

"그건 그렇습니다만……"

"이 애 아버지는 평생 공부만 했어요. 그 넓은 대학교에서 자기 연구실이랑 도서관만 왔다 갔다 했고, 집에 와서는 서재에만 틀어박혀 있었지요. 그리고 아무것도 준비하지 못한 채 갑자기 죽었어요. 그러면, 죽은 뒤에…… 설령 머리가 제 기능을 다 못해도, 그곳에서는 왔다 갔다 하는 게 자유로우니까, 좋아하는 세상에서 지내게 해주고 싶은 게 그렇게 낭비인가요?"

나는 문득, 어머니가 생각하는 낙원이 궁금해졌다.

어머니가, 이제 곧 숨이 멎고 생명활동이 정지될 아버지를 위해 만들려는 낙원이 아니라, 어머니가 가고 싶은 낙원은 어떤 모습인지.

"옛날에 나 어릴 때만 해도 호흡기만 떼면 죽을 환자를, 생명유지장치를 달아서 십 년 이십 년을 기약 없이 숨만 붙여 뒀어요. 살인이라고 했으니까. 집 팔고 빚지면서도 그걸 뗄 수가 없었어요. 요즘은 자원이 부족하니까, 호흡기를 떼잖아요. 그래도 업로드를 하니까 정말로 죽는 건 아니니 괜찮다고요. 선생님, 난 이 애 아빠가, 교수고 머리가 좋고 연구를 잘 해야만 업로드를 해야 한다고 생각하지 않아요. 바보 천치가 되고 현실에서는 손가락 하나 까딱 못 하는 몸이 되었어도, 살아서 못 놀고 못 쉬던 것, 이제부터라도 해야 한다고 생각해요."

어쩌면 어머니는 아버지의 낙원을 그리면서, 자신의 낙원에 대해서도 생각하고 있을지도 모른다. 육체가 없으니 씻기고 먹이고 돌봐줄 필요는 없는 세계에서, 연구에만 몰두하며 자신을 외면하는 게 아닌 온전히 자신의 것이 된 남편과 함께 있고 싶은지도 모른다고. 이런 것을 지극한 사랑이라 해야 할지, 지긋지긋할 정도의 피학 정서라고 불러야 할지는 잘 모르겠다. 중요한 건 주치의가 어머니의 말에 수긍했다는 거다.

주치의는 내게 아버지의 상태에 대해 다시 설명해주다가, 희한하다는 듯 덧붙였다.

"사실 요즘은 이런 문제로 이렇게 악화되어 오시는 경우가 많지 않아요. 지병인 당뇨도 카트리지만 제때 갈아 끼웠어도 괜찮았을 테고. 무엇보다도 갑자기 쓰러지셨으면 웬만하면 세리가 발견을 했을 텐데."

"세리가 없어요."

"예?"

"집에서 안 써요, 가사 안드로이드를."

주치의는 큰 실수라도 저지른 듯한 표정으로 머리를 숙였다. 어쩌면 그는 어머니를 두고, 그 흔한 가사 안드로이드도 없을 만큼 살림이 궁핍한데도 남편을 어떤 식으로든 이 세상에 남겨두는 데 집착하는, 좋게 말해 사랑과 정성이 지극하고, 나쁘게 말해 광인(狂人)이라 부를 만한 종류의 사람으로 생각할지도 모른다.

"아버지는 조금 별난 사람이었어요. 뭐든 사람 손으로 해야 정성이 깃든다고 생각했었죠."

나는 이 사고가, 어느 정도는 아버지가 자초한 일이라고 생각했다. 병원에 가야 한다는 어머니의 말은 귓등으로도 안 들었을 테고, 안드로이드가 가사를 돌보면 정성스럽지 못해서 싫다고 했을 사람. 집집마다 24시간

전혜진

깨어 있는 가사 안드로이드가 가족들의 건강까지 챙기다 못해, 집 안에서 누군가 심장 발작을 일으키면 구급차를 부르고 알아서 AED로 전기 충격까지 주는 세상이다. 지금이 몇 년도인데, 누가 자기 집에서 쓰러졌다가 병원에도 못 가보고 산송장이 된단 말인가.

"신념…… 때문에 목숨을 위태롭게 하는 사람들이 있긴 있지요."

주치의가 곤란한 표정으로 대답했다.

"그런 이야기는 왜 굳이 하고 그래."

어머니는 병원을 나서며 내게 눈을 흘겼다.

"엄마를 의심할까 봐. 가사 안드로이드가 문제를 감지했는데도, 빨리 병원에 보내지 않아서 아버지를 죽게 만들었다고 생각하면 곤란하잖아."

"넌 별 걱정을 다 한다."

"…… 그때 내가 사다준 거 기억나?"

나는 문득 물었다. 그리고 심술궂게 말했다.

"세리를 그냥 집에 뒀으면 아버지가 저렇게는 안 되었을 텐데."

과학 중학교에 다닐 무렵, 나는 가사 안드로이드를 집에 놓자고 말했다. 어머니는 자주 편찮으셨고, 가사 안드로이드는 대학 교수인 아버지의 수입으로 한 대 들여놓지 못할 만큼 비싼 물건이 아니었다. 하지만 아버지는 화를 냈다. 사람이 정성이 부족하다는 둥, 인간성 상실이라는 둥, 어린놈이 벌써부터 그 따위로 살면 안 된다는 둥, 그렇게 엄마가 걱정되면 집에 들어와서 살림이나 할 것이지, 어디 중학생밖에 안 된 애가 기숙사에 들어간다고 집을 떠나서는 뭘 어쩐다는 둥. 평생 말과 언어를 다루며 살아온 그는, 바로 그 말들로 나와 어머니를 수도 없이 상처 입혔고, 내가 아무리 말을 한들 들은 체도 하지 않았다. 그런 벽창호같은 남자를 상대로 내 뜻을 관철하려면 말랑한 설득으로는 부족했다.

"옛날에는 혼자 살다가 고독사할까 봐 결혼하는 사람도 있었다며. 요즘은 세리가 시간 맞춰 약 챙겨 먹이고, 바로바로 구급차 불러주고, 응급처치도 다 하잖아. 사람은 자기 가족이 쓰러지면 당황해서 아무것도 못하지만, 세리는 그런 거 신경 안 쓰니까."

"그런 말을 지금 해서 뭘 해."

"뭘 하다니. 이렇게 된 거, 온 김에 엄마라도 쓰라는 거자."

"너는 쓰고?"

"당연히 쓰지. 정말 필요하다니까. 우리 회사 직원 중에도 며칠씩 밤샘하며 일하고는 집에 가서 자다가 심장발작 일으켰는데 세리가 바로 병원에 연락해서 살아난 사람이 있어. 24시간 주인을 케어한다는 게 그런 거라고. 정말 아버지는 사람 성의를 그렇게 무시하더니……"

대학을 졸업하고, 다들 부러워하는 우주항공 회사에 연구원으로 들어갔다. 남들은 다들 부러워하는 그런 회사였다. 하지만 아버지는 뭐가 그렇게 마음에 안 드는지, 자꾸만 나를 깎아내렸다. 그래서 더 오기가 들었다. 첫 월급으로는 부모님께 선물을 한다고들 한다. 나는 첫 월급으로, 바로 그 가사 안드로이드 세리를 어머니께 선물했다. 최신 제품을 사기에는 금액이 부담스러워 이월상품을 고르긴 했지만, 어머니는 집에 배달된 세리를 보고 무척 기뻐했다.

트집을 잡은 것은 당연히 아버지였다. 밖에서도 기계가 만든 맛없는 밥을 먹는데, 집에 와서도 쇳덩어리가 만든 식사를 꾸역꾸역 뱃속에 밀어넣어야 하겠느냐고 호통쳤다. 가당찮은 헛소리였다. 저 남자는 그저 어머니가 좀 더 고생하는 걸 보고 싶은 것뿐이잖아. 나는 항의했지만, 어머니

전혜진

는 세리를 바로 반품했다. 아버지가 싫어하는 물건을 집에 둘 수 없다는 이유에서였다. 첫 월급으로 선물 받은 걸 반품하는 부모라니, 이따위 집구석이 어디 있느냐고 화를 내자, 어머니는 말했다. 네가 참아라, 네가 참으라고.

"엄마."

엄마는 그런 아버지와, 앞으로도 계속 함께하고 싶었던 걸까.

"난 머리 백업해놓았어."

"아니, 언제. 넌 대체 그런 걸 왜 엄마한테 말도 안 하고 해."

"내가 몇 살인데 그런 걸 엄마한테…… 아니다, 이거 회사에서 했어."

"회사?"

"응, 지금도 회사에서는 내 머리 백업한 게 나 대신 일하고 있어. 100%는 아니지만, 사람이 자리를 비워도 한 7, 80%는 대체가 되도록 말야."

"아니, 너는 월급을 두 배로 받아야겠네."

"요즘 다들 그렇게 일해, 다들. 아버지가 특이한 거야."

집을 향해 걸어가다 말고, 나는 문득 생각했다.

어머니는 그래서 아버지를 군이 업로드하려는 걸까. 이제 학자로서 더 이상 연구도 할 수 없고, 어쩌면 어머니에게 말 한 마디도 제대로 건넬 수 없을지 모르는 그런 아버지를. 어머니는 그만큼 아버지를 지극히 사랑했던 걸까. 아니면 이제 연구로부터 남편을 돌려받았다고 생각하는 걸까, 그게 아니면 복수를 하려는 걸까. 자신의 두뇌에 정말로 자부심이 강했던 그 학자에게, 그 두뇌가 망가진 채 살아가는 날들을 선물하기 위해, 어머니는 주치의조차도 병원의 이익에 반하여 조언하는 것을 군이 무시하고, 이 일을 선택한 걸까.

어느 쪽이라 해도, 상관없었다. 지금 내가 할 수 있는 일은, 어머니의 선택을 지지하는 것 정도였다.

◎

어머니의 요구사항은 간단하고도 명확했다. 아버지를 업로드할 개인 맞춤형 마인드 업로딩 시스템을 꾸미라는 말이었다.

"뭐가 그렇게 어렵다고 그래? 요즘은 구민회관에서도 자기 업로드한 다음에 지낼 공간을 쾌적하게 꾸며놓는 방법을 가르치는 세상이야."

"그래, 그리고 난 고급 인력이라고. 달의 뒤편에서 아무나 일하는 줄 알아!"

"흥, 내가 달에서 연구하는 박사님 덕 좀 보면 안 돼? 내가 이 나이에 이 나빠진 눈으로 꼬물꼬물 만들고 있어야 해?!"

엄마 말씀이 아주 틀린 것은 아니었다. 나는 공학 박사지, 엄마가 하나하나 하는 것보다는 내가 하는 게 간단하긴 하겠지. 그런데 엄마가 처음에 그걸 내가 도와주면 좋겠다고 했을 때, 나는 흔쾌히 승낙도 했었다. 그러니까 아버지의 마인드 업로드 공간이, 그냥 평범하게 아버지의 서재를 그대로 옮겨다 놓은 형태일 거라고 지레짐작하고서 말이다.

"생전에 보시던 책이랑 논문만 싹 넣어드리면 될 텐데. 논문 시스템하고. 아버지 인생에 그거 말고 뭐가 더 필요한데?"

"네 아버지 머리가 그렇게 되었잖니. 책만 달랑 넣어 놓으면 네 아버지가 뭘 할 수 있겠어."

"그건 그렇지만……"

전혜진

죽은 뒤의 세계라고 해서, 딱히 공평한 것은 아니다.

업로드된 자아가 휴식할 수 있는 개인 공간과 누구나 사용할 수 있는 공용 공간들이 주어지지만, 여기에 공간을 더 추가하거나, 가족이나 친구들의 공간과 연결할 수 있다. 연구자들 같으면 죽기 전에 자기가 연구할 시설을 미리 꾸며놓고, 살아있는 동안 자신의 카피를 미리 그곳에 집어넣어 함께 연구를 하기도 한다. 물론 이렇게 공간을 추가하고 설비를 갖추는 데는 돈이 든다. 그나마 다행인 것은 되팔이가 되지 않아, 부동산 같은 투기의 목적으로 악용되지는 않는다는 것 정도지만, 지금의 나로서는 차라리 되팔이를 하고 싶을 정도였다.

제일 좋은 옵션으로 해주세요. 가상공간의 넓이는 이 정도로요. 예, 우리 딸이 효녀라서요. 어머니는 누가 묻지도 않았는데, 마치 내가 고집을 부려서 아버지에게 이만큼의 가상공간을 부여하기로 했다는 듯이 어깨를 펴며 말했다. 나중에 우리 가족이 모두 이곳에서 모여 살기라도 할 것처럼. 나는 결코 그 근처에도 가지 않겠지만, 어머니는 어쩌면 그런 꿈을 꾸는지도 모른다. 그래서 현실에서 땅을 사고 집을 짓듯이, 언젠가 돌아갈 자리를 미리 만들려는 걸까.

하지만 일에도 정도가 있지.

"평범한 연구실을 하나 만드는 건 줄 알았다고! 이건 무슨 규모부터 유골함과 국립묘지 정도의 차이잖아!"

어머니가 사 두신 것은, 현실로 치면 어지간한 국립대학교가 하나 들어갈 만한 공간이었다. 평생 대학에서 연구만 하던 사람이라도 그렇지, 대학교를 통째로 지어줄 생각이신가. 정신이 아득해지는 느낌이었다.

"돈은? 대체 이건 무슨 돈으로 한 거야?"

"돈이야 문제겠니. 네 아버지가 그렇게 구두쇠라 평생 천 원 한 장 제대로 쓰지도 못했는데."

어머니는 돈 이야기를 하다 말고 슬그머니 내 눈치를 살폈다.

"걱정 마라. 너 물려줄 돈은 안 건드렸어."

"됐어, 아버지 재산 물려받을 생각 없어. 난 아버지 더럽고 치사해서 정말 십 원 하나 안 받아갈 거니까, 아버지 돈 엄마가 하고 싶은 대로 다 해."

"음, 그러면 다행이고."

"근데 하지만…… 하지만 이건……"

"마음대로 다 하라고 했으면, 더 말 얹지 말고."

"아니, 나도 알아. 그런데…… 이건 좀 너무 심하잖아."

어머니가 하려는 일은 뭐든 응원하려고 했지만, 이건 아니다 싶었다. 죽은 뒤에 업로드 될 생각은 꿈에도 하지 않았을 아버지에게 가상의 낙원을 만들어주기 위해 돈을 이만큼이나 쓴다는 것이.

"…… 차라리 북극해 크루즈라도 다녀오는 게 어때."

"일없다. 애, 이거나 좀 봐."

어머니는 거실에 둔 대형 태블릿을 켜고, 내게 개인 맞춤형 마인드 업로딩 시스템의 카탈로그를 보여주었다.

"엄마 어렸을 때 싸이월드라는 게 있었다. 그때는 미니홈피라고 해서 아이템을 사서, 자기가 원하는 대로 자기 방을 꾸미고 놀았어. 지금 업로드 하면 자기 공간 주는 것도, 그 미니홈피랑 비슷하지. 돈을 더 들여서 넓은 공간을 확보하면 좀 더 자기기 원하는 형태의 세계를 만들 수 있고……"

"그건 알겠는데, 이렇게까지 넓을 필요가 있어?"

전혜진

"네 아버지, 다른 사람이 얼씬거리는 거 싫어하잖아. 딱 자기가 강의 다니던 대학교 정도면 돼, 어차피 네 아버지는 어디 나다니는 것도 싫어했으니까, 그 정도면 답답해하진 않겠지."

"공용 공간에 나갈 일이 없게 만들어주겠다는 거야?"

엄마가 눈을 빛내며 대답했다.

"이 안에, 무진을 만들어다오."

무진, 내가 돌아온 첫 날에 들었던 말이다.

"그러니까 무진기행에 나오는 그 도시를, 여기 재현하라고?"

"그래, 후줄근하고 허름하겠지만, 네 아버지에게 그보다 더 나은 곳이 있겠니?"

나는 카탈로그를 터치해보았다. 설치할 수 있는 집이나 설비를 골라 넣을 수 있었고, 그에 어울리는 색을 칠하거나 외장재를 붙일 수도 있었지만, 1960년대 소설 배경에 어울릴 만한 외장재는 없었다.

다시 말해, 전부 내가 커스텀을 해야 한다는 이야기였다.

"……난 서류 처리를 하러 온 거지, 이런 말도 안 되는 일을 하러 온 게 아니야."

"돈 줄게."

"아버지 유산 안 받는다니까!"

"엄마가 용돈 준다고. 자, 놀지 말고 어서 시작해."

◎

시간은 촉박하고, 할 일은 많았다. 연극 무대라면 주인공이 처박혀 있을 법한 이모님 댁 골방이나, 여기부터가 무진임을 알리는 도로 표지판 같은 것을 세워놓고 이야기를 시작하면 되겠지만, 가상현실은 연극 무대와는 다르다. 따로따로 놓인 배경을 이어붙일 납득할 수 있는 환경이 필요했다. 나는 아버지의 손때가 잔뜩 앉은, 2004년에 발행된 김승옥 전집 개정판을 꺼내놓고 한숨을 쉬었다. 별 수 없었다. 회사에 전화를 걸어 내 카피들이 필요하다고 요청했다. 보안 프로그램을 설치하고, 헤드셋을 썼다. 대학 입시 이후로 처음 읽어보는 〈무진기행〉을, 그 행간에 연필로 흐릿하게 적혀 있는 아버지의 젊은 시절 글씨들을, 군데군데 붙어 있는, 지금은 잘 생산되지도 않는 접착 메모지와, 그 뒤에 남아 있는 희미하게 끈적이는 흔적들을, 나보다 더 나이를 먹었을 먼지의 편린들을 차분히 훑어가자, 나의 카피들은 메모와 관련된 정보들을 끌어모으기 시작했다.

무진이라는 고장이 작가의 고향인 순천을 모델로 만들어졌다는 것을 확인하자 작업은 빨라졌다. 나의 카피들은 부지런히, 1970년대의 순천 지도와, 2000년대 초반부터 기록되기 시작한 순천의 로드맵 데이터들을 모았다. 혹시나 하여 지금은 정보공개가 된 미국의 군사 작전 지도들을 확인하던 중, 한국전쟁 당시의 순천 지도가 발견되었다. 이 지도를 바탕으로, 무진의 지형을 만들기 시작했다.

"아, 영감탱이. 죽어서도 날 귀찮게 하네! 나 같은 고급 인력이!"

내가 중간 중간 기지개를 켜며 소리를 지르면, 어머니가 혀를 차며 이것저것 간식들을 가져다주었다. 아니, 처음에는 어머니가 가져왔고, 사흘째 되던 날 부터는 내가 새로 사준 최신형 세리가 간식을 챙겨 왔다. 그리고 어머니의 목소리가, 어쩌면 이 집에 사는 동안 한 번도 그렇게 짜랑짜랑하게 울려 퍼지지 못했을 그 목소리가 내 귀에 날아와 꽂혔다.

전혜진

"아이고, 저 성질 하고는. 이럴 때 보면 지 애비와 똑같아요!"

"하지 마, 싫거든!"

"원래 사람은 저 싫어하는 사람을 닮는 법이야. 어쩌면 그렇게 판박이야, 성질머리가."

나는 앓는 소리를 내며 고개를 돌렸다. 그 사이에도 나의 카피들은 자기들끼리 속닥거리며 일을 진행했다. 나의 카피들도 나였기 때문에, 이들도 일하다가 중간 중간 성질을 부려댔지만, 내가 세상에서 가장 난감하게 여기는 남자가 사후에 살아갈 낙원을 만들기 위해 호출되었다는 이 어처구니없는 상황에서, 내가 혼자가 아니라는 것은 그나마 위로가 되었다. 그렇게 하루 종일 일하고 나면, 나는 어머니가 차려놓은 밥상 앞에 앉아서 끊임없이 투덜거렸다.

"쿠푸 왕의 대 피라미드를 만들기 위해 징발된 노비가 된 기분이야."

"아니, 승옥이 너는 대체 애가 왜."

"지금 이게 피라미드 안에 사후세계 그려 넣는 거랑 뭐가 달라. 젊어서 갑자기 사고로 가는 것도 아니고, 자기가 살고 싶은 낙원은 자기가 미리 좀 구현해놓았어야지. 아버지는 진짜 자기 손으로 하는 게 없네."

"이왕 하는 거 마음 좀 곱게 써. 얘, 그리고 이집트의 피라미드를 만든 건 노예가 아니라더라. 전부 임금 받고서 일했다는데."

"돈이라도 줬다니 다행이지만, 그래도 왕이 나오라니까 끌려 나와서 일한 건 맞잖아."

"넌 진짜 역사 시간에 뭘 한 거니? 람세스 때였나 언제 임금이 밀렸다고 파업도 했단다. 그게 인류 역사상 최초의 파업이라고 전에 누가 그러던데."

머칠 사이, 어머니는 첫 날에 비해 많이 밝아져 있었다. 평생 아버지에게 시달리던 어머니는 늘 기가 죽고 주눅이 들어 있었다. 그런 어머니가 웃는 게 어디야, 농담이라도 하는 게 어디야. 이번 일이 끝나면 운전을 시작할 거라고, 아버지가 타던 오래 된 GUIYOMI19 대신, 새 차를 살 거라고도 했다. 그래, 이거면 되었지. 나는 한숨을 쉬며 오랜만에 어머니가 차려주신 반찬들을 맛있게 싹싹 비웠다.

"이제 슬슬 이런 것도 세리 시키고 그래."

"알았다, 알았어."

"정말로. 기계는 아끼는 거 아냐. 쓰다가 업그레이드 하고, 쓰다가 또 업그레이드 하고 그러는 거야. 손으로 하는 정성이 어떻다지만, 그런 건 남이 차려준 밥상 받아먹을 줄이나 아는 사람이나 하는 소리라고."

"알았대두."

"내가 저놈의 것 끝내고 나면, 세리에다가 내가 쓰는 레시피 전부 받아놓고 갈게."

"아서라, 됐다. 네 레시피래봐야 맨날 튀김이나 안주나 그딴 거나 있겠지."

저녁식사를 하고 나서는 산책을 했다. 걷다 보면 아버지가 입원한 병원이 보였다. 아버지는 나이가 들수록 큰 병원 근처에서 살아야 한다며, 내가 수험생일 때 부득불 고집을 부려 이 동네로 이사했었다. 그때만은 어머니도 만류했지만, 아버지는 완강했다. 우리 집이 이사하는 게 내 대학입시와 무슨 상관이 있느냐면서, 어차피 과학중 과학고 다니느라 집에 붙어있지도 않은 걸 뭘 그렇게 감싸고도느냐면서. 그런 아버지는 마치, 잔뜩 샘을 내는 못된 어린애처럼 보이기도 했다. 어머니의 관심이 내게 조금이라도 쏠리는 걸 참지 못하는 것 같았으니까.

그러면 아버지는 어머니를 사랑했을까. 아니, 그건 아니다. 못된 독점욕과 집착, 남의 인생을 멋대로 쥐고 흔들고 싶은 통제광적 성격은 아무리 좋게 생각해도 사랑이 될 수 없다. 어머니를 괴롭히는 것을 낙으로 삼고, 내가 기숙사가 딸린 학교로 도망친 것을 애석하게 여기던 이 집의 독재자는, 병원 가라는 말조차 고깝게 여기다가 혼자 고꾸라졌다. 그리고 나는 왕을 위한 피라미드가 아니라, 독재자를 가두어 둘 감옥을 짓는 것뿐이다. 다른 사람은 아무도 없는 그 혼자만의 세상을. 내가 만드는 그의 사후세계는 분명 아버지가 가장 사랑하던 소설 속 무진의 풍경이지만, 그 풍경 속에는 다른 사람은 없다. 다른 사람들에게 호통치고 꼰대질 하며 온 세상을 불쾌하게 만드는 일 없이, 아버지는 그 안에서 그저 심심하게 존재할 것이다. 어머니가 들여다보지 않는 한 아무도 없을. 해가 뜨면 여름이 이어지고 해가 지면 귀신의 숨결 같은 안개가 뒤덮일 뿐인 가짜 낙원에서.

내가 산책을 하고 돌아오는 동안, 나의 카피들은 부지런히 그 지형 위에 살을 붙였다. 전쟁 중의 지도를 참고하여 자갈이 깔린 시골 길을 만들고, 6월 하순의 강렬한 햇살을 받은 무진 중학교, 논밭의 풍경과 옹기종기 모여 있는 작은 집들, 그 집을 뒤덮은 기와지붕과 양철지붕과 초가지붕을 덧그렸다. 철공소에서 들리는 쇠망치 소리와 느릿한 유행가, 어색하게 부르는 목포의 눈물. 그 위에 어둠과, 여귀의 숨결 같다던 안개의 텍스처를 얹었다. 검은 밤 풍경 속 하얗게 뻗은 냇물과 짙게 피어오르는 안개 속에서, 낮의 햇살 아래 초라하고 어색하던 모습들은 제법 봐 줄 만한 형태로 바뀌어 갔다. 서늘한 바람과 햇살과 해풍의 소금기가 어우러진 공기, 바다로 뻗은 긴 방죽이며 산등성이에 자리잡은 어머니의 산소, 수많은 비단조개 껍데기들이 한 번에 맞부비는 듯한 개구리 울음소리, 안개에 가려 흐릿하지만, 분명히 별이 떠 있는 밤하늘. 그리고 길고 긴 통금 사이렌 소리까지.

마지막으로 아버지가 생전에 읽던 책이며 논문들의 데이터를 싹 밀어넣어 서재를 꾸미고, 나는 어머니의 손을 잡아끌어 모셔와 헤드셋을 씌워드렸다.

어머니는 무진의 여기저기를 돌아보고 구석구석 꼼꼼히 살폈다. 아버지가 장차 살게 될 이곳이 혹시라도 불편하지 않을까, 부족한 점이 있지는 않을까 걱정하는 눈치였다. 괜찮을 거예요. 나는 속삭였다.

사실은 이렇게 공을 들여 만든 세계라 한들, 아버지에게 무슨 소용일까. 제대로 된 의식이 있을지, 그 안에서 좋아하던 책이며 논문이며 실컷 읽으며 지낼 수 있을지, 아무 기약도 없는 상태다. 언어를 인식하고 있는지도, 그렇게 집착하고 미워하던 우리를 기억하고 있는지도 알 수가 없다. 기억한다 한들, 이 세계에서는 다시 말을 할 수 있다 한들, 왜 사람을 곱게 죽이지 않고 이런 곳에 가두어놓았느냐고 호통이나 치지 않으면 다행이다. 그렇다고 제 손으로 끝장을 내기에는 너무나 자기 자신을 사랑하면서.

그런 사람을 위해 만든 감옥을 바라보다가 어머니는 문득 말했다.

"세상에서 제일 먼저 편지를 쓴 사람은 어떤 사람이었을까요?"

나는 그 말이, 〈무진기행〉에 나오는 대사였다는 것을 뒤늦게 기억해냈다. 내가 만들어낸 그 가상 세계 속에서, 어머니가 앞으로 이 세계에서 살아가야 할, 아직은 우리의 세계에 살아 있는 당신의 남편을 향해, 이 세상에서 제일 먼저 쓰여질 편지를 쓰기 시작한 그 순간에.

여행 다시 만들기

그림책

곽재식

공학 박사로 화학회사의 기술혁신조직에서 일하며 작가로도 일하고 있다.
2006년 단편 소설 〈토끼의 아리아〉가 MBC에서 영상화되면서 본격적으로
작가로 활동하기 시작했으며, 《당신과 꼭 결혼하고 싶습니다》
《지상 최대의 내기》 등의 단편집, 《역적전》 《신라 공주해적전》 등의
장편소설과 함께 《로봇 공화국에서 살아남는 법》 《괴물 과학 안내서》와 같은
다양한 과학 교양서를 출간하기도 했다. EBS 1TV 〈마스터〉,
KBS 1라디오 〈곽재식의 과학수다〉 등 다양한 대중 매체 활동에도 활발히 참여하고 있다.

일의 마감은 내일까지였다. 그런데 작업은 이제 시작한 단계에 머물러 있었다. 얼른 끝낼 방법을 찾아야 했다.

작업해야 할 이야기의 전체 내용을 처음부터 끝까지 다시 돌이켜보았다. 현주는 그 이야기를 영화판부터 먼저 보았다. 그래서 그 옛날 영화판으로 본 이야기가 현주에게는 처음 본 원본 같다는 느낌이 있었다. 이야기의 원작은 소설판이었다. 어쩌면 작업을 서둘러 끝내려면 영화가 원본 같다는 느낌에서 얼른 벗어나야 할까? 그렇지만 현주는 영화를 보고 난 후에도 한동안 소설판은 들춰보지 않았다. 소설판의 내용에 대해서는 벌써 기억이 엷어졌다.

그렇다고 처음 영화를 보자마자 바로 영화판의 이야기에 빠진 것도 아니었다. 현주를 쉽게 이끌 수 있을 만한 점이 많은 영화가 아니었다. 그 영화는 당국의 검열로 많은 부분이 마구 삭제된 영화였다. 원래는 120분에 가까운 이야기가 있었는데 남은 부분은 80분에도 못 미친다는 자료가 있었다. 그러니 원래의 의도대로 제대로 남아 있지도 않은 상태였다. 지금 남아 있는 영화만 보고 그 내용이 어떻다, 저떻다 말하기도 어려운 영화였다.

게다가 당시로서는 한국 영화계 최고의 배우들을 남녀 주인공들로 출연시켰지만, 영화가 나오고 오랜 세월이 지난 후에 영화를 본 현주에게는 그 배우들의 이름조차 익숙하지 않았다. 이런저런 옛날 영화에서 자주 본 얼굴이다 싶은 어렴풋한 느낌이 있는 정도였다. 옛날 장비로 촬영한 화면은 색감도 낡아 보였다. 그래도 그 당시 영화 중에는 그래도 평균보다 훨씬 깨끗하게 잘 촬영된 셈인가 싶었지만.

남아 있는 검열판 영화의 줄거리에도 금방 현주의 호기심을 끌어낼 만한 것이 없었다. 화려한 싸움 장면과 폭파 장면이 가득한 활극도 아니었고, 그렇다고 괴상한 수수께끼를 던져주고 도대체 이게 어찌된 영문인지 너무나 궁금하게 해서 화면 앞에 사람을 붙들어줄 영화도 아니었다.

이 영화는 서울 시내의 은행에서 도시 생활에 길들여진 남녀 주인공이 있다는 것이 시작이다. 여자 주인공은 휴가를 얻고 휴가 동안 일탈을 경험한다. 일탈은 작게 시작했다가 크고 기괴하게 변한다. 그러다가 다시 일상생활로 들어온다. 그게 끝이다.

그런 영화였는데도 보다 보니 현주의 눈에 뜨인 것이 있기는 했다. 영화 속에 담긴 거리 풍경이었다.

이 영화의 남녀 주인공들이 사는 곳은 지금의 서울 동작동에서 반포 즈음에 걸친 아파트 단지였다. 현주는 그 풍경을 알아보았다. 가끔 현주가 오가던 동네의 길거리 모습이 조금 남아 있었다. "혹시 저기가 거긴가" 싶어 보였다.

곽재식

육중하지만 질서 정연하게 늘어선 직육면체의 수십, 수백 채 아파트 공간을 무게를 잔뜩 실어 영화 화면 속에 담아 놓고 있었다.

현주는 그 모습이 신기했다. 지금도 아파트들이 늘어서 있는 지역인 것은 마찬가지이지만 풍경은 완전히 다르다. 영화 속에 나오던 엘리베이터도 없이 계단으로 꼭대기층까지 걸어가야 하는 아파트들은 재개발로 완전히 사라졌다. 그 자리에 지금 새로 들어서 있는 건물들은 현대 건축 기술의 경제성을 마음껏 뽐내는 초고층 건물들이다. 지구 위에서 차지하는 2차원의 위치를 점으로 찍어본다면 영화 속과 현실이 같은 위치이겠지만 3차원의 공간은 전혀 달라졌다. 삭막한 직선의 시멘트 덩어리로 화면을 장식하던 그 건물들 대신에 지금은 알록달록하게 장식된 벽면과 어린이 정서 발달을 고려해서 심어놓은 푸른 나무들이 자라고 있는 가로수들이 어울려 있다.

영화 속에서 그 당시 현대 사회의 최신 유행과 비정함을 드러내기 위해 화면에 담아 보여주었던 풍경 또한 지금 보기에는 옛 시절 지난 사회의 추억 속 풍경일 뿐이었다. 예를 들어 영화 속에는 텔레비전에서 최신 권투 경기 중계가 방영되어 남녀 주인공들이 지켜보는 장면이 나온다. 그 텔레비전은 영화 속의 시대에서는 최신 가전제품이었고 권투 중계를 보는 것은 첨단의 여가생활이었을 것이다. 그렇지만 그 텔레비전은 요즘 방송은 하나도 수신할 수 없는 아날로그 흑백 브라운관 기종이다. 요즘 권투 경기의 인기도 그때와는 완전히 다르다.

현주는 그대로 영화를 끝까지 다 보았다. 현주의 마음속에 이 이야기는 그렇게 처음 자리 잡았다.

이번에 현주가 맡은 일은 원작 소설판의 내용을 그대로 옮긴 영화판을 만들어내는 일이었다. 이미 옛날에 나온 영화판은 있었다. 그게 현주가 본 영화였다. 그리고 그 영화판에 대한 권리도 제작사가 확보하고 있었다. 그렇지만 원작의 이야기를 그대로 최대한 살려 확실하게 옮겨 놓은 새로운 각색판을 하나 더 만들어 팔아보기로 했다는 것 같다. 요즘 이곳저곳에서 유행이 된 계획이었다. 자연히 최근 들어 현주가 여러 차례 하고 있는 일이기도 했다.

제작사에서는 소설판의 내용도 현주에게 이메일로 다 보내주었다. 손가락 몇 번만 움직이면 소설도 읽을 수 있었다. 그렇지만 현주는 미루고 미루다가 더 이상 미룰 수 없을 때가 되어서야 소설판을 읽었다.

소설과 영화는 다른 점이 많았다. 현주는 영화와는 다른 면모를 다양하게 드러내는 소설에 좀 더 깊은 관심을 갖는다. 세심히 글을 읽는 동안 차이점은 더 선명히 눈에 들어온다. 소설에서 길고 중요하게 묘사되었던 소재가 영화에서는 화면에 잠깐 스치고 지나갈 뿐인 것이 있었다. 반대로 소설에서 잠깐 언급되었던 소재를 중요한 이야깃거리로 만들어 한참 영화 속에서 풀어놓는 것들도 많았다.

예를 들면, 소설 속에서 베트남 전쟁에 대한 언급은 대단히 짧다. 베트남 전쟁의 전황이나 정치적 배경에 대해 이야기하는 것도 아니고, 전쟁의 비극과 처참한 순간에 대해 언급하는 것도 아니다. 그저 베트남 전쟁에 참전하려고 떠나는 한국 군인들이 입은 군복은 잘 어울리지 않는다는 말 몇 마디 정도가 있을 뿐이다. 그런데 영화에는 여자 주인공의 첫사랑이 베트남 전쟁에 참전하기 위해 떠나는 것으로 되어 있다. 그에 관한 사연이 상영 시간을 제법 많이 차지하고 있기도 하다. 베트남에서 전사한 그 남자가 묻혀 있는 묘지를 여자 주인공이 찾아가는 장면도 쓸쓸하게 연출

곽재식

되어 있다. 묘지를 거니는 장면만 해도 적어도 몇십 초 정도는 화면에 담겨 있다.

영화 영상에서 이런 부분을 잘라 없애는 것은 간단하다. 컴퓨터 화면에 나오는 시간 표시의 이쪽과 저쪽을 선택해 '삭제' 명령을 선택하기만 하면 조금의 시간도 걸릴 것 없이 여자 주인공의 첫사랑에 대한 내용은 빠져나간다. 여자 주인공이 첫사랑을 기억해내고 다시 감상에 빠지는 장면. 첫사랑의 기억을 상징하는 장면. 그런 장면들은 뒤에 좀 더 나온다. 현주는 영화 앞뒤를 살펴보면서 그런 장면들은 모두 골라서 잘라내버렸다. 이렇게 하면 조금은 더 영화 영상이 원작 소설과 비슷해졌겠지. 일단 가장 쉽게 할 수 있는 일부터 손을 댔다.

살펴볼수록 잘라낼 장면은 더 많이 있었다. 현주는 시간을 가늠했다. 마감 전에 끝낼 수 있을까?

소설에서는 여자 주인공이 휴가를 얻은 뒤에 고향에 다녀 왔다는 이야기가 고작 몇 문장으로 짤막하니 나올 뿐이다. 하지만 영화에서는 주인공이 기차를 타고 고향에 가는 과정을 찬찬히 다 보여준다. 고향 마을의 풍경을 보여주고, 고향 마을의 바닷가 모습까지 아름다운 장면을 즐기라고 한참 영화 속에 담아두었다. 게다가 주인공에게 마음을 품고 있는 고향 마을의 부유한 남자 이야기도 들어가 있고, 주인공의 동생이 자전거 타는 것을 연습하는 장면도 담겨 있다.

이런 이야기들은 소설 원작 속에는 한 마디도 언급되어 있지 않은 것들이다. 소설 원작을 그대로 영화로 옮긴다면 영화에는 주인공이 고향 집을 보고 반가워하고 어머니를 보고 인사를 하는 장면 정도만 남겨두어도 충분하다. 현주는 컴퓨터 화면에 보이는 시간 표시를 확인해가며 이런 이야기들도 모조리 다 잘라내 없앴다. 이래도 되는 걸까? "고향에 다녀왔다"는 한 문장을 읽으면서도 글을 읽던 많은 독자들은 고향 마을의 아름다운 풍경과 여행의 기억을 떠올리기 마련인 것은 아닐까? 만약 그렇다면 여행 장면을 삭제한 것은 잘못이 아닐까?

현주는 소설을 다시 살펴본다. 소설판에는 고향 여행 이야기에 대해 영화에 나오는 장면 대신에 영화 속에 전혀 묘사되어 있지 않았던 장면이 두 문장 정도로 표현되어 있다는 점이 눈에 뜨인다. 오래간만에 만난 고향의 어머니와 주인공이 다툰다는 이야기다.

둘은 처음에는 반가워하고 서로를 아끼고 있다는 점만 확인한다. 하지만 오래간만에 만나 익숙하지 않은 가족 두 사람이 한동안 다시 같이 있다 보니 점차 서로 껄끄러운 이야기를 하게 된다. 그러다 이야기는 다툼이 된다. 주인공은 다시 고향을 떠난다. 있을 법한 일이다. 소설의 이야기에 맞춰서 영화를 다시 고쳐 만든다면 이 장면은 들어가야 한다.

그렇지만 옛날 영화 속에서 주인공의 어머니와 주인공은 다투지 않는다. 미소를 띤 얼굴로 대화하고 둘 사이의 눈빛에는 정이 가득하다. 현주는 이 장면을 완전히 새로 만들어내야 했다.

우선 소설 속에는 다투었다는 말만 있을 뿐이지 구체적으로 다투는 대사가 묘사되어 있지는 않다. 소설로는 그냥 "싸웠다"라고 하면 되지만, 영화 화면으로 보여주려면 각각 어떤 단어를 사용한 무슨 말을 하면서 서로 싸웠는지 말을 만들어주어야 한다.

어떤 주제로 다툰다고 해야 적당할까? 영화판에는 원래 주인공의 어머니가 주인공에게 결혼할 만한 남자를 만나보겠냐는 대화를 하는 장면이 있다. 그렇다면 결혼을 소재로 다툰다고 해보면 어떨까? 소설 속 이야기에도 이런 사연을 연결해볼 수 있을까?

소설 속에서 주인공은 애인과 같이 살고 있고 부부처럼 살아가지만 주변 누구에게도 그런 사실을 알려주지 않고 비밀로 하고 있는 것으로 되어 있다. 이런 이야기는 영화 속에도 그대로 나온다. 주인공의 어머니조차도 주인공에게 같이 살고 있는 애인이 있다는 것을 모른다. 영화판에서 주인공에 결혼할 만한 남자를 만나보라고 권하는 장면이 나오는 것은 그 때문이다.

현주는 그렇다면 영화판에 새로 생긴 내용을 소설판에 있었지만 없어진 내용으로 바꾸면 아귀가 들어맞겠다는 생각을 떠올렸다. 그러니까 영화에만 있는 어머니가 남자 만나보라고 하는 권유 장면을 소설 속에만 있는 어머니와 여자 주인공의 다툼 장면으로 바꾸면 적당할 것이다.

영화 전체에 여자 주인공이 나오는 대목은 이미 많다. 이 장면들을 모두 이용해서 여자 주인공을 3차원 컴퓨터 게임 등장인물 같은 3차원 모형으로 표현하도록 현주는 컴퓨터를 조작했다. 컴퓨터는 컴퓨터 그래픽 등장인물의 자료를 자동으로 미세하게 수천만 번 수억 번 조정해서 모습을 가다듬는다. 그렇게 해서 등장인물의 3차원 모형은 어느 각도, 어느 조명을 받은 모습으로 배치하더라도 영화 속 모든 장면에 딱 들어맞도록 변할 수 있게 된다.

옛날 영화배우를 불러서 장면을 다시 찍을 필요는 없다. 이렇게 만들어낸 컴퓨터 그래픽 모형 자료를 조작해서 영화 속 배우가 다른 동작을 하고 있는 모습, 다른 표정을 짓고 있는 모습, 다른 옷을 입은 모습으로 바꾸어 합성하면 어떤 모습이든 만들어낼 수 있다.

현주는 주인공의 3차원 모형을 여자 주인공과 어머니가 같이 나오는 장면에 배치한다. 인형놀이를 하면서 인형의 팔과 다리를 움직여 적당한 장면을 연출하듯이 여자 주인공의 3차원 모형이 영화 화면 속 배우의 모습에 딱 맞춰 어울리게 나오게 한다.

그리고 그 장면에 같이 나온 어머니 배우의 모습을 측정한다. 여자 주인공과 같이 나온 장면을 이용해서 어머니는 키가 얼마나 더 작아야 하는지, 얼굴은 조금 더 넙적해야 하고, 눈은 조금 더 커야 한다는 점이 계산되어 나온다. 어머니가 출연하는 장면은 몇 장면 되지 않는다. 하지만 여자 주인공과 같이 나올 때 정확하게 영화 속 화면과 같은 모양이 되려면 어머니를 표현하는 3차원 모형이 어떻게 만들어져야만 하는지는 계산해낼 수 있다. 이것만으로 부족하면 어머니 역할을 맡은 배우가 비슷한 시기 다른 영화에 출연했던 자료들을 이용해서 어머니 배우의 모습도 만들어낼 수 있다.

현주는 K차원 행렬 엔트로피 보간법을 이용해서 어머니의 3차원 모형을 계산하기로 한다.

현주는 이 계산법을 사용하는 것이 옛날 한국 영화로부터 3차원 모형을 만드는 데는 가장 어울린다고 예전부터 느끼고 있었다. 현주는 옛날 한국 영화에 나오는 외계인 괴물의 모습을 컴퓨터로 읽어들여서 3차원 모형으로 만들고 그 3차원 모습으로 플라스틱 모형 장난감 설계도를 만드는 일을 했던 적이 있었다. 그때 장난감 회사와 같이 일했을 때에도 K차원 행렬 엔트로피 보간법이 잘 먹혔다는 느낌을 받았다. 그게 요즘 특히 좋은 평가를 받고 있는 현주의 감성과 감각이었다. 현주와 같은 일을 하는 사람들에게는 그런 감각을 잘 갖고 있는 것이 중요하다. 슬픈 노래를 부르는 사람이 얼마나 슬픈 표정과 목소리를 노래에 어울리게 뿜어낼 수 있는 지가 감성이었던 것처럼. 시를 짓는 사람이 외로운 감정을 읽는 사람에게 가장 잘 불러일으키기 위해서 어떤 단어들을 골라 묘사해야 하는지 아는 것이 감각이었던 것처럼. 현주에게는 K차원 행렬 엔트로피 보간법을 이용해 영상을 계산해낼 줄 아는 것이 감성과 감각이었다.

K차원 행렬 엔트로피 보간법을 쓰기 위해서는 컴퓨터 프로그램을 약간 수정해야 하는 부분이 있었다. 프로그램을 수정하기 위해서는 계산하는 방법을 새로 지정해야 하기도 했다. 현주는 조금 계산이 귀찮을 거라고 생각하기도 했지만, 이런 계산을 잘 하는 것이 현주의 특기였다. 이번 일거리가 다른 곳에 가지 않고 현주에게 온 까닭이 바로 현주가 이런 프로그램 수정과 계산에 익숙하기 때문이었다.

그런 생각을 하면 작업에 대한 의욕이 조금 더 생겼다. 현주는 다시 시간을 가늠했다. 마감 전까지 영화를 전부 다 고칠 수 있을까?

프로그램을 세 번째 고치고 나서야 계산은 제대로 맞아들어갔다.

일단 계산이 맞아 들고 보니 주인공 어머니의 3차원 모형도 과연 실제 배우의 모습같이 진짜처럼 보였다. 인간 근육 움직임 표준화 데이터베이스에서 자료를 꺼내오면 이 3차원 모형의 모습이 일어서고 앉고 걷고 달릴 때 어떤 식으로 모양이 변하는지 계산해내는 것도 어렵지 않은 문제였다.

현주는 한옥집 방에 앉은 두 사람이 서로 말다툼을 하는 장면을 구상한다.

그 장면을 어느 방향에서 본 모습으로 화면에 담는 것이 어울릴지는 잘 모르겠다. 우선 뭐라고 말할지 대사를 먼저 정하고 거기에 맞게 화면의 방향을 정하는 것이 좋겠다는 생각이 들었다.

영화 전체의 말소리를 모두 컴퓨터에게 인식시켜 받아쓰기를 하게 해보면, 이 영화의 대본에 해당하는 대화 내용이 글자로 출력되어 나온다. 영화의 여자 주인공은 무슨 말을 하는지, 영화의 어머니는 무슨 말을 하는지가 이 자료에는 모두 담겨 있다.

반재귀적 마르코프 연쇄 패턴 인식 기법을 이용하면 이런 대사로부터 한 사람의 말투라고 할 만한 다차원 변환을 만들어낼 수 있다. 즉 영화의 대본으로부터 주인공 말투의 특징을 잡아낼 수가 있다. 그렇게 해놓으면 앞으로는 무슨 말을 입력하든지 간에 같은 뜻이지만 꼭 이 영화 속 주인공이 할 만한 말투로 바꾸어 표현되게 할 수 있다. 반재귀적 마르코프 연쇄 패턴 인식 기법은 단순히 사용하는 단어나 말의 형식만을 잡아내는 것이 아니라, 어떤 사고방식으로 말을 하는지를 잡아내는 것 같은 효과를 주기 때문에 현주가 자주 사용하는 방식이었다.

어머니와 여자 주인공이 말다툼을 어떻게 할지를 적당히 현주가 정해주면, 이 프로그램은 그 말다툼 대사를 영화 속 여자 주인공의 말투와 어머니 말투에 걸맞게 변환해줄 것이다. 현주는 그렇게 해야 가장 매끈하고 부드럽고 진짜 같이 잘 어울려 보인다고 생각했다. 그것이 현주의 감각과 감성이다.

주인공과 어머니가 다투는 장면을 위해 현주는 결혼에 대해 부모와 자식이 다툴 만한 이야기를 적당히 상상해서 직접 몇 줄 썼다. 그러나 곧 그만두기로 했다. 대신에 대화 게임 프로그램을 실행시켰다.

대화 게임 프로그램은 원래 컴퓨터 게임 속에서 악당을 만났을 때 악당과 대화하는 장면을 더 실감나게 꾸며주기 위해 개발된 프로그램이었다. 악당의 성격이 급한지, 침착한지, 단순 무식한지, 음침한지를 몇 가지

수치로 정해주면, 그런 성격을 가진 사람이 할 만한 말을 꾸며주는 프로그램이었다. 그렇지만 지금은 성능이 좋아서 문학이나 영화 제작에도 종종 쓰이고 있다.

현주는 대화 게임 프로그램이 반재귀적 마르코프 연쇄 패턴 인식 자료를 읽어들일 수 있도록 개조해두었다. 그러니까, 영화에서 인식시킨 등장인물들의 말투를 읽어들여서 그 말투로 대화 게임 프로그램의 인물들이 말할 수 있게 해놓았다. 현주는 영화 속 여자 주인공과 영화 속 어머니가 대화 게임 프로그램에 나와서 서로서로 대화하게 했다. 두 사람만 등장해 서로 말싸움을 하는 컴퓨터 게임을 실행시킨 것과 같은 일이었다. 영화 내용에 걸맞게 인물 성격을 정했다. 정확한 값으로 인물 성격을 정하도록 계산해 주는 프로그램으로 확인도 한 번 더 했다.

어머니는 등장하는 시간이 짧아서 성격을 명확하게 정하기 어려웠다. 현주는 어머니의 성격을 약간씩 바꿔가면서 여러 번 게임을 실행했다. 대화 게임 프로그램은 그때마다 약간씩 바꿔가며 두 사람의 대화를 출력했다.

"엄마, 그만 좀 하세요."

"그만하기는. 아직 시작도 안 했다."

"엄마, 그만 좀 하세요."

"뭐라고? 그게 무슨 말버릇이야?"

"엄마, 그만 좀 하세요."

"아니, 내가 널 다그치려고 말을 꺼낸 게 아니라."

현주는 그 중에서 가장 마음에 드는 것을 골랐다.

대사가 나왔으니, 그 대사에 맞게 자연스럽게 배우들의 모습을 표현한

3차원 모형이 움직이도록 설정해야 했다. 그리고 그 움직임을 어느 방향에서 어느 정도 가까이에서 촬영한 화면으로 표현하면 좋을지 결정해보려고 했다.

원래 영화에서 그 영화의 감독과 촬영감독이 평균적으로 가장 자주 사용하는 방향과 거리가 어느 정도인지 계산된 결과가 있었다. 전체적으로 잘 어울려야 하니까, 그 평균에 맞춰서 영상을 만들어내면 되겠지. 현주는 그렇게 따라갔다.

그렇게 해서 만들어진 영상의 전체 길이는 52초. 너무 길었다. 전체 영화의 길이는 한 시간이 조금 넘는 길이였다. 원작 소설은 전체가 3백 문장 정도로 되어 있었다. 그러니 대략 소설 한 문장이 평균 12초 정도의 영화 장면으로 표현되어야 소설의 분량과 영화의 분량이 꼭 맞아떨어진다.

심층 분석 프로그램을 실행해서 어머니와 주인공의 다툼을 표현한 문장의 중요도를 평가해서 적당한 영화 분량이 얼마나 될지 계산해보아도 이 대목의 적정 분량은 26초라는 결과가 나왔다. 어머니와 주인공의 다툼을 영화에서 26초 이상의 장면으로 보여주면 너무 길다는 뜻이었다. 원작 소설에서 언급된 비율에 비해 너무 긴 장면으로 과도하게 보여준 느낌이 들 거라고 생각할 수도 있다.

현주는 자동 편집 프로그램을 실행시켜서 52초짜리 주인공과 어머니의 다툼 장면을 26초로 다시 편집하도록 했다. 다만 짧게 줄였다고 해서 너무 빠르고 격렬한 느낌이 들면 안 되었으므로, 결과를 봐가면서 자동 편집 프로그램의 기능을 조절해서 적당한 장면으로 재구성하도록 했다. 결국 26초의 딱 맞아떨어지는 주인공과 어머니의 다툼 장면이 영화 속에 들어가게 할 수 있었다.

원래 영화를 찍은 세트는 진작에 사라졌고, 주인공을 맡은 배우는 너무 늙어버렸으며, 어머니를 맡은 배우는 이 세상에 있지도 않지만, 컴퓨터로 그 모습을 조작해서 새로운 장면을 만들어 넣고 있다.

그러니 그렇게 만들어 넣은 영상에서 인물의 연기가 약간 부자연스러운 장면은 있었다. 사람들의 감정 평균대로 움직이는 표정과 목소리는 현실적이기는 했지만, 이 영화 속 배우들이 약간 과장되게 감정을 연기하는 그 분위기에 딱 들어맞지는 않았다. 이 시대의 영화배우들은 감정을 조금 더 강하게 표현하는 경향이 있다. 그래야 영화를 보는 사람들에게 더 쉽게 전해질 거라고 생각했던 것 같다.

현주는 대사 몇 군데와 표정 몇 군데를 골라서 수정하기로 한다. 카메라와 마이크를 켜서 직접 연기를 했다.

"엄마, 그만 좀 하세요."

"엄마, 그만 좀 하세요."

"엄마, 그만 좀 하세요."

세 번 정도 따라해보니 제법 괜찮은 모습으로 연기할 수 있었다. 그렇지만 이 영화가 만들어진 시대의 이 영화 속 배우 모습에 어울리게 들어맞는지는 확신할 수 없었다. 합성 소프트웨어로 현주가 직접 연기한 목소리와 표정을 만들어낸 영화 장면 속 배우의 목소리와 표정으로 바꾸어 영상에 반영해보았다.

아무래도 조금 안 어울리는 것 같다. 너무 요즘 영화 같은 연기라는 생각이 든다.

"엄마, 그만 좀 하세요."

다시 촬영해서 다시 영화 장면에 반영해보았다. 이번에는 너무 억지로 옛날 영화 연기를 따라하는 것 같다.

현주는 합성 소프트웨어의 다중 합성 기능을 이용하기로 한다. 컴퓨터가 자동으로 만들어낸 표정과 목소리, 처음 현주가 최대한 그럴듯하다고 생각해서 촬영한 표정과 목소리, 나중에 현주가 옛날 영화 연기를 따라해서 촬영한 표정과 목소리, 셋을 같이 합성한다. 셋을 똑같은 비중으로 골고루 섞어서 만들어 넣어본다. 30:30:40 비중으로 옛날 영화 연기를 따라한 것에 조금 더 비중을 두어 섞어보기도 한다. 이게 제일 나아 보인다.

현주는 주인공과 어머니의 다툼 장면을 완성했다.

비슷한 방식의 작업이 계속해서 이어졌다.

소설에는 길게 나왔지만 영화에는 짧게 나왔던 장면은 대사를 더 만들어 집어넣고 좀 더 세밀하게 내용을 보여주는 장면을 집어넣어 상영 시간도 길게 늘인다. 소설에는 짧게 나왔지만 영화에는 길게 나왔던 장면은 다시 편집해서 장면을 조금 잘라 내고 상영 시간도 짧게 줄인다. 소설에 나왔지만 영화에는 아예 나오지 않은 장면은 배우들의 자료 모형을 조작해 처음부터 새로 꾸며 넣고, 소설에는 아예 안 나오지만 영화에는 나오는 장면들은 삭제해 없애버린다.

비슷비슷한 일을 연속으로 하다 보니 손은 점점 빨라지고 마음은 점점 지루해진다. 컴퓨터가 자동으로 만들어낸 연기가 어색한 부분은 점점 빨리 잡아내게 되지만, 연기를 다시 조절하는 일은 더 귀찮다. 그렇지만 슬퍼하고, 기뻐하고, 심심해하고, 놀라는 연기가 필요할 때마다 현주는 그 장면을 성실히 새로 촬영해서 영상에 반영하게 한다.

현주는 시간을 살펴보았다. 한번 속도가 붙자 일은 순조롭게 풀려 가는 것 같다. 이런 식이면 오늘 안으로도 일을 다 끝낼 수 있지 않을까? 더 서둘러 일을 하면 정말 그렇게 할 수 있을 것 같다는 생각이 들었다.

그렇게 일을 그냥 끝내버리려고 했다. 그런데 그러다 그냥 넘어가려던 장면 하나를 현주는 다시 멈춰 보게 되었다.

영화 속에는 주인공이 문득 휴가를 내고 이런저런 안 해보던 일을 하며 시간을 흘려보내는 장면들이 나온다.

규격화 되어 끼워 맞추어져 있는 은행원의 일상에서 주인공이 벗어났다는 점을 보여주는 내용이다. 그 벗어남이 나중에 주인공이 당하는 봉변과 일탈로 연결된다. 주인공은 이곳저곳 나들이를 다니고, 별 이유 없이 이곳저곳 거리를 걷는다. 주인공은 평소에 가지 않던 식당에 가서 배를 채우고 평소라면 가보지 않을 지역에 가 본다.

원작 소설판에서는 주인공이 별 할 일이 없어 이것저것 일을 하며 시간을 보냈다는 내용이 굉장히 짧게 나와 있다. "별 할 일이 없어 이것저것 일을 하며 시간을 보냈다" 정도밖에 안 되는 길이의 한두 문장 정도다. 이것을 영화로 그대로 옮기면 당연히 짤막한 시간의 영상으로 제작되어야 한다. 그러니 원작의 문장 분량 그대로 영화를 옮겨 낸다면, 옛날 영화판에 나오던 주인공이 할 일 없이 이것저것 하는 장면들 대부분을 짧게 짧게 잘라버리고 삭제해야 한다.

그런데 컴퓨터의 자동 편집 프로그램은 삭제하고 남겨 둔 장면들 중에서 군이 주인공이 전자오락실에 가는 장면을 제법 긴 시간 보여주고 있었다.

이 영화가 촬영된 시대는 무척 옛날이기 때문에 전자오락실이라고 해도 가상현실 기계 속에서 우주 모험을 할 수 있는 기계가 있는 것은 아니다. 진동하고 회전하는 기계 안에 들어가서 로봇을 조종하는 체험을 해보는 장치가 있는 곳도 아니다. 그런 최신 게임기는커녕, 텔레비전 화면에 나오는 인물을 조종해 격투기로 대결을 하거나, 괴물 떼거리를 물리치기 위해 끊임없이 총을 쏘며 전진한다는 구식 게임기조차 없었다.

옛날 영화판에 나오는 전자오락실은 전기 장치가 되어 있는 가짜 총으로 플라스틱 조각으로 만들어둔 표적을 맞추는 정도의 게임이 있을 뿐이었다. 텔레비전 화면 속에 표적이 나오는 것이 아니라, 정말로 벽 쪽에 움직이는 플라스틱 판이 하나 달려 있었다. 방아쇠를 당기면 스피커에서 녹음된 총소리가 나고, 표적을 얼마나 잘 맞추었는지를 전기 장치가 감지해서 점수로 표시해주는 정도의 게임기가 있었다. 그게 아니라면, 전기 모터로 빙빙 돌아가는 원통에 이리저리 움직이는 길이 표시되어 있고 자동차 운전대 같이 생긴 조종 장치를 움직여보는 게임 정도가 있을 뿐이었다.

그 시대의 어린이들은 그 정도를 신기한 기계라고 생각하고 게임을 하려고 찾아왔다. 그런데 성실한 은행원으로 어른인 주인공이 그 전자오락실에 찾아오자, 어린이들은 구경거리라고 생각하고 그 주위에 모여든다. 주인공은 놀라운 솜씨를 보여주면서 게임에서 높은 점수를 달성한다. 어린이들은 주인공을 보고 놀란다.

컴퓨터는 왜 이런 장면을 군이 남겨두었을까? 요즘에는 저런 풍경의 전자오락실은 없다. 옛날 영화판이 촬영되던 그 당시에나 도시의 새로운 즐길거리였겠지. 지금은 별로 와닿지 않는 장면일 가능성이 높다.

현주는 이 장면을 삭제하도록 명령을 내리고, 이 장면을 빼고 다른 장면들 중에서 골라 주인공이 별 할 일 없이 이것저것 일을 하며 시간을 보내는 장면을 만들도록 하면 어떨까 생각해보았다.

그런데 그러려다가 멈추었다.

왜 컴퓨터의 자동 편집 프로그램은 할 일 없이 이것저것 하는 장면들 중에 하필 전자오락실 장면을 뽑아서 남겨두었을까?

현주는 컴퓨터 프로그램의 작동 방식을 다시 한 번 확인해보았다.

프로그램은 영화의 전체적인 내용을 줄거리 반영 요소라는 몇 가지 구성 점수로 표현한다. 그리고 각 장면들이 그 줄거리 반영 요소의 어느 부분과 맞아떨어지는지를 평가한 점수도 따로 매기고 있었다. 그러니까 컴퓨터가 영화 장면들이 이 영화에서 슬픔을 더하는 기능을 하는지, 기쁨을 더하는 기능을 하는지를 점수로 평가한다. 짜증 나는 사연들이 계속 쌓여 가면서 나오다가 마지막에 통쾌하고 후련하게 끝나는 영화라면, 어느 장면이 나올 때 짜증 나는 사연들이 쌓여가는 것인지, 어느 장면은 통쾌하고 후련하게 끝나는 대목인지 점수를 매긴다.

긴 장면을 짧은 장면으로 편집할 때, 자동 편집 프로그램은 불필요한 장면들을 최대한 잘라내되 줄거리 반영 요소 점수는 가능한 한 떨어지지 않도록 점수가 낮은 장면들 위주로 삭제한다. 그러니까 통쾌하고 후련하게 끝나는 대목이 너무 길어서 짧게 편집한다고 해도 점수를 많이 받은 악당을 물리쳐 날려버리는 장면은 남겨 두어야 한다. 대신에 악당을 물리친 뒤에 힘들어서 숨을 헐떡이는 주인공의 모습은 잘라내도 된다. 무슨 일이 벌어지고 있는지 궁금해 하는 지나가는 행인의 모습도 잘라내도 된다. 그런 식으로 처리하므로 장면을 삭제해도 줄거리 반영 요소 점수는 유지된다.

그러면 컴퓨터의 자동 편집 프로그램이 전자오락실 장면을 남겨둔 것은 전자오락실 장면을 중요하게 판정했다는 뜻일 수 있다.

그게 아니면 컴퓨터는 자신이 컴퓨터니까 자신의 조상뻘에 해당하는 전자오락실 장면에 애정을 느낀 것일까?

황당한 생각 같지만 그 비슷한 일이 일어났을 가능성도 없지는 않다. 컴퓨터 자동 편집 프로그램이 개발될 때, 그 초창기 단계부터 가장 컴퓨터에 많이 입력된 자료들은 공교롭게도 컴퓨터와 인공지능을 다룬 SF영화와 소설들에 대한 자료였다. 인공지능을 개발하던 연구소에서 쉽게 입수할 수 있는 자료부터 먼저 입력하다 보니까, 그 연구소에서 이런저런 홍보 목적, 구상 목적으로 많이 보유하고 있던 인공지능 SF들이 먼저 자료로 들어갔다. 그렇게 개발되었기 때문에, 자동 편집 프로그램은 다른 내용을 다룬 장면에 비해 컴퓨터, 인공지능에 대한 자료들을 좀 더 정교하게 잘 평가하는 경향이 있다. 여러 가지 점수도 조금 높게 받는 경향이 있다. 그렇다면, 이 영화에 나온 전자오락실 장면이 괜히 높은 점수를 받아 편집된 후에도 남은 것일 수도 있다.

그렇지만 그게 아니라면? 정말로 이 장면이 중요한 장면으로 판정 받아 마땅한 장면이었다면? 그러면 왜 컴퓨터에서 그런 판정이 나오는 것으로 계산되었을까?

현주는 주인공이 전자오락실에 가서 시간을 보내며 놀았다는 장면의 뜻을 다시 생각한다. 도시 생활. 최신 유행. 기계 문명. 그런 것을 상징하는 장면일 것이다. 지금 보면 먼 옛날의 유물이나 다름없는 구닥다리 전자오락실이지만 이 영화 속에서 이 장면이 맡고 있는 역할은 미래 신기술의 상징임에 틀림없다. 그렇다면 전자오락실은 주인공이 마주하는 새로운 시대의 새로운 도시 생활이라는 배경을 강조해주는 소재다.

끝없이 늘어선 사각형 아파트에 사는 주인공, 텔레비전으로 권투 경기

중계를 보는 주인공, 도심 한 복판에 있는 정갈하게 다듬어진 일사불란한 금융기관인 은행에서 근무하는 주인공, 주인공이 조작하는 수없이 많은 단추가 달린 금융기관의 자료를 처리하는 기계 장치. 그 속에서 살던 주인공이 갑자기 일탈을 경험하는 내용. 그런 흐름 속에 끼어드는 장면이 바로 주인공이 전자오락실 장면이라고 생각해봐야 할지 모른다.

이야기 속에서 주인공이 점점 더 새로워지고 달라지는 현대사회의 일원이라는 점이 중요하게 표현되고 있다. 그래야 갑자기 일을 그만두고 휴가를 가는 주인공의 일탈이 더 강한 의미가 된다. 그래야 주인공의 일탈에 다른 의미도 생겨나게 된다.

현주는 그런 생각을 하다가 점차 다시 이야기의 처음으로 돌아가게 되었다. 고민해본다. 잠깐만, 이 소설 내용을 원작 그대로 표현한다고 할 때 영화의 시대 배경이 수십 년 전이어도 되는가?

원작 소설 속에서 주인공은 도시를 돌아다니며 이런저런 헛일을 하며 시간을 보낸다. 그렇지만, 그 애매하고 짧은 구절이 영화 속에서는 영화 촬영 당시에 새로 생긴 아파트 단지 풍경과, 새로 생긴 전자오락실로 표현되어 있다. 그 장면을 보는 관객들은 그 시대, 그 시점에서 최신의 도시를 느낀다. 그런데, 지금 영화를 만들면서 5층짜리 시멘트 건물들을 보여주면 그게 요즘 현대의 느낌이라고 생각할까?

현대의 느낌을 요즘 관객들에게도 느끼게 해주려면 완전히 다른 장면을 만들어 넣어야 한다. 요즘 유행하는 옷차림과 요즘에 건설되고 있는 새로운 거주 단지를 보여주어야 한다. 인공지능 전화기로 조작하는 초대형 화면에 컴퓨터 게임 대결을 중계로 지켜보고, 전자오락실에 가서 입체 영상 장비로 정글의 야생을 체험하는 장면이 들어가야 한다. 그런 장면을 보여주어야, 소설을 읽을 때 떠올릴 수 있는 현대라는 느낌을 줄 수 있다.

따지고 보면, 아예 은행원이라는 주인공의 직업조차 바꾸어야 할지도 모른다. 요즘 은행 건물에서는 사람들이 영화 속 장면처럼 일렬로 늘어앉아 사람들을 마주하며 기계장치를 조작해가며 돈을 헤아리지 않는다. 사람들은 은행 일을 인터넷으로 처리한다. 은행 건물에는 컴퓨터 프로그램 관리자들이나 인터넷 망을 정비하는 사람들이 중심이 되어 일하고 있다. 그러면 주인공의 직업을 인터넷 보안 담당자로 바꾸어야 할까? 그런 일을 하는 주인공의 모습을 보면서 요즘 관객들은 그 모습이 도시 사회의 부속품이 되어 똑같은 일상을 반복하는 주인공의 모습이라고 생각하게 될까?

현주는 처음부터 영화를 다 갈아엎어서 장면을 다시 다 꾸며야 하나 생각했다.

옛날 영화판과 같은 배우가 나오는 영화를 만든다고 해도 배경을 지금, 현재 시대, 이 순간으로 바꾸어야 다시 이야기를 만들어야 더 원래 소설의 느낌을 잘 살릴 수 있는 것이 아닌가 싶었다.

따지고 보면 옛날 영화판도 바로 그런 방식으로 제작되어 있었다. 원작 소설이 나오고 10년에 가까운 시간이 지난 후에야 영화판이 나왔는데, 영화판은 원작 소설의 시대를 배경으로 하고 있지 않고 영화판이 제작되던 시점, 바로 그때를 배경으로 하고 있었다. 그런 만큼, 원작 소설을 더 잘 반영한 영화를 지금 다시 한 번 꾸며낸다면 이 새 영화의 배경도 지금 당장의 현재로 다시 바꿔 주어야 적당하지 않을까?

아니면 오히려 반대 방향으로 가보는 것은 어떤가? 원작 소설이 나온 시대로 오히려 거슬러 올라가보자. 옛날 영화가 나온 것보다 더 앞선 시대, 그보다 10년 전의 시절, 소설이 나온 바로 그 시점, 작가가 소설을 쓰고 소설이 나오자마자 바로 받아 읽던 독자가 느끼는 감각을 최대한 그대로 돌아볼 수 있도록, 전자오락실과 새로 생긴 아파트 단지조차 없는 더 옛날을 배경으로 이야기를 풀어보면 어떨까? 그것이 더 정확한 방법일 수도 있다. 그게 원작 소설을 사람들이 접하는 그 감각 그대로이지 않은가?

소설이 만들어지고 처음 출판될 때, 그 소설은 정신없이 변하는 지금 이 순간의 현대라는 느낌이 강한 이야기였다. 그렇지만 지금 소설을 읽어 보면 대목 대목마다 수십 년이 지난 옛날 풍경 묘사가 엿보일 수밖에 없다. 이 영화에서 주인공의 일탈이 극치에 달하는 대목을 요즘 감각으로 많은 사람들이 그 시절 느낌대로 이해하기란 어렵다. 오래된 소설 속, 옛 날 가치관 속에서 나온 이야기라고 생각해야만 비판해가며 받아들일 수 있을 것이다.

소설이 나온 시대와 지금 시대 사이에 사람들의 생각과 사회 속의 문화가 바뀌었다. 원작 소설 속에 묘사된 선행과 악행을 지금 지켜보면 그 때와 똑같은 선행과 악행으로 보이지 않는다. 다른 감각을 가진 옛사람들의 모습이 드러날 뿐이다.

그렇다면 그런 옛 느낌이 살게 하려면, 더 옛날을 배경으로 영화를 만드는 것이 더 좋다.

그렇지만 그렇게 해서는 원작 소설을 처음 받아 읽던 그 시절 독자들의 감각을 되살릴 수는 없다. 그것도 문제이지 않나? 원작이 원래 나왔을 때의 감각을 살릴 수 있는 영화를 만드는 것이 더 원작 소설대로 만든 영화라고 해야 하지 않나?

그렇게 보면 역시 소설 속의 현대는 역시 바로 지금이어야 하지 않나?

만약 30년 전에 나온 소설에서 30년 후의 미래를 배경으로 하는 이야기가 있다면, 그 이야기를 지금 영화로 각색할 때 최대한 지금 현재와 비슷하게 바꾸어 보여주어야 할까? 아니면 다시 지금으로부터 30년 후의 미래를 배경으로 해서 영화를 꾸며야 할까? 아니면 다 무시하고 지금이 소설 속 30년 후인 것이라고 하면서 영화를 꾸며야 할까?

맨 처음 작업했던 주인공과 어머니의 다툼부터도 잘못이었을 수 있겠다는 생각까지 들었다.

주인공과 어머니가 다툰 주제는 결혼이었다. 원작 소설에서는 어떻게 다투었는지 정확히 나와 있지 않다. 두리뭉실하게 이렇게 저렇게 다투었다고만 되어 있다. 그런데, 현주는 영화판을 보고 적당히 상상해서 결혼을 주제로 다툰다고 상상했고 그런 장면을 넣었다. 그렇게 보면 원작 소설에는 없던 내용을 현주가 적당히 끼워 넣은 셈이다. 이게 맞을까? 원작 소설 속 주인공의 성격과 어머니의 성격을 계산해서 분석한 뒤에, 가장 두 사람이 다툼을 많이 할 가능성이 높은 주제가 무엇인지 먼저 가상 성격 프로그램으로 계산해본 뒤에 그 결과로 나온 주제를 두고 다투는 장면을 넣어야 더 원작 소설에 잘 들어맞는 것 아닌가?

현주는 아예 자신은 손을 대지 않고 처음부터 끝까지 그저 컴퓨터 인공지능이 혼자서 소설을 영화로 만들어버리면 어떻게 될지 궁금했다. 사실 요즘은 많은 사람들이 공개용 프로그램으로 그런 장난을 치면서 논다.

읽기 귀찮은 소설이 있을 때, 자기가 좋아하는 영화 배우의 자료 상품을 구입해서 입력시킨 후에 버튼 하나만 누르면 그 영화 배우가 소설 주인공으로 나오는 영화의 영상을 컴퓨터가 최대한 그럴듯하게 자동으로 만들어주는 소프트웨어가 나와 있다. 나이 든 사람들 중에는 그렇게 해서

곽재식

는 소설 읽는 즐거움을 제대로 누릴 수 없다고 한탄하는 이들도 있다. 하지만 그런 프로그램들 덕분에 훨씬 더 많은 사람들이 제목만 유명하던 옛 고전들의 이야기를 알게 되었다.

그렇게 완전히 컴퓨터 인공지능이 자동으로 영화를 만들어버린 결과를 보면 현주 같은 사람들이 직접 세심하게 조절해가며 만든 영화보다는 어색한 장면이 훨씬 많기는 하다. 그렇지만, 과연 그 차이가 그렇게 큰 것인지에 대해서는 사람마다 의견이 다르다. 인공지능이 대충 컴퓨터 프로그램으로 만들어낸 영상과 현주가 최대한 공을 들여 가장 그럴싸하게 꾸민 영상의 차이는 어느 정도일까? 혹시 전자레인지 팝콘과 5성급 식당 일류 요리사가 정성을 다해 최고급 팬 위에서 튀겨낸 팝콘의 차이 정도 아닐까?

영화 다시 만드는 작업의 끝으로 가면 갈 수록 현주의 고민은 더 많아졌다. 하지만 결국 적당히 멈추고 지금껏 만들던 대로 그대로 만들어 끝내기로 결심했다. 현주는 시간을 다시 가늠해보았다. 어쩔 수 없었다.

내일이 되면 또 내일의 일이 있을 것이다. 요즘은 다들 옛날 영상을 조합해서 마음대로 영화를 만들어내는 시대이니, 이미 늙어서 은둔한 지 수십 년이 지난 유명 배우의 젊은 시절 모습이 또 나오는 영화도 얼마든지 계속 제작되고 있다. 벌써 속편이 수십 편이나 나온 영화의 장면에서 인물과 배경을 뽑아내서 조합하여 또 다른 속편을 만든 영화들도 쏟아져 나오고 있다.

카메라를 들고 나가 컴퓨터 바깥에서 새로운 이야기를 실제로 찍어서 만들어보려는 도전은 아무래도 점점 조그맣게 되어갈 수밖에 없다. 출연료 천억 원을 받던 유명 배우가 어마어마한 흥행 수입을 올린 시리즈에서 또 등장하는 속편이 나온다는데, 신인이 나오는 뭔지도 모를 새 이야기를 보려고 하는 사람이 얼마나 될까?

보고 싶어 하는 이야기들을 빨리 만들어서 또 갖다 대려면 현주 같은 사람은 바쁘게 일해야 하는 수밖에 없었다. 그나마 한 편 한 편 작업을 끝낼 때 마다, 현주는 이런 일도 언제까지 비슷하게 계속할 수 있을지 모르겠다는 생각을 했다.

다행히 현주는 예상보다 빨리 영화를 완성할 수 있었다. 밤이 깊어 갈 때에, 마지막으로 다시 한 번 영상을 매만져 모든 등장인물들의 표정과 눈빛을 좀 더 자연스럽게 조정하도록 명령을 내렸다. 그리고 현주는 영화를 다시 한 번 처음부터 끝까지 틀어보았다.

현주는 남은 시간을 가늠하며 영화를 보았다. 원작 소설에 훨씬 가까운 모습으로 최선을 다해 바꾼 이야기를 보면서, 현주는 처음 영화판을 보았을 때와는 아주 다른 큰 심경의 변화가 있었음을 자각한다. 주인공이 화면 쪽을 쳐다볼 때마다 영화 속 주인공은 컴퓨터 화면 속에서 자신을 넘겨다보는 것 같았다.